JAHRE **LENOS**

www.lenos.ch

Leila Aboulela

Minarett

Roman

*Aus dem Englischen
von Irma Wehrli*

Lenos Verlag

Die Übersetzerin
Irma Wehrli, geboren 1954 in Liestal. Studium der Anglistik, Germanistik und Romanistik. Schwerpunkt ihrer Übersetzungstätigkeit sind englische und amerikanische Autoren des 19. Jahrhunderts und der klassischen Moderne (Hardy, Wilde, Kipling, Mansfield, Hawthorne, Whitman, Cather, Wolfe u. a.). Für ihre Übertragung des Romans *Of Time and the River* von Thomas Wolfe wurde ihr 2011 das Zuger Übersetzer-Stipendium zugesprochen, 2017 wurde ihr die Ehrendoktorwürde der Universität Basel für ihr Gesamtwerk als Kulturvermittlerin verliehen. Für den Lenos Verlag übersetzte sie 2019 *When the Emperor Was Divine* von Julie Otsuka.

Die Übersetzerin dankt der Schweizer Kulturstiftung Pro Helvetia für die Unterstützung.

prohelvetia

Der Lenos Verlag wird vom Bundesamt für Kultur mit einem Strukturbeitrag für die Jahre 2016–2020 unterstützt.

Titel der englischen Originalausgabe:
Minaret
Copyright © 2005 by Leila Aboulela

Erste Auflage 2020
Copyright © der deutschen Übersetzung
2020 by Lenos Verlag, Basel
Alle Rechte vorbehalten
Satz und Gestaltung: Lenos Verlag, Basel
Umschlagfoto: Sandrine Vivès-Rotger
Printed in Germany
ISBN 978 3 03925 005 9

Minarett

Bismillâh al-rachmân al-rahîm[1]

Ich bin gesunken, tief gesunken. Ich bin abgerutscht an einen Ort, wo die Decke niedrig ist und man sich kaum bewegen kann. Meistens finde ich mich damit ab. Meistens begehre ich nicht auf. Ich nehme mein Urteil an und grüble nicht und schaue nicht hinter mich. Aber manchmal bringt eine Veränderung die Erinnerung zurück. Der gewohnte Trott wird gestört, und ein Neuanfang lässt mich jäh erkennen, wozu ich geworden bin, wie ich da auf einer Strasse voller Herbstlaub stehe. Die Bäume im Park gegenüber sind wie poliertes Silber und Messing. Ich blicke auf und sehe das Minarett der Moschee von Regent's Park über den Bäumen. Ich habe es noch nie so früh am Morgen gesehen, in diesem verletzlichen Licht. London ist am schönsten im Herbst. Im Sommer ist die Stadt aufgedunsen und schäbig, im Winter wird sie von der Weihnachtsbeleuchtung geflutet, und der Frühling, die Zeit der Geburt, ist immer enttäuschend. Jetzt ist ihr bester Moment, jetzt ist sie mit sich im Reinen, wie eine reife Frau, deren Schönheit nicht mehr taufrisch ist und doch seltsam betörend.

Mein Atem dampft. Ich bleibe stehen, um auf einen Klingelknopf zu drücken, die Adresse steht in meinem Notizbuch. Um acht, hat sie gesagt. Ich huste und befürchte, auch in Gegenwart meiner neuen Arbeitgeberin husten zu müssen, so dass sie sich sorgt, ich könnte ihr Kind anstecken. Aber vielleicht neigt sie nicht zu Ängstlichkeit. Ich kenne sie ja noch nicht. Ich habe sie erst einmal gesehen, letzte Woche, als sie auf der Suche nach einer Hausangestellten in die Moschee kam. Sie wirkte elegant und in Eile. Ihr Seidentuch war nachlässig um Kopf und Nacken geschlungen, und als es verrutschte und ihr Haar entblösste, nahm sie sich nicht die Mühe, es wieder zurechtzuzupfen. So sind manche Araberinnen – eine reiche Studentin, Ende zwanzig, die das Leben im Westen auskostet ... Aber ich kannte sie trotzdem noch nicht. Sie war nicht sie selbst, als sie mich ansprach. Die wenigsten Leute sind in einer Moschee ganz bei sich. Sie sind kleinlaut, und ein fragiler, vernachlässigter Teil ihrer selbst beherrscht sie.

Hoffentlich hat sie mich nicht vergessen. Hoffentlich hat sie sich nicht umentschieden und ihr kleines Mädchen in eine Kinderkrippe gegeben oder jemand anders genommen. Und hoffentlich bleibt ihre Mutter, die das Baby bis jetzt gehütet hat, nicht noch länger in Grossbritannien, und es braucht mich gar nicht mehr. Auf der St John's Wood High Street ist viel los. Männer im Anzug und junge Frauen in topmodischen Kleidern steigen in neue Autos und brausen zu ihren tollen Arbeitsplätzen davon. Das ist eine piekfeine Gegend. Pastellrosa und viel Platz, wie es Leuten mit Geld vergönnt ist. Die Vergangenheit nagt, doch es sind nicht Besitztümer, die ich vermisse. Ich will keinen neuen Mantel, sondern möchte bloss meinen alten öfter reinigen lassen können. Ich wünschte nur, man hätte mir nicht so viele Türen vor der Nase zugeschlagen: die Türen von Taxis und Schulen, von Kosmetiksalons und Reisebüros, mit denen ich auf den Haddsch[2] gehen könnte ...

Als jemand sich an der Türsprechanlage meldet, sage ich mit hoffnungsvoll angespannter Stimme: »*Salam alaikum,* ich bin's, Nadschwa ...« Sie erwartet mich, *alhamdulillâh.*[3] Ich werde vom Geräusch des Summers fast euphorisch. Ich stosse die Tür auf, und Holzwände umgeben mich: wohlkonservierte und gepflegte Vergangenheit. Das ist ein wunderbares Haus, würdevoll und behäbig. Altes, umsichtiges Geld, von Generation um Generation mit Liebe und Sorgfalt gehätschelt. Nicht wie das Geld meines Vaters, das ein Regime eingetrieben und Omar verschwendet hatte. Und auch ich war leichtsinnig mit meinem Anteil gewesen und hatte nichts Nützliches damit angefangen. In der Eingangshalle hängt ein Spiegel. Er zeigt eine Frau mit weissem Kopftuch im unförmigen beigen Mantel. Die Augen sind zu hell und die Wimpern zu lang, aber trotzdem sehe ich unscheinbar und verlässlich aus und bin im richtigen Alter. Ein junges Kindermädchen könnte nachlässig sein und ein älteres sich über Rückenschmerzen beklagen. Ich bin im richtigen Alter.

Der Aufzug ist altertümlich, so dass ich an der Tür rütteln muss. Der Lärm dröhnt durch die elegante Stille des Hauses. Ich will den Knopf ins zweite Stockwerk drücken, aber auf dem ersten Knopf steht eins bis drei, auf dem zweiten drei bis vier und auf dem dritten vier bis sechs. Ich versuche mir einen Reim darauf zu machen, bin aber noch immer verwirrt. Ich beschliesse, lieber die Treppe zu nehmen. Über mir fällt eine Tür ins Schloss, und eilige Schritte kommen die Stufen herunter. Ein hochaufgeschossener junger Mann mit spriessendem Bart und Lockenschopf taucht vor mir auf. Ich halte ihn auf und frage ihn wegen des Aufzugs.

»Das sind die Nummern der Wohnungen und nicht der Stockwerke.« Er spricht Englisch, als wäre es seine Muttersprache, aber sein Akzent ist nicht von hier. In London errät man die Herkunft der Leute nur mit Mühe. Wäre er Sudanese, so würde er als hellhäutig gelten, aber ich kann ja nicht wissen, ob er einer ist.

»Ach so, danke.« Ich lächle, doch er erwidert das Lächeln nicht.

Stattdessen wiederholt er: »Sie müssen einfach auf die Nummer der Wohnung drücken, zu der Sie wollen.« Seine Augen sind wässrig braun, und es glänzt kein Scharfsinn darin, ganz im Unterschied zu Anwar, sondern Intuition. Ja, vielleicht ist er empfindsam, aber nicht besonders klug, nicht so schlagfertig und blitzgescheit wie die meisten jungen Leute.

Ich danke ihm noch einmal, und er neigt ein wenig den Kopf und zuckt mit den Schultern, um den Riemen seiner Tasche zurechtzurücken. Die Jugend gibt uns einen Vorgeschmack auf das Paradies, heisst es. Als er sich entfernt und das Gebäude verlässt, wird alles wieder wie sonst.

Ich fahre hoch, öffne die Lifttür, betrete einen eleganten, gesaugten Teppich und mache hoffnungsvolle Schritte auf die Wohnung zu. Ich werde mit dem kleinen Mädchen auf den Platz gegenüber gehen. Ich werde mit ihr zur Moschee gehen und es so einrichten, dass ich mit den anderen beten und danach die Enten in Regent's Park füttern kann. Sehr wahrscheinlich hat die Wohnung Satellitenfernsehen, und ich kann einen ägyptischen Film bei ART und die Nachrichten auf al-Dschasîra sehen. Letzte Woche hörte ich einen Vortrag, und diese Worte sind mir im Gedächtnis geblieben und haben mich am meisten berührt: *Die Gnade Allahs ist weit wie das Meer. Unsere Sünden sind ein Lehmklumpen im Schnabel einer Taube. Die Taube sitzt auf einem Zweig am Rand dieses Meers. Sie muss bloss ihren Schnabel öffnen.*

Erster Teil

Khartum, 1984/85

Eins

»Omar, bist du wach?« Ich schüttelte den Arm über seinem Gesicht, der seine Augen verdeckte.

»Hmm.«

»Steh auf.« Sein Zimmer war angenehm kühl, weil er die beste Klimaanlage im Haus hatte.

»Ich kann mich nicht rühren.« Er nahm den Arm vom Gesicht und blinzelte mich an. Ich wich mit dem Kopf zurück und rümpfte wegen seines Mundgeruchs die Nase.

»Wenn du nicht aufstehst, nehme ich das Auto.«

»Im Ernst, ich kann nicht … ich kann mich nicht rühren.«

»Na, dann fahre ich ohne dich.« Ich ging an seinem Schrank und dem Michael-Jackson-Poster vorbei zum anderen Ende des Zimmers. Dort schaltete ich die Klimaanlage aus. Das Gerät verstummte geräuschvoll, und die Hitze lauerte draussen und wartete darauf, sich hereinzustürzen.

»Warum tust du mir das an?«

Ich lachte und sagte munter: »Das wird dich aus den Federn jagen.«

Unten trank ich Tee mit Baba. Er sah immer so gut aus am Morgen, frisch geduscht und nach Rasierwasser duftend.

»Wo ist dein Bruder?«, brummte er.

»Kommt wohl gleich runter«, sagte ich.

»Und wo ist deine Mutter?«

»Es ist Mittwoch, sie geht ins Fitnesstraining.« Es verblüffte mich stets, wie unbeirrbar Baba Mutters Terminkalender vergass und wie seine Augen hinter den Brillengläsern besorgt ins Leere blickten, wenn er von ihr sprach. Er hatte nach oben geheiratet, um voranzukommen. Seine Lebensgeschichte bestand darin, wie er es aus bescheidenen Verhältnissen zum Stabschef des Präsidenten brachte, nachdem er in eine alte, vermögende Familie eingeheiratet hatte. Ich hörte mir die Geschichte ungern an, sie verwirrte mich. Ich glich allzu sehr meiner Mutter.

»Verwöhnt«, murmelte er über seiner Teetasse, »ihr seid alle drei verwöhnt.«

»Ich werde es Mama sagen, dass du so über sie sprichst!«

Er verzog das Gesicht. »Sie ist zu nachsichtig mit deinem Bruder. Das ist nicht gut für ihn. Als ich so alt war wie er, schuftete ich Tag und Nacht; ich wollte es zu etwas bringen ...«

O nein, dachte ich, komm nicht wieder damit.

Man muss es mir angesehen haben, denn er sagte: »Natürlich willst du nicht auf mich hören ...«

»O Baba, tut mir leid.« Ich herzte ihn und küsste ihn auf die Wange. »Wunderbares Parfum.«

»Paco Rabanne.« Er lächelte.

Und ich lachte, denn keinem Vater in meinem Bekanntenkreis lag so viel an seiner Kleidung und an seinem Aussehen wie ihm.

»So, es wird Zeit«, sagte er, und das Ritual seines Abschieds begann. Der Boy erschien aus der Küche und trug seine Aktentasche zum Auto. Mûssa, der Fahrer, sprang aus dem Nichts herbei und öffnete ihm den Schlag.

Ich sah zu, wie sie davonfuhren, und dann stand nur noch der Toyota Corolla in der Auffahrt. Er hatte Mama gehört, aber letzten Monat hatten Omar und ich ihn geschenkt bekommen. Mama besass jetzt ein neues Auto, und Omar benutzte sein Motorrad nicht mehr.

Ich sah in den Garten hinaus und auf die Strasse dahinter. Es waren keine Fahrräder unterwegs. Ich hatte einen Verehrer, der unentwegt an unserem Haus vorbeiradelte. Manchmal kam er drei- oder viermal am Tag. Seine Augen waren hoffnungsfroh, dabei verachtete ich ihn. Aber blieb die Strasse wie jetzt leer, so war ich enttäuscht.

»Omar!«, rief ich von unten. Wir würden zu spät zur Vorlesung kommen. Zu Beginn des Semesters, unseres allerersten an der Universität, waren wir immer sehr rechtzeitig aufgebrochen. Doch sechs Wochen später entdeckten wir, dass es angesagt war, erst in letzter Minute aufzutauchen. Alle Dozenten erschienen zehn Minuten nach der vollen Stunde und kamen in die Säle voll erwartungsvoller Studenten hereingerauscht.

Ich hörte keinen Ton von oben und sauste wieder die Treppe hoch. Nein, das Bad war leer. Ich machte die Tür zu Omars Zimmer auf, und der Raum war wie erwartet ein Brutofen. Doch da lag er in tiefem Schlaf hingestreckt und schnarchte. Er hatte das Bettzeug abgestrampelt und lag schweissnass und erschlafft da.

»So, das reicht. Ich fahre jetzt, ich hab nichts mehr mit dir zu schaffen.«

Er rührte sich ein wenig. »Was'n?«

In meiner Stimme lag Ärger, aber ich hatte auch Angst. Angst vor seiner Schläfrigkeit, an der keine Krankheit schuld war; Angst vor seiner Lethargie, über die ich mit niemandem sprechen konnte.

»Wo ist der Schlüssel?«
»Hä?«
»Wo ist der Autoschlüssel?« Ich warf seine Schranktür auf.
»Nein, in meiner Jeans ... hinter der Tür.«
Ich zog den Schlüssel aus der Tasche, und Münzen fielen heraus und eine Schachtel Benson & Hedges.
»Wehe, wenn Baba das erfährt.«
»Mach die Lüftung wieder an.«
»Nein.«
»Bitte, Nana.«
Ich liess mich durch den Kosenamen ein wenig erweichen. Die Zwillingssymbiose packte mich, und vorübergehend war ich es, die sich so erhitzt und todmüde fühlte. Ich schaltete die Klimaanlage wieder ein und stapfte aus dem Zimmer.

Ich kurbelte das Autofenster hoch gegen den Staub und damit der heisse Wind mein Haar nicht zerzauste. Gern hätte ich mich wie eine emanzipierte junge Studentin gefühlt, die selbstbewusst am Steuer ihres eigenen Autos sass. War ich schliesslich nicht eine emanzipierte junge Frau, die ihren Wagen eigenhändig zur Universität fuhr? In Khartum gab es nur wenige Autofahrerinnen, und an der Universität waren nicht mal dreissig Prozent der Studenten Mädchen – wenn das nicht Grund für zu viel Selbstvertrauen war. Trotzdem war es mir lieber, wenn Omar auch da war, wenn Omar fuhr. Ich vermisste ihn.

Ich fuhr langsam, blinkte jedes Mal und achtete auf die Radfahrer. Bei der Ampel an der Gumhurîjastrasse klopfte ein kleines Mädchen an mein Fenster und bettelte mit gesenktem Kopf und leerem Blick. Weil ich allein war, gab ich ihr einen Geldschein. Wäre Omar dabei gewesen, so hätte ich ihr eine Münze gegeben – er verabscheute Bettler. Sie griff mit ungläubigem Staunen nach den fünf Pfund und eilte zurück auf den Gehsteig. Als die Ampel auf Grün wechselte, fuhr ich weiter. Im Rückspiegel sah ich, wie andere Kinder und ein paar verzweifelte Erwachsene das Mädchen umringten. Staub wirbelte auf, und ein Streit entbrannte.

Mit schweissnassen Händen klopfte ich an die Tür des Hörsaals 101. Ich war eine Viertelstunde zu spät. Drinnen hörte ich Doktor Baschîr ein weiteres Kapitel Buchhaltung, mein ungeliebtestes Fach, dozieren, aber mein Vater wollte, dass Omar Wirtschaft studierte. Und ich wollte, nach Jahren an einer Mädchenschule, mit Omar zusammen sein. Ich klopfte noch einmal lauter und drehte mutig am Knauf. Die Tür war geschlossen. Also hatte Doktor Baschîr seine Ankündigung wahr gemacht, keine Zuspätkommenden in seinen Vorlesungen zu dulden. Ich drehte mich um und ging zur Cafeteria.

Meine Lieblingscafeteria war im rückwärtigen Teil der Universität. Sie lag am Blauen Nil, aber das dichte Laub der Bäume verdeckte den Blick auf das Wasser. Der schattige Morgen und der Duft der Mangobäume beruhigten mich allmählich. Ich setzte mich an einen Tisch und tat so, als würde ich meine Notizen lesen. Sie sagten mir nichts und erfüllten mich mit Leere. Ich ahnte, wie viele Stunden es brauchen würde, auswendig zu lernen, was ich nicht begriff. Als ich aufblickte, sah ich, dass Anwar al-Sir an einem Nachbartisch sass. Er war in seinem letzten Studienjahr, und man wusste, dass er Bestnoten bekam. Heute war er mit seiner Zigarette und einem Glas Tee allein. Auf dem Campus waren die meisten ungepflegt, aber er hatte immer saubere Hemden an, war glattrasiert und trug sein Haar kurz, obwohl längere Frisuren Mode waren. Omar trug sein Haar genauso wie Michael Jackson auf dem Cover seines Albums *Off the Wall*.

Anwar al-Sir war Mitglied der Demokratischen Front, des studentischen Zweigs der Kommunistischen Partei. Vermutlich hasste er mich, schliesslich hatte ich ihn in einer *nadwa*[4] voller Witz und Verachtung über die Bourgeoisie herziehen hören. Die Familien mit Ländereien, die Kapitalisten, die Aristokraten, sie seien schuld an dem Schlamassel, in dem sich unser Land befinde, sagte er. Ich unterhielt mich mit Omar darüber, aber der fand, ich nähme das zu persönlich. Omar hatte keine Zeit für Leute wie Anwar, er hatte seine eigenen Freunde. Sie tauschten untereinander Videos von *Top of the Pops* und wollten alle einmal nach Grossbritannien gehen. Omar fand, es sei uns unter den Engländern bessergegangen und es sei schade, dass sie nicht mehr da waren. Ich passte auf, dass er in seinen Aufsätzen in Geschichte und Wirtschaft nichts dergleichen schrieb, denn alle Lehrbücher und Dozenten waren sich einig, dass der Kolonialismus an unserem Entwicklungsrückstand schuld war.

Es wäre kindisch gewesen, mich woandershin zu setzen. Aber ich fühlte mich unbehaglich Auge in Auge mit Anwar. Er lächelte mich an, und das verblüffte mich. Er liess mich nicht aus den Augen. Meine Bluse fühlte sich zu eng und mein Gesicht zu erhitzt an. Ich muss gestöhnt haben, denn er sagte: »Es ist heiss, was? Und du bist Klimaanlagen gewohnt.« Sein Ton war spöttisch.

Ich lachte. Als ich antwortete, klang meine Stimme fremd in meinen Ohren, als ob sie nicht mir gehörte: »Aber ich mag es lieber heiss als kalt.«

»Warum?« Er warf seine Zigarettenkippe weg und wischte Sand mit den Füssen darüber. Seine Bewegungen waren sanft.

»Das ist doch natürlicher, nicht?« Zwei Tische trennten uns, und ich fragte mich, wer wohl den ersten Zug machen, aufstehen und zum Nachbartisch gehen würde.

»Kommt drauf an«, sagte er. »Ein Russe würde vielleicht die Kälte natürlich finden.«

»Wir sind aber keine Russen.«

Sein Lachen war angenehm, und dann verstummte er. Sein Schweigen enttäuschte mich, und ich überlegte mir, wie ich das Gespräch wieder in Gang bringen könnte. Schnell stoppelte ich mir im Kopf ein paar Sätze zusammen: Du hast doch einen Bruder, der in Moskau studiert. Mir ist die Klimaanlage im Auto ausgestiegen. Weisst du, Doktor Baschîr wollte mich nicht mehr reinlassen. Aber ich verwarf alle als einfältig und fehl am Platz.

Das Schweigen begann zu dröhnen, bis mein Herzklopfen das Vogelgezwitscher übertönte. Ich stand auf und verliess die Cafeteria, ohne ihn anzuschauen oder mich zu verabschieden. Es war fast zehn und Zeit für die Makroökonomie.

Der Dozent liess die Präsenzliste zirkulieren. Ich trug

mich ein, nahm einen anderen Stift und schrieb in steileren Buchstaben Omars Namen auf das Blatt.

Als die Makro-Vorlesung um war, wartete Omar vor dem Saal auf mich.

»Gib mir den Autoschlüssel.«

»Hier. Und vergiss nicht, dass wir um zwölf Geschichte haben. Bitte lass dich da blicken.«

Er runzelte bloss die Stirn und eilte davon. Ich machte mir Sorgen um ihn. Sie liessen mich nicht los. Schon als ich klein war, hatte meine Mutter zu mir gesagt: »Pass gut auf Omar auf, du bist das Mädchen, du bist die Ruhige und Vernünftige. Pass auf Omar auf.« Und Jahr um Jahr nahm ich meinen Bruder in Schutz. Ich spürte seine Schwachheit und kümmerte mich um ihn.

Zwei

Ich nahm Brieftasche, Notizbuch und Federmäppchen aus meiner Strohtasche und liess sie auf der Ablage neben der Bibliothekstür. Zwei Mädchen aus meinem Kurs kamen gerade heraus, und wir lächelten einander zu. Ich wusste ihre Namen nicht mit Bestimmtheit. Sie trugen beide einen weissen Tob,[5] und eine war besonders hübsch, mit ihren tiefen Grübchen und funkelnden Augen. Sie kamen aus der Provinz, und ich war ein Mädchen aus der Hauptstadt, darum waren wir keine Freundinnen. Ihretwegen machte mich meine Kleidung zum ersten Mal im Leben verlegen: meine zu kurzen Röcke und zu engen Blusen. Viele kleideten sich wie ich, ich fiel nicht auf. Trotzdem fühlte ich mich unwohl in Gesellschaft dieser Mädchen aus der Provinz. Ich nahm ihre bescheidene Anmut wahr, den Tob, der ihre schlanken Körper bedeckte – reine weisse Baumwolle über den Armen und auf ihrem Haar.

Im Erdgeschoss der Bibliothek schnauften die Klimaanlagen, und die Fächer an der Decke surrten. Ich legte meine Sachen auf den Tisch und musterte die Regale. Etwas Russisches, um ihm näherzukommen und ihm etwas zu sagen zu haben. Marxistische Theorie, Dialektik. Nein, davon würde ich gar nichts verstehen. Schliesslich griff ich nach einem dicken Wälzer im Regal und nahm Platz, um in einer Sammlung übersetzter Gedichte zu lesen.

Ich verstand die Zeile »Ich überlebte all mein Sehnen«[6]. Aber ich wusste nicht, woher dieses Verständnis kam. Ich führte ein glückliches Leben. Meine Eltern liebten mich und waren stets grosszügig. Im Sommer machten wir in Alexandria, Genf und London Urlaub. Es gab nichts, was ich nicht hatte, nicht haben konnte. Keine Träume verrosteten, und keine Wünsche wurden begraben. Und trotzdem lauerte in mir manchmal Schmerz wie von einer verheilten Wunde und Traurigkeit wie von einem vergessenen Traum.

»Ich mag russische Schriftsteller«, gestand ich Anwar beim nächsten Mal, denn es gab ein nächstes Mal, eine zweite Chance, die nicht so zufällig wie die erste war. Wir gingen zusammen an der Post und an der Universitätsbuchhandlung vorüber.
»Wen denn?«
»Puschkin«, sagte ich, aber meine Antwort beeindruckte ihn nicht.
»So«, sagte er, »hilfst du mir ein paar Flugblätter verteilen?«
»Ich kann nicht. Ich habe meinem Vater versprochen, ich würde mich nicht in Studentenpolitik einmischen.«
Er zuckte die Achseln und hob die Brauen, wie um zu bemerken: Wer sagt's denn?
»Was sind denn deine eigenen politischen Ansichten?«, fragte er.
»Ich weiss nicht. Ich hab keine.«
»Was soll das heissen, du weisst es nicht?«
»Jeder scheint jedem die Schuld zu geben.«
»Gut, aber jemand muss die Schuld auf sich nehmen für das, was geschieht.«

»Und warum?«

»Damit diese Leute den Preis zahlen können.«

Diese Bemerkung gefiel mir nicht: den Preis bezahlen.

»Dein Vater steht dem Präsidenten nahe?«

»Ja, sie sind befreundet.«

»Bist du ihm schon mal begegnet?«

»Natürlich. Und er ruft meinen Vater zu Hause an, und ich gehe ans Telefon.«

»Einfach so«, sagte er lächelnd.

»Ja, ganz normal. Einmal vor Jahren, als ich noch in der Grundschule war, rief er an, und ich antwortete auf sehr englische Weise mit *hello*.« Ich hielt einen eingebildeten Hörer ans Ohr, äffte mich selber nach und sagte: »*Hello*, 44959.« Es gefiel mir, wie Anwar mich beobachtete, mit amüsierten Blicken. »Daraufhin«, fuhr ich fort, »wurde der Präsident wütend und sagte: ›Sprich anständig, Kind! Sprich arabisch mit mir.‹«

Anwar brach in Gelächter aus. Es freute mich, dass ich ihn zum Lachen gebracht hatte.

»Ich unterhalte mich gern mit dir«, sagte er langsam.

»Warum?« Ja, so bekam man Komplimente zu hören. Fragt doch, warum.

Wenn ich Jahre später zurückschaute und mich an Zeichen verborgener Anspannung hinter der Fassade der Heiterkeit zu erinnern versuchte, denke ich an das ständige Ringen, das ich einfach hinnahm. Der Geruch nach Staub und Kloaken rang mit dem Duft des Jasmins und der Guaven, und keiner war stärker. Der Blaue Nil strömte aus dem Äthiopischen Hochland, und die Sahara drang vor, doch weder der eine noch die andre gewann. Omar wollte weggehen. Die ganze Zeit wollte Omar weggehen, und ich, sein Zwilling, wollte bleiben.

»Warum durfte Samîr und ich nicht?«, fragte er Baba beim Mittagessen. Wir assen aus Porzellantellern mit Silberbesteck. Wir wischten uns den Mund mit Servietten ab, die täglich gewaschen und gebügelt wurden.

»Weil Samîrs Noten nicht gut genug waren«, sagte Mama. Sie war frisch vom Friseur zurück, und das Haar floss in Wellen über ihre Schultern. Sie roch nach Haarspray und Zigaretten. Ich wünschte, ich wäre so bezaubernd wie sie, offen und grosszügig und mit der Gabe, stets das Richtige zu sagen und im richtigen Moment zu lachen. Eines Tages würde ich es schaffen.

»Aber ist es denn fair«, kam ich Omar zu Hilfe, »dass der mit den schlechten Noten ins Ausland darf und der mit den guten Noten hierbleiben muss?« Samîr war unser Cousin, der Sohn von Onkel Sâlich, Mamas Bruder. Samîr war jetzt am Atlantic College in Wales, wo er das internationale Abitur machte.

»Kommst du auch noch?« Baba funkelte mich an.

»Nein, ich will nirgendwohin gehen. Ich will hier bei euch bleiben.« Ich lächelte Mama an, und sie erwiderte das Lächeln. Wir standen einander zu nahe, als dass ich sie hätte verlassen mögen, um im Ausland zu studieren.

»Nadschwa ist sehr patriotisch«, sagte Omar sarkastisch.

»Das solltest du auch sein«, tadelte Baba.

»Esst jetzt, und streitet später«, sagte Mama, aber sie achteten nicht auf sie.

»Ich will nach London gehen. Ich hasse es, hier zu studieren.« Es war Omar ernst. Ich hörte es seiner Stimme an, dass es ihm ernst war.

»Das tut dir gut«, sagte Baba. »Härtet dich ein wenig ab. Dieser ganze Privatunterricht hat dich verwöhnt. An der Universität siehst du, wie man auf der anderen Seite lebt. Du wirst verstehen, wie dein Land wirklich ist und in was für einem Umfeld du einmal arbeiten wirst. Als ich so alt war wie du ...«

Omar stöhnte, und ich befürchtete schon eine Szene. Ich schluckte leer und hatte Angst, dass Baba herumschreien und Omar davonlaufen würde. Dann konnte ich den ganzen restlichen Tag herumtelefonieren und ihn suchen.

Ich stand allein unten im Garten. Mein Verehrer fuhr auf seinem Rad vorbei. Seine Kleider waren schrecklich und seine Frisur fürchterlich. Es war nicht schmeichelhaft, von seinesgleichen bewundert zu werden. Ich fühlte den wohlbekannten Ärger in mir aufsteigen. Aber es machte Spass, sich über ihn zu ärgern. Ich warf ihm finstere Blicke zu, obwohl ich wusste, dass ihn jede Reaktion nur noch ermutigen würde. Er grinste hoffnungsvoll und pedalte davon. Ich wusste tatsächlich rein gar nichts von ihm.

»Komm mit, Nadschwa«, sagte Mama. Sie trug ihren uniblauen Tob und schwarze Sandalen mit hohen Absätzen. Sie trommelten gegen den Marmor der Vorderterrasse. Mama hielt eine Plastiktüte voller Lutscher und Süssigkeiten in der Hand.

Mûssa, der Fahrer, brachte den Wagen, und das Knirschen von Kies rührte die Nachmittagsstille auf. Er öffnete den Schlag für sie und holte im Haus noch mehr randvolle Plastiktüten mit alten Kleidern und zwei Dosen selbstgemachte Kekse. Ich erkannte Omars altes Coca-Cola-T-Shirt und ein rosa Kleid, das ich nicht mehr trug, weil es aus der Mode war.

»Wo gehst du hin?« Ich konnte ja Mamas bedeckter Kleidung entnehmen, dass es kein angenehmer Ort war.

»Cheshire Home«, sagte sie und nahm auf dem Rücksitz Platz. Sie sagte »Cheshire Home« so munter, als wäre ein Besuch dort ein Vergnügen. Dazu war bloss Mama imstande.

Ich zögerte ein wenig. Die dünnen, verrenkten Glieder der Kinder verstörten mich, und ich ging lieber zur Gehörlosenschule mit. Dort konnten die Kinder zwar nicht richtig sprechen, aber sie rannten sorglos herum und nahmen mit wachen, verständigen Augen auf, was sie nicht hören konnten.

Trotzdem setzte ich mich neben sie in den Wagen, und als Mûssa den Motor anliess, öffnete sie ihre Tüte und gab mir einen Minzkaugummi.

»Du hättest mal das Waisenhaus sehen sollen, zu dem deine Tante mich gestern geschleppt hat!«, sagte sie. »Im Vergleich dazu ist Cheshire das Paradies. Unglaublich, wie dreckig es dort war.«

Ich rümpfte angewidert die Nase und war erleichtert, dass sie am Morgen gegangen waren, als ich an der Uni war. So hatten sie mich nicht mitschleppen können.

»Und sie haben rein gar nichts«, fuhr sie fort. »Aber kann das eine Entschuldigung dafür sein, die Kinder nicht zu waschen?«

Sie erwartete keine Antwort von mir. Mûssa lächelte und nickte auf seinem Fahrersitz, als spräche sie mit ihm. So war sie eben. So redete sie. Manchmal war sie lebhaft, und manchmal war sie bedrückt und still. Und seltsamerweise war sie auf Partys und Hochzeiten oft kühl und nachdenklich, während sie in kritischen Momenten zu ihrer Hochform auflief. Wenn ich hörte, wie sie über das Waisenhaus sprach, wusste ich, dass sie keine Ruhe geben würde. Sie würde an allen Fäden ziehen und meinem Vater und Seiner Exzellenz in den Ohren liegen, bis sie bekam, was sie wollte.

Cheshire Home war schattig und kühl und lag in einem freundlichen Teil der Stadt mit Bungalows und alten grünen Gärten. Ich beneidete meine Mutter um die Natürlichkeit, mit der sie mit ihren Tüten voll Süssigkeiten und Keksen ins Haus segelte, während ihr Mûssa alles Übrige nachtrug. Die Kinderschwester, Salma, hiess sie wie eine alte Freundin willkommen. Salma war sehr grossgewachsen und dunkel, mit hohen Wangenknochen und strahlend weissen Zähnen. Ihre langweilige weisse Uniform konnte ihrer eleganten Erscheinung nichts anhaben: Sie wirkte würdevoll, mit weissen Strähnen im Haar. »Gratuliere«, sagte sie zu mir, »du hast es an die Universität geschafft.« Sie hatte mich schon lange nicht mehr gesehen.

»Du hältst dieses Heim gut in Schuss«, begann Mama Salma zu loben.

»Ach, früher war Cheshire noch besser.«

»Ich weiss, aber es ist immer noch gut. Da war ich doch gestern in dem Waisenhaus da, und es starrte vor Dreck, unglaublich.«

»Wo war das denn?«

Der Saal war gross, mit einer Tafel auf einer Seite und ein paar Kindertischen und -hockern. Eine Reihe von Betten stand an der Wand, und dazwischen lagen da und dort ein paar Bälle und Spielsachen. Sie kamen mir bekannt vor – vielleicht hatte Mama sie bei einem früheren Besuch mitgebracht. Ein paar Plakate an der Wand erklärten, wie wichtig das Impfen sei, und daneben hing ein schreckliches Bild von einem Baby mit Pocken. Salma brachte Stühle für Mama und mich, während sie selbst auf einem Kinderhocker Platz nahm. Die Kinder kämpften sich in ihren Laufstühlen zu uns, und manche robbten über den Boden. Ein Junge aus dem Süden war sehr schnell, weil er seine Arme und ein Bein ungehindert gebrauchen konnte.

»Jetzt einer nach dem andern, und ich gebe euch die Lutscher«, sagte Mama. Ein Ansatz zu einer Schlange bildete sich, verlor sich jedoch im Gewimmel der ausgestreckten Hände. Mama gab jedem Kind einen Lutscher.

»John«, rief Salma dem Jungen aus dem Süden zu, »hör mit diesem Herumkaspern auf, und hol dir deinen Lutscher!«

Er hievte sich mit einem lässigen Grinsen in unsere Richtung, und seine Augen leuchteten.

»Welche Farbe möchtest du?«, fragte ihn Mama.

»Rot.« Seine Augen schossen hierhin und dorthin, als ob er alles kritisch prüfen oder an etwas anderes denken würde.

»Hier. Da hast du einen roten«, sagte Mama. »Das ist der letzte rote, alle übrigen sind gelb.«

Er nahm den Lutscher und begann ihn auszuwickeln. »Ist das dein Auto da draussen?«, fragte er.

»Ja«, antwortete Mama.

»Was geht dich das an?«, schimpfte Salma mit ihm.

Er ignorierte sie und wandte kein Auge von Mama. »Was für ein Auto ist es?«

»Ein Mercedes«, sagte Mama lächelnd.

Er nickte und lutschte an seinem Stängel. »Ich fahr mal einen grossen Laster.«

»Dummer Junge«, lachte Salma, »wie willst du denn mal fahren?«

»Schaff ich schon«, sagte er.

»Mit bloss einem Bein?« Salma zog spöttisch amüsiert die Brauen hoch.

Da veränderte sich etwas an ihm: sein Blick. »Du brauchst zwei Beine, um ein Auto zu fahren«, fügte Salma hinzu. Er machte kehrt und schleppte sich davon.

»In Europa gibt es Spezialanfertigungen«, sagte ich, »für Leute ohne ... für Behinderte.« Zum ersten Mal seit unserer Ankunft hatte ich den Mund aufgemacht; meine Stimme klang dämlich, und alle ignorierten mich.

Auf einmal stiess John einen Tisch um und schleifte einen Hocker durch den Saal, mit dem er nach allen Seiten schlug.

»Hör auf, John, benimm dich!«, brüllte Salma.

Er achtete nicht auf sie und stiess den Hocker durch den Saal. Wäre der nicht mit einem anderen Hocker zusammengestossen, so hätte er Salma voll getroffen.

»Wart nur, ich rufe die Polizei.« Salma stand auf. »Sie sollen kommen und dir eine Abreibung verpassen.«

Er muss ihr geglaubt haben, denn er hielt inne und wurde ganz still. Er lehnte sich an die Wand. Sein Bein stand in einem bizarren Winkel ab, und er neigte den Kopf gegen die Wand, den Lutscher im Mund. Auf einmal still.

In der Stille hörten wir das Weinen. Sie war vielleicht elf oder zwölf, ein ganz dünnes Mädchen mit Gehschienen an beiden Beinen und einem rosa Kleid, das zu klein für sie war. Wie sollte sie mal heiraten, wie sollte sie arbeiten können …? Das dürfe ich nicht fragen, sagte Mama immer, es habe keinen Zweck, das zu denken, wir dürften einfach nicht aufhören mit den Besuchen.

»Warum weint sie?«, fragte Mama Salma.

»Ich weiss nicht.«

»Komm und nimm dir einen Lutscher«, rief Mama dem Mädchen zu, aber es hörte nicht auf zu weinen.

»Los jetzt, komm dir deinen Lutscher holen!«, schrie Salma das Mädchen an.

»Lass sie, Salma. Sie braucht Zeit.« Als das Mädchen sich nicht rührte, ging Mama zu ihr hinüber, gab ihr Schleckzeug und streichelte ihr zerzaustes Haar. Es nützte nichts. Sie sass mit den Süssigkeiten im Schoss wimmernd da, bis unser Besuch vorüber war. Erst als wir aufstanden, um zu gehen, sah ich, dass sie sich beruhigte und den Lutscher auswickelte. Sie blinzelte vornübergebückt, und Schleim tropfte ihr aus der Nase über den Mund. Es war ein Kampf für sie, den Lutscher auszuwickeln und ihn in den Mund zu kriegen. Ich hatte geglaubt, ihr Problem seien die Beine, aber auch mit den Händen stimmte etwas nicht.

Drei

Die Party im American Club war in vollem Gang, als Omar und ich eintrafen. Wir tauchten in die aufreizenden roten und blauen Discolichter ein und in *Oops Up Side Your Head* von der Gap Band.

»Wo hast du bloss gesteckt?«, kreischte meine beste Freundin Randa und versuchte die Musik zu übertönen. »Komm mit mir auf die Toilette.«

»Aber ich bin gerade erst angekommen«, versuchte ich abzuwehren, doch sie packte mich am Arm und zog mich mit.

»Du siehst umwerfend aus«, sagte ich zu ihr. Sie trug ein rückenfreies schwarzes Shirt und einen mittellangen, weitschwingenden Rock. Ich hatte mir nicht halb so viel Mühe gegeben wie sie. Die Toilette war übelriechend und heiss. Randa legte Lipgloss mit Erdbeeraroma auf und strich ihre Brauen glatt. Sie trug Flitter im Haar und auf ihren nackten Schultern.

»Bist du beim Friseur gewesen?«

»Klar bin ich beim Friseur gewesen.«

»Meine Hose sitzt zu eng.« Ich verrenkte mich, um meine Hüften im Spiegel zu sehen.

»Deine Hose ist toll – wie hast du sie angekriegt?«

»Aaah …«

»War nicht ernst gemeint.«

»Ist er hier?«

»Ja, Hoheit sind vor zwei Minuten erschienen, dabei bin ich schon seit sieben hier!«

Hoheit war der rätselhafte Amîr, mit dem sie seit einem halben Jahr ausging. Er hatte sich in letzter Zeit seltsam benommen.

»Heute Nacht soll er mal endlich zur Sache kommen«, sagte sie.

Ich wich ihrem Blick aus. Man munkelte, dass Amîr einem Mädchen aus dem Arabischen Club schöne Augen machte. Ich hatte nicht den Mut, es Randa zu erzählen. Stattdessen sagte ich: »Du siehst wirklich klasse aus heute.«

»Danke, Liebes.«

»Raus hier jetzt, ich ersticke noch.«

»Wart.« Sie zauberte den unvermeidlichen Minzespray aus ihrer Handtasche. Sie machte den Mund auf und sprühte, dann wandte sie sich mir zu. Ich hasste den Geschmack und öffnete trotzdem den Mund.

Vor der Toilette war die Luft frisch, und ein paar Kinder schwammen noch im Pool. Aus der Küche roch es verlockend nach Kebab und Pommes.

»Ich hab Hunger«, sagte ich.

»Wer denkt denn jetzt ans Essen?«

Ich liess mich von ihrer Aufregung anstecken, und wir gingen Arm in Arm kichernd die Treppe hinunter und tauchten wieder in die flirrende Finsternis der Party ein. Mein Lieblingslied lief: *Brown Girl in the Ring* von Boney M. Ich begann mitzusingen. Mitten auf dem Dancefloor tanzte die Inderin Sundari mit ihrem Marine. Ihr glattes schwarzes Haar fiel ihr bis auf die Taille, und wenn sie herumwirbelte, flog es auf und nieder. Ich konnte mich nicht sattsehen an ihr. Ihr Tanzstil war so, dass sie sich weit von ihrem Partner entfernte und auf ihren Stilettos wieder zu ihm zurückhüpfte. Er sah so sudanesisch aus, dass man sich leicht täuschen könnte, aber Randa und ich hatten ihn genau inspiziert und entschieden, er müsse Amerikaner sein, was man nur schon an seiner Haltung erkenne – weil es ihm peinlich sei, dass er in eine so unattraktive Weltgegend abkommandiert worden sei.

Ich musste nicht lange warten. Einer von Omars Freunden forderte mich auf, und wir entfernten uns von Randa zur Mitte der Tanzfläche. Weisser Rauch stieg aus dem Boden auf wie in *Saturday Night Fever*. Ich wirbelte herum, dass meine Ohrringe schaukelten, und die Arme der anderen Tänzer streiften die meinen.

Leider kamen nach Boney M. die Bee Gees mit *How Deep Is Your Love* an die Reihe, und das Volk auf der Tanzfläche schrumpfte auf höchstens fünf Paare zusammen. Erhitzt vom Tanzen, kaufte ich mir eine Pepsi und lief grüssend an den Tischchen vorbei, bis ich Randa in Gesellschaft von Omar und dem ewig ernsten Amîr fand. Seine Brille blitzte im Dunkeln und verbarg seine Augen; Randa lächelte hoffnungsvoll.

»Und wie geht's an der Uni?«, fragte sie ihn.

»Ganz gut«, sagte er einsilbig.

»Wann kriegt ihr dieses T-förmige Lineal?«, fragte ich. Die Architekturstudenten fielen auf dem Campus nämlich immer auf, wenn sie mit ihrem Lineal rumspazierten.

»Nächstes Jahr.« Sein Langweilertum war ansteckend. Ich gab auf, lehnte mich in meinem Stuhl zurück, goss Pepsi in mein Glas und schaute den Tänzern zu. Einige

Paare tanzten engumschlungen, andere linkisch auf Armeslänge Abstand. Sundari und ihr Marine tanzten dicht an dicht – seine Hände umschlossen ihre schmale Taille, und ihre lange Mähne berührte sie. Sie hob den Kopf von seinen Schultern, warf ihn in den Nacken und flüsterte ihrem Freund etwas zu. Er lächelte. Ich stellte mir vor, ich würde mit Anwar so tanzen, und ermahnte mich gleich, nicht so dumm zu sein, denn für genau so was hatte er doch bloss Verachtung übrig: westliche Musik und westliche Sitten. Ich hatte Randa nicht von ihm erzählt. Sie würde es nicht begreifen. Zwar würde sie ihn auch attraktiv finden, aber er war keiner von uns, nicht wie wir ... Und Mitglied der Demokratischen Front; sie wüsste nicht einmal, was die Front war.

Omar bot Amîr eine Zigarette an. Ein Windstoss kam plötzlich auf und blähte das Tischtuch. Bald kam der Winter, und wir würden Strickjacken tragen, und es wäre zu kalt zum Schwimmen.

»Nächsten Monat gehe ich weg«, stiess Randa plötzlich hervor.

»Was!«, riefen Omar und ich gleichzeitig. »Wohin gehst du?« Omar und ich bedrängten sie mit Fragen.

Amîr zuckte nicht mit der Wimper und sagte kein Wort. Sie antwortete uns und liess ihn dabei nicht aus den Augen, um seine Reaktion zu beobachten und ihn zu prüfen.

»Ich gehe nach England, um dort Abitur zu machen.«

»Aber wolltest du nicht die mittlere Reife noch mal versuchen, um es dann vielleicht doch an die Uni Khartum zu schaffen?«

»Meine Eltern wollen, dass ich gehe.«

»Wie bei meinem Cousin Samîr«, sagte Omar. »Er hat es nicht geschafft und darf ins Ausland. Und wir sitzen hier fest.« Er sah Amîr an, der ihm zustimmen oder wenigstens die Ironie des Schicksals würdigen sollte. Es kam keine Reaktion.

»Oh, Randa, ich bin völlig durcheinander.« In den ganzen höheren Klassen hatte ich gehofft, wir würden zusammen an die Uni gehen. Und als ihre Noten nicht gut genug waren, hatte ich gehofft, sie würde es noch mal versuchen und ein Jahr später nachkommen. Ich hatte geträumt, wir wären zusammen, und sie würde Anwar kennenlernen und endlich auch wissen, was die Front war.

»Ich kann ja nach dem Abitur wiederkommen.« Ein harter Ton lag in ihrer Stimme. Und auf einmal verloren der Flitter im Haar und das Lipgloss etwas von ihrem Reiz.

»Was meinst du dazu, Amîr?« Sie wandte sich erneut ihm zu, und ihre Stimme war fast schon schneidend und konzentriert.

Er zuckte die Schultern. »Warum nicht?«

»Genau, warum nicht?« Sie liess sich in ihrem Stuhl zurückfallen.

So, das war's dann, sie war ihm egal. Es tat mir leid für sie, und dazu kam der Schock, dass sie fortgehen würde. Wollte sie jetzt mit mir zur Toilette gehen und weinen? Verzweiflung lag auf ihrem Gesicht.

»Komm, Omar, gehen wir tanzen«, sagte sie.

Es gab eine Pause, bis mein Bruder begriffen hatte, was sie sagte, und entschieden hatte, ob er seine Zigarette ausdrücken oder mitnehmen wollte. Ich starrte auf den Boden. Sie begaben sich auf die Tanzfläche und versperrten mir die Sicht auf Sundari und ihren Marine. Ich schaute ihnen nicht beim Tanzen zu und ergab mich stattdessen den süsslichen Gesängen der Bee Gees. Amîr sagte nichts, und ich trank meine Pepsi aus und biss auf den letzten Eisklümpchen herum. Ich wartete, bis die langsamen Songs zu Ende waren und Omar und Randa zurückkommen würden.

Nach der Party ging ich mit zu ihr. Omar brachte uns hin und fuhr dann zu einer anderen, diesmal privaten Party weiter – einer dubiosen Veranstaltung, an der er mich nicht dabeihaben wollte. Sie wurden zahlreicher, seine rätselhaften Eskapaden, und damit auch die Orte und die neuen Freunde, zu denen ich keinen Zugang hatte.

Randas Eltern hatten gerade Gäste zum Dinner. Um der Gesellschaft auszuweichen, gingen wir durch die Küchentür ins Haus, an den fieberhaft arbeitenden Dienstboten vorbei und über einen Fussboden, der von Frittieröl und Küchenabfällen ganz klebrig und rutschig war. Randas Zimmer im Obergeschoss war sauber, und die Klimaanlage blies sanft. Randa zog eine langärmlige Bluse über ihr rückenfreies Shirt. »Damit wir uns was zu essen holen können«, sagte sie. Ich zupfte meine Bluse aus meiner Hose, und obwohl der untere Teil ganz zerknittert war, bedeckte er wenigstens meine Hüften und machte meine Kleidung etwas schicklicher.

Randas Eltern waren ein wenig verrückt, fanden meine Eltern. Sie hatten aus England, wo sie studiert hatten und

Randa geboren worden war, auch exzentrische englische Gewohnheiten mitgebracht. Sie gingen spazieren, luden zum Dinner mit Kartenspiel ein und hatten einen jungen Hund. Randas Mutter war eine der allerersten Professorinnen im Land. Darum war Randas Unvermögen, es an die Universität zu schaffen, eine herbe Enttäuschung. Und jetzt wollten sie sie nach England auf die Schule schicken – auch dies ein kühnes Unterfangen, denn nur wenige Mädchen gingen allein im Ausland studieren.

Die Erwachsenen hatten fertiggegessen und waren im Garten, wir mussten also nicht alle begrüssen und Konversation machen. Kurz bevor das Dienstmädchen im Speisezimmer abzuräumen begann, füllten wir unsere Teller mit Essen und verzogen uns wieder in Randas Zimmer. Sie hatte wohl Liebeskummer wegen Amîr und ass nicht viel. Ich jedoch putzte meinen Teller leer und ihren noch dazu.

»Hast du Sundari mit ihrem Marine gesehen?« Ich lachte. »Das wird allmählich ernst ...«

»Stell dir vor, ich hab ihr Auto neulich auf dem Parkplatz vor dem Marine House gesehen.«

»Das soll wohl ein Witz sein?«

»Nein, und es war während der Siesta!«

Ich kreischte und Randa lachte. Sie wurde wieder sie selbst, und bald kicherten wir zusammen und hechelten alle aus der Disco durch (ausser Amîr, natürlich) – was sie anhatten, mit wem sie getanzt hatten und wie eng. Ich wartete, bis sie Amîr erwähnen würde, aber sie tat es nicht. Sie trug die leeren Teller in die Küche und sagte, sie werde ein Dessert mitbringen.

Allein in ihrem Zimmer, tat ich das, was Mama mir jahrelang vergeblich abzugewöhnen versucht hatte: Ich schnüffelte herum. Ich öffnete Randas Schränke und begutachtete ihre Schubladen. Ich fand ein Foto von uns beiden in der Schule in der gleichen Uniform – dunkelblaue Schürze und weisser Gürtel. Arm in Arm lächelten wir in die Kamera. Es war schön damals, Randa jeden Tag zu sehen; neben ihr in der Klasse zu sitzen, während der Stunden zu schwatzen und die Lehrer zu ärgern, Sandwiches auszutauschen und aus derselben Flasche Double Cola zu trinken.

Ich blätterte in einer *Jackie*[7] und fand sie kindisch – warum Randa sie sich wohl noch immer aus London zuschicken liess? Ich stöberte in einem alten *Time Magazine*. Chomeini, der Iran-Irak-Krieg, Mädchen, die im schwarzen Tschador marschierten, Studentinnen ... Eine Frau hielt eine Flinte in der Hand. Sie war von Kopf bis Fuss verhüllt und verborgen.

Randa kam mit zwei Schalen Karamellcreme, Äpfeln und Bananen ins Zimmer.

Ich legte das Heft auf den Boden und griff nach meiner Schale.

»Völlig zurückgeblieben«, sagte sie mit einem Blick auf das Foto und gab mir einen Löffel. »Wir sollten vorwärtsgehen und nicht ins Mittelalter zurück. Wie kann eine Frau in diesem Aufzug arbeiten? Wie kann sie in einem Labor tätig sein oder Tennis spielen oder irgendwas tun?«

»Ich weiss nicht.« Ich löffelte die Karamellcreme, starrte auf das Heft und überflog den Artikel.

»Die sind verrückt«, sagte Randa. »Im Islam heisst es nirgends, dass man das tun soll.«

»Was wissen wir schon davon? Wir beten ja nicht einmal.« Ich hatte manchmal Gewissensbisse deswegen.

»Ich bete ab und zu«, sagte Randa.

»Ach ja, wann denn?«

»Vor den Prüfungen ... Hat mir viel genützt.« Sie lachte.

»Ich bete, wenn ich im Ramadan faste. Ein Mädchen an der Schule hat mir gesagt, dass Fasten nicht zählt, wenn man nicht betet.«

Randa zog die Brauen hoch. »Dabei behauptest du doch den halben Monat lang, du hast deine Tage und kannst nicht fasten!«

»Nicht den halben Monat. Ich schummle ein bisschen, aber keinen halben Monat lang.«

»Letztes Jahr waren wir in London und haben *überhaupt* nicht gefastet.«

»Wirklich?« Ich konnte mir den Ramadan in London oder London im Ramadan nicht einmal vorstellen.

»Wie kann man in London auch fasten? Der ganze Spass wäre dahin.«

»Stimmt.« Ich sah auf das Bild hinunter und dachte an all die Studentinnen, die den Hidschab,[8] und an jene, die den Tob trugen, Haar und Arme von unserer Nationaltracht bedeckt.

»Würdest du je einen Tob tragen?«, fragte ich sie.

»Ja, aber ein Tob ist auch was anderes als *das*.« Sie stach mit dem Finger ins *Time Magazine*. »Er ist nicht so streng. Bei einem Tob sieht man den Haaransatz und die Arme.«

»Kommt drauf an, wie du ihn trägst und was du darunter anhast. So wie ihn manche Studentinnen tragen, sind sie wirklich verschleiert.«

»Pah«, schnaubte sie, und ich sah ein, dass ich nichts von der Uni hätte sagen sollen, denn das tat weh. Ich legte das Heft weg und ass meine Karamellcreme auf.

»Ich hab nicht genug gelernt«, sagte sie verdrossen. »Ich hab diese Prüfungen einfach nicht ernst genommen.«

»Es ist so ungerecht. Du bist nämlich klüger als ich.« Ich hatte es bloss an die Universität Khartum geschafft, weil ich stundenlang auf meinem fetten Hintern sitzen und auswendig lernen konnte.

»Ich sollte wohl glücklich sein«, sagte sie leise. »Und ich bin ja wohl auch glücklich, dass ich nach London gehe, obwohl ich vielleicht gar nicht dorthin gehe. Vielleicht irgendwohin ausserhalb Londons.«

Ich wartete, bis sie von Amîr anfangen und sich beklagen würde, dass er sie den ganzen restlichen Abend geschnitten hatte. Das tat sie, und ich erzählte ihr die Gerüchte über ihn und das Mädchen vom Arabischen Club.

*

Es war nach drei Uhr morgens, als Omar mich abholte. Ich hatte mir allmählich schon Sorgen gemacht und nach ihm herumtelefoniert. In Randas Haus schliefen alle, nur wir blieben auf und schauten *Dallas*-Videos. Zum Glück waren Mama und Baba in Kairo, sonst hätte Omar Schwierigkeiten bekommen. Als er schliesslich erschien, um mich abzuholen, sah er müde aus und roch nach Bier und noch etwas, es roch süsslich.

»Du fährst«, sagte er, und das gefiel mir nicht. Ich fuhr nach Hause, und er legte nicht Bob Marley in den Kassettenspieler wie sonst. Er sass einfach neben mir, ruhig und abwesend, aber er schlief nicht. Er roch, und ich erriet den Geruch, bloss, dass ich es nicht glauben wollte. Haschisch? Marihuana?

Wir hörten den Ruf zum Morgengebet, als wir zu unserem Haus einbogen. Der Wächter erhob sich von seinem Schlafplatz am Boden und öffnete uns das Tor. Der Gebetsruf, die Worte und ihr Klang drangen in mich, durch den Geruch im Auto hindurch und durch den Spass in der Disco bis an einen mir unbekannten Ort. Eine hohle Stelle. Eine Finsternis, die mich einsaugen und auslöschen würde. Ich parkte den Wagen, und der Wächter schloss das Tor hinter uns. Er legte sich nicht wieder hin.

»Omar, wir sind daheim … Omar.« Ich lehnte mich hinüber und öffnete die Autotür für ihn. Er machte die Augen auf und sah mich mit leerem Blick an. Wir stiegen aus, und ich schloss den Wagen ab. Kein Hauch war zu spüren. Die Nacht war wie versiegelt, kühlte nicht, floss nicht. Ich konnte den Gebetsruf immer noch hören. Er ging immer weiter, und nun hörte ich in der Ferne eine zweite Moschee die Worte aufnehmen, und sie klopften an meine Trägheit, stupsten eine verborgene Taubheit an, wie wenn mir die Füsse eingeschlafen wären und ich sie dann berührte.

Die Dienstboten regten sich, und aus dem hinteren Teil des Hauses hörte ich das brausende Wasser, jemand räusperte sich und nieste, Pantoffeln schlurften über den Betonboden ihrer Unterkunft. Eine Glühbirne ging an. Sie machten sich zum Gebet bereit. Sie hatten sich aus dem Schlaf gequält, um zu beten. Ich war hellwach und betete nicht.

Vier

Es erstaunte meine Freunde nicht mehr, dass Anwar nach den Vorlesungen auf mich wartete. Wir gingen meist zur Cafeteria der naturwissenschaftlichen Fakultät, weil uns dort weniger Leute kannten, obwohl Anwar wegen seiner politischen Aktivitäten eine vertraute Erscheinung war. Er sprach nicht oft über Politik mit mir, aber manchmal fragte er mich seltsame Dinge.

»Wie viele Hausangestellte habt ihr?«

Ich begann nachzuzählen, was ich noch nie getan hatte. »Die Köchin, das äthiopische Mädchen, der Boy, der Wächter und Mûssa, der Chauffeur. Das sind alle. Nein, einen Gärtner haben wir noch, aber der kommt nicht jeden Tag.«

»Macht sechs.«

»Ja ... sechs.«

»Und ihr seid zu viert?«

»Wir haben aber viele Gäste«, verteidigte ich mich. Der Campus war fast leer. Es war Mittagszeit, Siestazeit, und alle schützten sich drin vor der Sonne, aber es war immerhin Winter und die Sonne erträglich. Um vier oder fünf schien sie weniger grell, und dann würde sich der Campus für die Abendvorlesungen wieder füllen.

»Findest du es denn nicht ungerecht, dass es so krasse Unterschiede in den Lebensumständen gibt? Im Westsudan herrscht Hungersnot. Unser Land ist eines der ärmsten der Welt.«

Ich rutschte auf meinem Stuhl herum und sagte: »Ich kann ja auch nichts machen.«

Seine Stimme wurde etwas sanfter, und so sah er mich auch an. »Aber das stimmt nicht. Wir müssen das System verändern. Es liegt immer an den Studenten und den Arbeitern, den Wandel zu bringen.«

Ich erzählte ihm, was ich im *Time* über die Iranische Revolution gelesen hatte. Es schien ihn zu belustigen, dass ich *Time* las. Vielleicht weil es auf Englisch geschrieben und mein Englisch sehr gut war, da ich eine Privatschule besucht hatte. Oder weil es eine amerikanische Zeitschrift war.

Ich wollte wissen, was er von der Revolution hielt. Er dozierte eine Weile darüber und begrüsste den Sturz des Schahs, war aber gegen einen islamischen Staat. Er sagte dasselbe wie Randa – »Wir müssen vorwärtsgehen und nicht zurück« – und sprach verächtlich von den schwarzen Tschadors.

»Dann hast du also ein sehr fortschrittliches Bild von der Rolle der Frau?« Ich lächelte erfreut über die Wendung, die das Gespräch nahm, denn jetzt konnte ich flirten und mir einmal mehr beweisen, dass ich ihm trotz meiner Herkunft gefiel.

Anwar schrieb für eine der Studentenzeitungen, die der Front. Die handschriftlichen Ausgaben wurden allwöchentlich ans Anschlagbrett der Cafeteria geheftet. Es gab jedes Mal einen Auflauf, die Studenten drängten sich davor und stellten sich auf die Zehenspitzen, um die obersten Seiten zu lesen, und hockten sich auf die Fersen für die unteren. Nach ein, zwei Tagen, wenn der Andrang nachgelassen hatte, riskierte ich auch einen Blick. Die meisten

Artikel langweilten mich, aber seine las ich immer und versuchte ernsthaft, sie zu würdigen. Meist jedoch lenkten mich die Farben der Buchstaben und die Schönheit der Handschrift von der Bedeutung der Worte ab. Die Titel prangten in grossen, fliessenden Lettern und wirkten dreidimensional in ihrem kühnen Rot mit schwarzer Schattierung. Es gab auch einige Illustrationen: ein Blatt an einem Artikelende oder eine fliegende Taube. Auch Karikaturen, Glossen und ein zynischer Witz fehlten nicht. Innerhalb der Mauern der Universität herrschte Redefreiheit. Die Mauern der Universität waren heilig, und selbst die Polizei durfte nicht hinein. Aber alle wussten, dass es Spione gab. Stolz erzählte mir Anwar, dass die Geheimpolizei eine Akte über ihn hatte.

Wie er meinen Namen sagte. Wie er »Du lässt mich nicht kalt« sagte. Manchmal beleidigte er mich und nannte mich dumm, und manchmal brachte er mich zum Lachen.

Ich erzählte Mama von ihm. Sie sagte: »Setz deinen Ruf nicht aufs Spiel, und verschwende deine Zeit nicht mit einem, der nie ein passender Ehemann für dich sein wird.« Sie sah, dass ich nicht überzeugt war, und ihr Ton wurde schärfer: »Dein Vater würde nie einwilligen. Und mit deinem gewohnten Leben wäre es vorbei: keine Bediensteten und keine Reisen mehr. Glaub mir, du würdest dich schlecht fühlen vor deinen Freunden und der Familie. Es wäre eine solche Demütigung für dich und für uns.«

»Okay«, sagte ich allzu laut, »okay.«

Ihre Stimme wurde begütigend und wollte erklären. »Ich hab dich doch so erzogen, dass du in der Gesellschaft etwas gelten und einen gewissen Lebensstandard halten kannst.«

Ich stapfte hinaus und erhaschte den Blick echter Sorge in ihren Augen. Sie hatte Angst, ich könnte ungehorsam sein und etwas Überstürztes tun. Aber der Rhythmus des Studentenlebens lullte mich ein: Ich ging Tag für Tag an die Uni, und manchmal sah ich ihn und manchmal nicht. Ich wusste nicht, ob ich in seinen Zukunftsplänen vorkam; er liess sich nichts anmerken. Und meine Träume waren von Popsongs und amerikanischen Filmen geprägt. Bis ich mir kopfschüttelnd klarmachte, dass er ja genau diese Dinge verachtete.

Sein Englisch war gut, was Wortschatz und Grammatik betraf, aber er sprach es zugegebenermassen mit starkem Akzent. Seine Kleider waren sauber und hatten gefällige Farben – aber sie waren altmodisch, und statt Socken und Turnschuhen trug er Sandalen. Er war nicht an einer Privatschule gewesen und hatte keine Privatlehrer gehabt; er war einfach intelligent, er las und besuchte Vorträge und Debatten. Sein Vater arbeitete als technischer Leiter bei der Eisenbahn. Er hatte zwei Onkel, einer war studierter Architekt und wegen Mitgliedschaft bei der Kommunistischen Partei im Gefängnis gewesen. Er hatte fünf Geschwister: Die älteste Schwester war Polizistin, verheiratet und hatte ein Kind. Ein Bruder studierte in Moskau und einer an der Aussenstelle der Universität Kairo in Khartum. Dann kam Anwar, und zwei jüngere Schwestern besuchten noch die Grundschule. Eine der jüngeren Schwestern war krank, aber davon sprach er ungern. Seine Mutter war ausgebildete Krankenschwester, aber sie arbeitete nicht mehr. Er hatte eine Tante, die das grosse Los gezogen hatte und mit ihrem Mann nach Saudi-Arabien gegangen war. Er wohnte im Studentenheim und ging nur selten nach Hause, obwohl sein Elternhaus gleich hinter der Brücke in Sâfia lag. Er rauchte täglich, trank aber nur gelegentlich. Er rauchte bloss Zigaretten und betete nicht. Im Ramadan fastete er nie, er sah nicht ein, weshalb. Im Ausland war er noch nie gewesen, aber er hatte das Land bereist, war in Port Sudan und in den Nuba-Bergen, in al-Ubajjid und sogar in Dschuba ganz im Süden gewesen. Ich war noch nie aus Khartum herausgekommen.

»Warum reist du nach Europa und willst dir nicht lieber dein eigenes Land ansehen? Unser Land ist doch so schön«, sagte er, entfachte ein Streichholz und zündete sich eine Zigarette an. Wenn uns niemand sah, abends, wenn die Universität schwach beleuchtet war, hielten wir Händchen oder sassen so nahe beisammen, dass unsere Arme sich berührten.

Der Redner stand auf einer umgedrehten Plastikkiste unter einem Baum. Ein sanfter Wind blies, und die Sonne schien mild, aber ich hielt trotzdem mein Schreibheft über den Kopf und kniff die Augen zusammen. Um mich herum war ein Gedränge. Mädchen im weissen Tob waren da und auch einige wie ich, mit dem Notizheft über dem Kopf. Ein paar Jungs sassen im Gras und andere auf dem Sims, der die Wege vom Garten trennte. In der Ferne wirbelte ein Rasensprenger und warf Wasserfontänen über die Blumenbeete und das Gras. Heute funktionierte das Mikrofon, und das machte den Unterschied. Es zog mehr

Menschen an, und das Echo von Anwars Stimme drang in die Cafeteria und bis in die Bibliothek.

Er sprach unaufgeregt zuerst, beinahe kühl, und dann mit kontrollierter Leidenschaft. Er hielt sich zurück und wartete die Herausforderungen und Provokationen ab, die mit den Fragen kommen würden. Erst dann lieferte er seine besten Formulierungen, die schärfsten Argumente, den Sarkasmus und die Pointe, nach der er grinsend die Brauen hochzog, wie um zu sagen: Ich schliesse mein Plädoyer ab. Ein Witz, der den Gegner vorführte, ein guter Witz, über den die im Gras gluckten und die in den hinteren Reihen lächelten. Ich war stolz auf ihn, und ihm zuzuschauen und zuzuhören war eine Wonne – wie ein Eis, als ich ein Kind war, ein Schokoladeneisbecher mit Sahne, der nie alle werden sollte. Aber dann verletzte er mich, und ich hätte darauf gefasst sein müssen. Ich hätte ihn kommen sehen sollen, den unvermeidlichen Seitenhieb auf die Bourgeoisie. Das war sein Lieblingswort. Aber diesmal war es noch schlimmer, er nahm kein Blatt vor den Mund und sprach den Namen meines Vaters aus – meinen Familiennamen, so vertraut und so nahe –, und es war wie ein Schlag in den Magen, in die Magengrube. Es verschlug mir den Atem, und mir wurde eiskalt, nur die Wangen brannten. Im Dröhnen in meinen Ohren – dem Gelächter ringsum – ging der Rest seines Satzes unter. Er sah mich kein einziges Mal an. Ich war unsichtbar, doch beim direkten Angriff auf meinen Vater fiel mein Name. Mein Name fiel, und alle lachten. Ich gehörte der Oberschicht an, ja, mütterlicherseits, mit einer langen Geschichte von Ländereien, Unterstützung der Briten, Hotels in der Hauptstadt und Bankkonten im Ausland. Und als ob dies nicht schon schlimm genug wäre, wurde mein Vater der Korruption bezichtigt.

Ich drängelte mich aus der Menge, taub und blind für etwaige Blicke. Ich wusste, dass ich nicht weinen durfte und auf dem Weg zu meinem Auto Haltung bewahren musste. Ich liess mich auf dem heissen, klebrigen Plastiksitz nieder. Ich löste die Handbremse und steckte den Schlüssel ins Zündschloss. Als ich wegfahren wollte, klopfte es ans Fenster. Omar. Ein lächelnder, gutgelaunter Omar. Nicht der Omar der zwielichtigen Partys und dubiosen Gerüche, sondern ein strahlender Omar in weissem T-Shirt und Jeans. Ich kurbelte die Scheibe herunter.

»Was ist los, Nana?«

Wie konnte er es wissen? Vor langer Zeit hatten wir zusammen in Mutters Bauch geschlafen, einander zugewandt, strampelnd und zuckend. Ich würde gern wieder dorthin zurück. Jetzt fliessen die dummen Tränen.

»Was ist los, Nana?«

»Nichts.«

»Okay, lass mich fahren.«

»Aber du willst doch noch gar nicht nach Hause.«

»Ist schon gut, ich kann ja wiederkommen.«

»So dumm von mir.« Ich wischte mir mit dem Handrücken übers Gesicht und schniefte.

»Komm schon, mach Platz.«

Ich stieg aus und ging um den Wagen herum zum Beifahrersitz. Ich fühlte mich schlapp und mochte nicht reden.

Auf dem Heimweg beobachteten wir einen Unfall. Wir hörten das Glas splittern, als die beiden Autos zusammenstiessen, eins war ein Taxi und das andere ein blauer Datsun. Eine gaffende Menge versammelte sich, und der Verkehr kam zum Erliegen. Omar bog in eine Seitenstrasse ab, um dem Stau zu entkommen. Die Seitenstrasse hatte einen Graben und wurde von Häusern mit Metalltüren flankiert. An einer Tür war ein Muster aus Pik, Karo, Herz und Kreuz zu sehen. Omar legte Bob Marley in den Kassettenspieler und sang zu *Misty Morning*.

Fünf

Ich sprang in den Pool, und das Januarwasser war ein Schock. Ich tauchte hustend und atemlos wieder auf. »Eiskalt«, prustete ich.

»Du bist verrückt«, rief Randa unter dem Schirm eines Tischchens am Pool hervor. Sie trug eine glamouröse Sonnenbrille und ass ein überbackenes Käsesandwich. Mir blieb nichts anderes übrig, als zu schwimmen und zu schwimmen, bis mir warm wurde. An der Oberfläche, die die Sonne den ganzen Morgen beschienen hatte, war das Wasser noch warm. Darunter war es viel kälter, darum schwamm ich nicht unter Wasser. Ich erreichte das flache Ende, stiess mich mit den Füssen an der Mauer ab und wendete, um im Bruststil zum tiefen Ende zurückzukehren. Ein paar Ausländer aalten sich dick mit Ambre Solaire eingeschmiert auf Liegestühlen in der Sonne und lasen Sidney Sheldon,[9] aber ich hatte den ganzen Pool für mich.

Es dauerte drei Längen, bis ich nicht mehr steif vor Kälte war und es zu geniessen begann. Meine Augen brannten vom Chlor, und ich spürte seinen vertrauten Geschmack im Mund. Meine Arme und Beine teilten das Wasser und schafften mir Raum, um vorwärtszukommen. Gestern war ich an Anwar vorbeigelaufen, ohne hallo zu sagen – er hatte mit ein paar Freunden die neusten Wandzeitungen angeschlagen. Es hatte mir gutgetan, ihn zu ignorieren. Er wartete auf mich, als ich aus der Buchhaltungsvorlesung kam, und lächelte freundlich, als ob nichts gewesen wäre. Er dachte, ich würde mit ihm spazieren gehen, aber ich bog mit ein paar Mädchen einfach zur Cafeteria ab. Ich fühlte beim Schwimmen immer noch einen dumpfen Groll auf ihn.

Als ich aus dem Pool stieg, schlang ich ein Tuch um meine Mitte und setzte mich neben Randa.

»Der Bademeister konnte kein Auge von dir lassen«, sagte sie.

»Sehr lustig.« Ich warf ihm einen verstohlenen Blick zu. Er trug ein gelbes Poloshirt über der Badehose. Er war Eritreer.

Ich nahm meinen Kamm aus der Tasche und begann damit an meinem Haar zu ziehen. Ich hatte kein so schönes und glattes Haar wie Mama.

»Willst du es dir nicht unter der Dusche waschen?«

»Nein.« Nach dem, was sie mir von dem Bademeister erzählt hatte, mochte ich mich nicht unter die Duschen stellen, die gleich neben ihm waren.

»Dann hat er dich gut im Blick«, kicherte sie.

»Genau.« Ich fühlte mich unbehaglich, ganz ohne Grund. Mama hatte nichts dagegen, dass ich schwimmen ging, solange ich keinen Bikini trug, aber seitdem ich an der Uni war, fühlte ich mich unwohl dabei, selbst in meinem schwarzen Einteiler.

»Mein Dad hat mir heute mein Flugticket gekauft«, sagte Randa.

»Nein!«

»Doch. Nächsten Samstag fliege ich ab. Und am Montag beginnt das Semester.«

Ich zählte die Tage: Es blieben noch zehn.

»Wir geben eine Abschiedsparty für dich«, sagte ich.

»Wunderbar!«

Ich versuchte mir vorzustellen, wohin sie gehen würde. Sie ging nicht nach London, sondern nach Wales. »Mein Cousin Samîr ist auch dort«, sagte ich, »am Atlantic College. Weisst du was, er hat gesagt, sie müssen klettern und anderen Sport draussen betreiben. Es gehört zum Lehrplan. Er kann dir alles erzählen; er ist gerade in seinen Weihnachtsferien hier.«

Ich zog meinen Stuhl unter dem Schirm hervor, damit die Sonne mein Haar trocknen konnte: meine Strähnen voll Chlor. Ich musste schnell nach Hause und es waschen und legen, denn ich hatte noch einen Abendkurs.

Ich trug meinen Jeansrock an dem Abend. Es war mein Lieblingsteil, eng und mittellang und hinten geschlitzt. Er hatte zwei Seitentaschen und einen Reissverschluss vorn, wie eine Hose. Dazu trug ich meine rote Kurzarmbluse mit den blauen Blümchen am Kragen. Die Frisur war mir ausnahmsweise geraten: Mein Haar war wellig, statt sich wild zu locken. Mein Aussehen war mir an dem Tag wichtiger als sonst. Als wollte ich gut aussehen, um Anwar zu ärgern oder um ihm zu zeigen, dass er mir egal war.

Er war nicht da, als ich um fünf an der Uni war. Ich war spät dran für meine Vorlesung, weil Omar mit Samîr ausgegangen war und ich den Fehler gemacht hatte, auf ihn zu warten. Eine Brise wehte um die Bäume, als ich die Abkürzung über den Rasen nahm. Der Küchengehilfe der Mensa breitete eine grosse Palmfasermatte im Gras aus. Er rollte sie aus und zupfte daran, um sie im genau richtigen Winkel hinzulegen.

Die Wirtschaftsvorlesung war gut an dem Abend – Rostows Modell,[10] das ich begriff und das mir völlig einleuchtend schien. Unser Land sollte eines Tages abheben wie ein Flugzeug, und wir müssten bloss laufen und unsere Entwicklung beschleunigen, und dann gehe es vorwärts, langsam zuerst, aber dann immer schneller, weg von unserer Rückständigkeit und schneller und schneller, bis zum *lift-off, take-off*. Wir würden gross werden, normal wie all die anderen reichen Länder im Westen, wir würden sie einholen. All das schien mir kristallklar, und ich schrieb es in mein Notizheft und wünschte, Omar wäre hier, denn ich wusste, Rostow hätte ihm auch gefallen. Aber dann schob der Professor seine Brille über die Nase und sagte: »Und jetzt die marxistische Kritik an Rostows These der Unterentwicklung.« Also war das alles nicht wahr. Wir würden nicht abheben. Rundum begannen die Studenten mit den Füssen zu scharren, zu zappeln und zu murren, es sei Gebetszeit. Der Professor ignorierte sie. »Wie die Geschichte zeigt, sind nicht alle entwickelten Nationen Rostows Modell gefolgt ...« Das Murren wurde lauter, zwei mutige Jungs gingen einfach hinaus, und ein paar Mädchen begannen zu kichern. Der Professor gab nach und sagte: »Zehn Minuten Pause.«

Alle drängten zur Tür. »Er ist eben Kommunist, darum sind ihm die Gebete egal«, sagte meine Banknachbarin, das hübsche Mädchen mit den Wangengrübchen, lächelnd. Sie eilte an mir vorbei und rief nach ihren Freundinnen, ihre hochhackigen Schlupfschuhe schlugen gegen ihre Fersen. Sie trug heute einen blauen Tob und sah darin noch einnehmender aus. Alle Mädchen trugen weisse

Tobs am Morgen und farbige am Abend. Ich sah sie gerne sich verwandeln vom einfachen morgendlichen Weiss zu blauen und rosa Blumen und lebhaften Mustern in kühnen Farben.

Ich verliess als Letzte den Saal. Draussen sah ich Anwar angeregt mit dem Professor plaudern wie mit einem alten Freund. Ich ging an ihnen vorbei zum Garten und setzte mich auf die Eingangsstufen, um den Betenden zuzuschauen. Nicht alle beteten. Mädchen wie ich ohne Tob oder Hidschab beteten nicht, und wer von den jungen Männern Mitglied der Front war, wusste man gleich, weil sie auch nicht beteten. Die anderen versammelten sich auf der Palmfasermatte, aber es war zu wenig Platz darauf für alle. Wer zu spät kam, musste sich mit dem Gras begnügen. Unser Mathematikdozent, ein Muslimbruder, breitete sein weisses Taschentuch auf dem Rasen aus. Er stand neben dem Gärtner, und ihre Schultern berührten sich. Der Student, der als Vorbeter amtete, rezitierte den Koran mühelos und in lebhaftem Ton. Ich bestaunte die Tobs der Mädchen, das bunte Meer, das von vereinzelten Windstössen aufgewühlt wurde. Und als sie sich niederbeugten, raschelte der Polyester im Gras.

»Warum ignorierst du mich?« Das war Anwars Stimme neben mir. Ich fühlte mich gestört – wobei, wusste ich nicht. Ich stand auf und ging wieder Richtung Hörsaal zurück. Jetzt sah ich die betenden Studenten nicht mehr, und auf einmal war ich von Neid erfüllt. Es war eine urplötzliche, irrationale Aufwallung. Was gab es da zu beneiden?

Anwar folgte mir. Wir standen allein vor dem Hörsaal. Er packte mich am Oberarm. »Spiel nicht mit mir.«

»Wenn hier jemand wütend ist, dann bin ich es.« Ich wollte ihm meinen Arm entziehen, aber er hielt ihn immer noch fest.

»Ist es wegen dem, was ich neulich in dieser Rede gesagt habe?«

»Ja, es ist wegen dem, was du neulich in der Rede gesagt hast.«

Er liess meinen Arm los. »Das hat doch mit dir nichts zu tun ...«

»Es ist mein Name. Es ist mein Vater.«

»Du nimmst es persönlich. Sieh doch das grosse Ganze an.«

»Ich will nicht das grosse Ganze sehen.«

»Weisst du, wie die Leute über ihn reden?«

»Ich will es gar nicht wissen.«

»Sie nennen ihn Mister Zehn Prozent. Und weisst du, warum?«

»Hör auf.«

»Du kannst nicht einfach den Kopf in den Sand stecken. Du musst erfahren, was er treibt. Er missbraucht seine Stellung in der Regierung. Er kassiert eine Provision für jedes Geschäft, das die Regierung mit einer ausländischen Firma abschliesst.«

Anwar benutzte ein Wort, »Provision«, das in meinen Ohren förmlich und harmlos klang. »Und wennschon!«, höhnte ich.

Er senkte die Stimme, aber sein Ton war schärfer. »Er veruntreut Geld. Euer Lebenswandel – dein neues Auto, euer neues Haus. Deine Familie wird von Tag zu Tag reicher ... Siehst du nicht, wie korrupt das ist?«

Mein Zorn war wie ein Vorhang zwischen uns. »Wie kannst du es wagen, solche Lügen über meinen Vater zu verbreiten! Mein Vater, das bin ich. Meine Familie, das bin ich.«

»Versuch doch zu begreifen. Meine Gefühle für dich und meine politische Einstellung sind zwei verschiedene Dinge. Es ist schon schlimm genug, dass man mich auslacht, weil ich mit dir gehe.«

»Dann lass mich doch in Ruhe. Lass mich einfach in Ruhe, und niemand lacht dich aus.«

Er schnaubte verärgert, drehte sich um und ging. Ich betrat den Hörsaal, doch er war nicht leer. Ein Mädchen im Hidschab sass darin und feilte an ihren Nägeln. Vermutlich hatte sie das ganze Gespräch zwischen mir und Anwar gehört. Was tat sie hier, statt draussen mit den andern zu beten? Sie hatte vermutlich ihre Tage. Ich setzte mich und begann, um mir meine Gelassenheit zu beweisen, eine Einladungsliste für Randas Abschiedsparty zusammenzustellen.

Sechs

Pizza, Pepsi, Pommes und Ketchup. Cupcakes und *taamîja*.[11] Samosas und Schokoladeneclairs aus der Bäckerei. Sandwiches mit Thunfisch, Ei, Wurst, Frischkäse mit Tomaten, Frischkäse mit Oliven. Vanilleeis in kleinen Pappbechern. Ich liess sie im Dunkeln zirkulieren und schliesslich Plastiklöffelchen in die Blumentöpfe fallen. Grauschwarz auf der Veranda, mauvefarbene Schatten über den Autos. Wir waren alle wunderschön im Mondlicht.

»Tut mir leid, Leute, der Generator will nicht anspringen ...«

»Ich habe das verflixte Ding einfach nicht anbekommen.«

»Was schalten sie die Elektrizität mitten im Winter ab? Wie ticken diese Leute?«

»Pass auf, ihr Vater ist die Regierung.«

»Habt ihr keine Batterien für den Kassettenrecorder?«

»Batterien. Omar, hol Batterien. Geh schon.«

»Ich geh ein paar kaufen.«

»Nein, nein.«

»Sie ist zum Heiraten nach Nairobi gegangen.«

»Fünf Minuten mit dem Auto ...«

»Du hast perfekt weisse Zähne, hat dir das schon mal jemand gesagt? Ich kann sie im Dunkeln *sehen!*«

»Du bringst den Typ in Verlegenheit.«

»Das soll meine Abschiedsparty sein. *Das?*«

»Randa!«

»Ich bin ja froh, dass ich gehe ... wenn ihr nichts Besseres zu bieten habt.«

»Jetzt hört euch mal *die* an!«

»Übermorgen ist Schluss mit den Stromausfällen. Dann beginnt das zivilisierte Leben.«

»Nimm dir ein Sandwich! Das da sieht wie Ei aus ... ich weiss nicht. Riech daran ... Also das hier ist sicher Wurst ...«

»Kommt ja vielleicht wieder ...«

»Was ist denn überhaupt mit eurem Generator los? Warum kriegt ihr den nicht zum Laufen?«

»Komm, wir gehen ...«

»*Keiner* geht irgendwohin. Untersteht euch! Samîr ... du verdirbst die Party.«

»Wenn wir bloss Musik hätten ...«

»Was macht er denn da? Nein, du kannst nicht gehen. Bitte geh nicht.«

»Du kannst uns nicht im Stich lassen, Samîr.«

Das Scheinwerferlicht fiel auf Samîr, auf seinen Afrolook und seinen frischen Schnurrbart. Er sass auf dem Beifahrersitz, ein Bein noch draussen, bei geöffneter Tür. Er hatte den Blick auf das Autoradio gesenkt und drehte an den Knöpfen, bis der Kassettenspieler auf einmal mit *Boogie Nights* von Heatwave loslegte.

Er begann auf uns zuzutanzen. Randa lachte laut.

»Samîr, du bist ein Genie!« Ich versuchte die Musik zu übertönen.

»Lass den Motor an, Mann. Lass den Motor an ... sonst ist deine Batterie bald futsch.«

Ich fühlte mich nicht gut, nachdem sie gegangen waren. Ich sass auf der Veranda, während die Dienstboten aufräumten. Es war immer noch Nacht, weil die Lichter noch nicht wieder angegangen waren, aber meine Augen hatten sich inzwischen an die Dunkelheit gewöhnt, und ich konnte die Nachbarhäuser und die Gartenschaukel sehen. Die Party war ein Flop gewesen. Und inzwischen waren Omar und die meisten Gäste weitergezogen. Randa war nach Hause gegangen, um zu packen. Sie hatte mir gedankt und die Party gelobt, aber das war nicht ihr Ernst gewesen. Ich sah, dass es nicht ihr Ernst war. Der Stromausfall hatte alles verdorben. Im einen Moment tanzten wir drinnen zu lauter Musik, und die Stimmung war genau richtig. Doch im nächsten Augenblick herrschte das dunkle Schweigen von draussen, unter dem majestätischen Himmel. Die Lichter gingen nicht wieder an, und der Generator war unbrauchbar. Sie würden darüber lästern und sagen, wir seien so reich, aber für einen Generator, der anständig funktioniere, seien wir zu geizig. Ich wusste, dass sie das sagen würden, denn ich hätte es an ihrer Stelle auch getan.

Ich dachte an Anwar und an die Welten, die ihn von dieser Party trennten. Er kannte weder Randa noch meinen Cousin Samîr. Wenn ich ihn jetzt an der Uni traf, sagte er hallo, und ich sagte auch hallo, und das war's. Manchmal sah er mich an, als wollte er mehr sagen, aber er liess es sein. Er schien mit seinen Aktivitäten für die Front sehr beschäftigt zu sein. Was er mir erzählt hatte, ging mir nicht aus dem Kopf, und ich versuchte mir einen Reim darauf zu machen. Warum ich erschrocken war, als er sagte: »So kann es in unserem Land nicht weitergehen« oder »Dieses System ist dem Untergang geweiht«. Er hatte mir inzwischen erzählt, dass seine jüngste Schwester blind war und in Deutschland operiert werden könnte, wenn sie das Geld zusammenbrächten. Wir reisten jedes Jahr nach Europa, verbrachten den Sommer in unserem Apartment in London oder in Hotels in Paris und Rom und gingen auf Shoppingtour. Wenn wir in einem Sommer mal zu Hause blieben, könnte Anwar das gesparte Geld haben und seiner kleinen Schwester die Operation ermöglichen. Als ich noch ein Kind war, bevor ich in die Oberstufe kam, hatte ich mich mit Mama und Baba solcher Dinge wegen angelegt. Ich gab das ganze Geld, das ich zum Id[12] bekommen hatte, einer Mitschülerin. Ich schenkte meinen goldenen Ohrring dem äthiopischen Dienstmädchen. Sie wurde gefeuert, und das Mädchen bekam Schwierigkeiten mit der Schulleiterin. »Es gibt da Regeln«, sagte Mama immer, »du kannst nicht nach Lust und Laune Almosen verteilen – man wird dich dafür verachten und für dumm halten.«

Ich lernte diese Regeln: Gib nur Kleider weg, die du getragen hast. Gib gerecht, und gib angemessen. Gib, was erwartet wird. Du kannst die Leute beleidigen, wenn du ihnen zu viel gibst. Du kannst sie verwirren. Du bringst vielleicht Leute in Verlegenheit mit teuren Geschenken, die sie nicht erwidern können. Gib nie einem Einzelnen etwas und seinen Freunden und seinen Geschwistern nichts. Denk nach. Denk nach, bevor du gibst. Erwartet man es von dir?

Ich blieb auf, bis Omar nach Hause kam. Einer seiner Freunde brachte ihn bis zum Tor, und er wankte die Auffahrt herauf, stolperte auf den Stufen zur Veranda und fiel einmal fast hin. Er sah mich nicht, bis ich ihn ansprach. Auf einer Seite unserer Veranda war eine Bank in die Mauer eingelassen. Dort legte er sich hin, starrte zum Himmel hinauf und liess eine Hand herunterbaumeln. Er roch wieder, ein süsslich-rauchiger Geruch, anders als Bier.

»Du sitzt tief in der Tinte«, sagte ich zu ihm. Er drehte nicht einmal den Kopf nach mir. »Ich hab ein Pulversäckchen in deiner Schublade gesehen.«

»Hast du's genommen?« Seine Stimme klang ruhig, aber wacher.

»Nein, aber ich werde es Baba sagen.«

»Keine Bange, Nadschwa.« Er lallte. »Es ist bloss Hasch. Macht nicht süchtig – etwas stärker als eine Zigarette, das ist alles.«

»Denkst du, es wird Baba gefallen, dass sein Sohn Haschisch raucht?«

»Wird es ihm denn gefallen, dass seine Tochter mit einem Kommunisten geht?«

»Es ist aus zwischen mir und Anwar.«

»Ihr habt euch bloss gestritten, das wird schon wieder.« Er rollte sich auf die Seite und sah mich im Dunkeln an. »Und weisst du, was Baba dann tun wird? Er wird ein paar Schläger ausschicken, die ihn verprügeln sollen. Und wenn er seinen Abschluss macht, wird er dafür sorgen, dass keiner ihm einen anständigen Job gibt.«

Ich atmete schwer. »Du erzählst Unsinn – dieses Zeug hat dich durcheinandergebracht. So was würde Baba nie tun.«

Er lachte. »Er würde alles tun, um seinen Augenstern zu beschützen.« Er drehte sich wieder auf den Rücken, und wir waren still. Er begann regelmässig zu atmen, als ob er gleich einschlafen würde.

»Du gehst besser rein, bevor sie zurück sind.«

Er grunzte.

»Hier, nimm die Taschenlampe.« Ich drückte sie ihm in die Hand.

Er ging ins Haus, und schon sah ich die Scheinwerfer von Babas Auto näher kommen. Er hupte, und unser Nachtwächter ging das Tor aufschliessen. Räder knirschten über den Kies, und ich hörte Mama beim Aussteigen fragen: »Wann sind denn die Lichter hier ausgegangen?«

Ich ging zu Baba hinüber und drückte ihn, als fürchtete ich mich vor etwas und er könnte die Angst verscheuchen. Er roch nach Grillfleisch und offiziell verbotenem Whisky. Ich wich vor ihm zurück. Mama sah müde aus und liess die Schultern hängen. Selbst im Mondlicht konnte ich sehen, dass die Mascara um ihre Augen verschmiert war. Wir stiegen die Stufen zur Veranda hinauf. Sie erkundigten sich nicht nach der Party und setzten das Gespräch fort, das sie schon im Wagen geführt hatten.

»Er wird es durchstehen«, meinte Baba, »er hat nicht zum ersten Mal mit Widerstand zu kämpfen.«

»Hoffentlich«, sagte sie. »Alles, was ihm schadet, wird auch uns schaden.«

Ich öffnete die Haustür. Das Licht war wieder da und blendete mich.

Sieben

Baba teilte nicht oft seine Wünsche mit uns, aber an jenem Tag tat er es. Wir waren auf der Farm, und er trug ein Safarihemd. Er war ein wenig gereizt, weil er die Familientreffen, die meine Mutter organisierte, nicht mochte. Er zog Treffen mit Geschäftsfreunden und nützliche Kontakte diesen Picknicks vor, bei denen man den ganzen Tag Karten spielte und pausenlos ass. Er lehnte sich in seinem Liegestuhl zurück und blickte auf, als ein kleines Flugzeug vorbeiflog, das Pestizid versprühte. »Eines Tages werde ich meinen eigenen Privatjet haben«, verkündete er. »In höchstens drei Jahren – es ist alles geplant!«

»Wow«, sagten Omar und ich gleichzeitig. Wir sassen auf einer Picknickdecke im Gras.

»Denkt an euren Vater, Kinder. Ich habe mal mit nichts angefangen. Kein Vater, keine gute Ausbildung, nichts. Und jetzt werde ich mir einen Privatjet leisten können.«

»Ich werde ihn fliegen lernen«, sagte Omar. »Ich werde mich ausbilden lassen dafür.«

Baba musterte uns über seine Brillengläser mit Goldrand und fragte: »Wie alt seid ihr jetzt eigentlich?«

»Neunzehn«, antwortete Omar.

»Neunzehn schon? Und du auch, Nadschwa?«

»Ja.« Ich lächelte.

Er neckte uns: »Ich hatte geglaubt, ihr wärt achtzehn.«

»Das war letztes Jahr«, sagte Omar. Ich lachte. Es war selten der Fall, aber heute waren Omar und ich in denselben Farben gekleidet. Wir trugen beide Wrangler-Jeans, dazu hatte ich einen beigen Rollkragenpullover an und er ein langärmliges beiges Hemd. Mama kam und machte ein Foto von uns. Jahre später, als alles in Trümmern lag, war dieses Foto immer noch da. Omar und ich lächelten, eine rosa Blume steckte in meinem Haar, ich hatte die Beine übereinandergeschlagen und stützte den Ellbogen auf mein Knie und mein Kinn in die Hand. Omar sass daneben, sein Rücken dicht an meinem Arm, mit leuchtenden Augen und ausgestreckten Beinen, eine Hand lässig auf dem Recorder, während die Kassetten wild durcheinander auf seinem Schoss und auf dem rotkarierten Teppich lagen. Jahre später, als alles in Trümmern lag, kniff ich die Augen zusammen und versuchte, anhand der Farben und Inschriften die Kassetten auf dem Teppich zu erkennen, Kassetten, die wir im Sommerurlaub in London gekauft hatten: Michael Jackson, Stevie Wonder, Hot Chocolate und meine Kassetten von Boney M.

Der freie Fall begann in jener Nacht, lange nach dem Picknick und nach dem Barbecue, als die Gäste längst gegangen und auch wir wieder zu Hause waren. Nach dem Kebab am Spiess und dem Erdnusssalat, nach den gekochten Eiern, Wassermelone und Guave. Wir fuhren still nach Hause, denn wir waren alle müde. Ich wusch mein Haar noch spätabends, weil es so staubig geworden war. Ich untersuchte einen Ameisenbiss am Ellbogen. Es war ein geschwollener Buckel, und ich konnte nicht aufhören zu kratzen. Der Telefonanruf kam spätnachts, als fast schon der Morgen dämmerte. Ich hörte ihn und dachte, es sei jemand gestorben. Es war auch schon vorgekommen, dass ein naher Freund oder Verwandter im

Sterben lag und Mama und Baba mitten in der Nacht aufbrechen mussten. In den Tagen der Trauer sagten sie dann: »Wir kamen, sobald wir es hörten ... noch in derselben Nacht.«

Ich stand nicht auf. Es interessierte mich nicht genug. Ich hörte Babas Stimme am Telefon, aber was er sagte, verstand ich nicht. Ich hörte bloss seine Stimme, und etwas stimmte nicht mit ihr. Es war nicht das Erschrecken, der Schock, die mit einem Todesfall verbunden waren. Ich setzte mich auf im Bett und sah den Raum allmählich feste Umrisse annehmen, während meine Augen sich ans Dunkel gewöhnten. Die Nächte waren noch kühl, wir brauchten die Klimaanlage noch nicht. Wäre sie gelaufen, hätte ich das Telefon gar nicht gehört.

Die Tür zu Omars Zimmer war zu. Ich lief den Flur hinunter zum Elternzimmer. Das Licht war an und die Tür angelehnt. Ich sah den Koffer auf dem Bett. Ich sah, wie Mama Socken von Baba in den Koffer stopfte, der fast schon voll war. Er war dabei, sich anzukleiden, und knöpfte gerade sein Hemd zu. Er drehte sich um und sah mich an, als sähe er mich gar nicht; als wäre es die natürlichste Sache der Welt, dass er mitten in der Nacht verreiste.

»Gehst du weg?«, fragte ich, aber keiner von beiden antwortete. Mama ging weiter im Zimmer auf und ab und packte fieberhaft, als lausche sie einer Stimme im Kopf, die ihr eins nach dem anderen auftrug, was sie zu tun hatte.

»Geh wieder schlafen«, forderte sie mich auf.

Hellwach ging ich ins Bad. Ich starrte mein Spiegelbild an, glättete meine Brauen und bewunderte, wie das Gelb des Pyjamas zu meiner Haut passte; Baba war vergessen.

Als ich das Bad verliess, hörte ich ihn den Wagen starten. Es musste er sein, der den Wagen startete, denn Mûssa schlief nicht im Haus. Mûssa ging jeden Abend nach Hause. Ich rätselte, wohin Baba wohl fuhr und was sein Reiseziel war. Warum hatten sie mir nicht gesagt, dass ein wichtiger ausländischer Staatsmann gestorben war? Ich ging in Omars Zimmer und begann ihn zu wecken. Er wachte auf, kam aber nicht mit mir ans Fenster. Ich spähte durch die Vorhänge. Ich sah, wie Baba das Auto aus der Garage manövrierte und über den Kies zum Tor fuhr. Ich sah den Nachtwächter das Tor für ihn aufstossen. Dann erblickte ich die Scheinwerfer eines Autos, das unsere Strasse herunterraste. Es blieb quietschend vor unserem Tor stehen und versperrte Babas Wagen den Weg. Zwei Männer sprangen heraus. Einer blieb beim Tor, und der andere öffnete Babas Autotür, wie Mûssa sie jeden Tag für ihn aufmachte, bloss nicht genau so, nicht ganz genau so. Baba stellte den Motor ab und stieg aus. Er sprach mit dem Mann und wies auf den Kofferraum. Der Mann sagte etwas zu seinem Begleiter, und dieser öffnete den Kofferraum und nahm Babas Koffer heraus. Sie gingen auf ihr eigenes Auto zu und liessen Babas Wagen in der Zufahrt gestrandet zurück: weder drinnen noch draussen. Baba nahm etwas aus der Hosentasche, vermutlich Geld oder den Autoschlüssel, und gab es dem Nachtwächter. Dann stieg er mit den beiden Männern ins Auto. Er sass auf dem Rücksitz, und das war verkehrt, so viel wusste ich. Er sollte nicht auf dem Rücksitz sein. Ich hatte ihn nie auf dem Rücksitz gesehen, ausser in Taxis oder wenn Mûssa ihn fuhr. Und jetzt war Mama neben mir, sie erschreckte mich. Wie sie mit den Zähnen knirschte, um das Weinen zurückzuhalten, und mit der Faust leicht gegen das Fenster schlug, machte mir Angst. Omar trat zu uns, legte den Arm um sie und führte sie vom Fenster weg.

»Was ist los?«, fragte er. »Was ist los, Mama?«

Seine Stimme klang ruhig und wie sonst. Ich blickte auf die dunkle, leere Strasse hinaus, auf Babas verlassenen Wagen und auf den Wächter, der vergeblich versuchte, das Tor zu schliessen. Er konnte das Auto nicht umparken, weil er gar nicht fahren konnte. Es musste auf den Morgen warten, bis Mûssa kommen würde.

»Was ist los, Mama?« Omars Stimme war geduldig. Sie sassen beide auf seinem Bett.

»Es hat einen Putsch gegeben«, sagte sie.

Acht

Unsere ersten Wochen in London waren okay. Wir bemerkten nicht einmal, dass wir uns im freien Fall befanden. Als wir den Schock, am Tag nach Babas Verhaftung überstürzt ausreisen zu müssen, verwunden hatten, genossen Omar und ich London trotz allem. Wir waren noch nie im April dort gewesen und gingen als Erstes in der Oxford Street Kleider kaufen. Es war lustig, all das zu tun, was wir zu Hause nie taten: Lebensmittel einkaufen, staubsaugen und Tiefkühlgerichte zubereiten. Es machte Spass, all das zu tun, was wir sonst im Sommer taten: Omar ging ins Kino am Leicester Square und kaufte weiss Gott wie viele Kassetten bei HMV. Ich probierte bei Selfridges Parfums aus und liess mir in der Elizabeth-Arden-Ecke das Gesicht schminken.

Aber Mama war ganz und gar nicht wie sonst: Sie war wie betäubt, weinte manchmal ohne Grund und führte mitten in der Nacht Selbstgespräche. Für die Verlockungen Londons war sie immun. Sie wollte nicht einkaufen gehen und verfolgte andauernd die neusten Entwicklungen nach dem Putsch. Sie hielt sich alle arabischen Zeitungen, dazu die *Times* und den *Guardian,* telefonierte herum und liess den Fernseher die ganze Zeit laufen. In unserem Apartment am Lancaster Gate gaben sich die Sudanesen die Klinke in die Hand: Geschäftsleute auf der Durchreise, besorgte Botschaftsmitarbeiter, die auf die unvermeidlichen Veränderungen warteten, die mit der neuen Regierung kommen würden. Alle beruhigten sie Mama wegen Baba. »Sie werden ihn bald rauslassen, und dann kann er hierher zur Familie kommen«, sagten sie. »Es wird alles versanden«, sagten sie, »nur Geduld, sie üben anfänglich ihr Muskelspiel und lassen dann wieder nach.« Sie hörte ihnen still zu, und ich half ihr beim Servieren von Kaffee und Tee. Ihr Gesicht war streng ohne Make-up, ihr Haar zum Knoten gebunden, weil sie nicht mehr zum Friseur ging; die Pullover, die sie unter dem Tob trug, waren in düsteren Farben gehalten.

Randa rief mich von ihrem College in Wales an. »Ich glaub's ja nicht, du bist wirklich hier!«, kreischte sie.

»Ich glaub's ja selbst noch nicht – ich habe dir doch erst vor einer Weile tschüs gesagt ...«

»Was habt ihr jetzt vor?«

»Warten, bis Baba zu uns kommt – wir machen uns Sorgen um ihn.« Ich schluckte, und meine Stirn war glühend heiss.

»Und dann? Wie lange wirst du hierbleiben, und was ist mit deiner Uni?«

»Ich weiss nicht, Randa. Ich hab all meine Notizen und Bücher mitgebracht ...«

»Aber diese neue Regierung scheint durchzuhalten, der Putsch ist gelungen. Und ihr werdet hier wohl politisches Asyl bekommen ...«

»Vielleicht lassen sie uns nach Hause. Ich weiss nicht.« So weit hatte ich noch nicht gedacht.

»Du kannst doch hierherkommen.«

»Hierher?«

»Hierher ans Atlantic College, zu mir.«

Irgendwie entsetzte mich diese Vorstellung. »Omar würde das gefallen – aber jetzt sag, Randa, wie geht's? Erzähl mir, wie es für dich ist. Gefällt es dir in Wales? Musst du hart arbeiten? Hast du mit dem Klettern begonnen?«

»Ich schreib dir alles in einem Brief. Ich kann nicht lange telefonieren.«

»Okay, gib Samîr den Brief, er kommt uns am Wochenende besuchen.«

»Ja, okay, mach ich. Wir laufen uns ziemlich oft über den Weg.«

»Und, Randa, was ich dir noch sagen wollte: Sundari ist schwanger ...«

»Waaas!«, zischte sie.

»Es ist ein grosser Skandal; sogar die amerikanische Botschaft wurde hineingezogen. Dafür stationiert man keine Marines im Sudan.« Ich versuchte, über meinen eigenen Witz zu lachen, aber das Geräusch glich mehr einem hartnäckigen Husten.

Samîr kam am Wochenende, er trug verwaschene Jeans und Lederjacke und hatte eine neue Brille auf. Er drückte Omar fest, und ich spürte wieder dieses Brennen in meiner Stirn, das mich in letzter Zeit manchmal überfiel. Er küsste Mama, und sie fing an zu weinen, was uns allen peinlich war.

»Gibt es Neuigkeiten?« Samîr nahm im einen und Omar im anderen Sessel Platz. Ich sass auf dem Sofa neben Mama. Der Fernseher war an, so wie wir ihn jetzt manchmal laufen liessen: mit Bildern ohne Ton.

»Sie machen ihm den Prozess«, sagte Omar. Mama tupfte sich mit einem Taschentuch die Augen ab, und ihr Mund stand offen.

»*Inschallah* wird alles gut.« Samîr rutschte in seinem Sessel herum. Er schien in den tiefen, weichen Kissen zu ertrinken.

Aber was, wenn es nicht gut kam?, wollte ich sagen. Was, wenn sie ihn schuldig sprachen, was, wenn er schuldig *war,* ja, was dann? Als ob ich verstehen würde, was sie ihm vorwarfen ... Korruption. Was sollte das denn heissen? Wie konnte dieses Wort irgendetwas mit meinem Vater zu tun haben? Wir hätten ihn nicht verlassen sollen, wir hätten bei ihm bleiben sollen. Was taten wir denn hier? Es war Onkel Sâlich, der so entschieden hatte. Er hatte alles arrangiert, binnen weniger Stunden, und uns noch auf das letzte Flugzeug gebracht, bevor der Flughafen geschlossen wurde. Aber vielleicht hatte er sich geirrt, vielleicht hätten wir bleiben sollen, und vielleicht wurde Baba wegen unserer Flucht schuldig gesprochen. Benahmen wir uns denn nicht so, als wäre er schuldig? Aber ich sagte nichts und starrte bloss auf die ITV-Werbung für Schokoladenkekse, Kaffee und eine neue Serie. Immer wenn ich Fernsehen schaute, vergass ich Baba, das schlechte Essen, das er in dieser »Spezialeinrichtung«, in der er festgehalten wurde, bekommen musste, und den anstehenden Prozess. Der Präsident war inzwischen in den USA. Er hatte am Vorabend angerufen und mit Mama gesprochen. »Es ist alles seine Schuld«, sagte sie danach, »alles seine Schuld.« Aber am Telefon war sie so nett und zuvorkommend wie immer zu Seiner Exzellenz gewesen.

»Möchtest du Tee oder etwas Kaltes trinken, Samîr?« Ich lächelte ihn an und war glücklich, ein vertrautes Gesicht zu sehen.

»Ich hab einen Brief von Randa für dich«, sagte er. Ich nahm ihn und ging in die Küche, um ihn zu lesen.

»Wo bleibt der Tee?«, rief Mama. Ich hielt mitten in der Beschreibung inne, wie Randa eine Kuh melkte (dieser Teil ihrer Ausbildung war ja absurd!), und setzte den Kessel auf.

Bei Pizza Hut war es warm, und man spielte all die neusten Songs, Songs, die wir eben erst kennenlernten. Wir drei teilten uns eine grosse Pizza mit Meeresfrüchten, und Samîr bestellte etwas, was ich noch nie gekostet hatte: Knoblauchbrot mit Käse. Es schmeckte fabelhaft. Draussen in der Kälte war der Leicester Square voller Lichter und so lebhaft, dass ich vergass, dass es Nacht war. Die Leute strömten aus den Theatern zu den Restaurants und zur U-Bahn-Station, Rausschmeisser in karierten Westen standen vor den Nachtclubs. In einem der kleineren Kinos lief *Saturday Night Fever* immer noch. Wir standen vor einer Disco. Wir hörten die Rhythmen von Michael Jacksons *Billie Jean,* und rot aufblitzende Lichter zuckten.

»Bist du verrückt? Wie können wir jetzt in eine Disco gehen?« Ich funkelte Omar an.

»Warum nicht?« Er gab seine Variante eines Moonwalk[13] zum Besten. Sie war gut, aber ich war nicht in der Stimmung für Lob.

»Sag du ihm, warum.« Ich schaute Samîr an, aber der zuckte bloss die Achseln und wich ein wenig zurück. Er schien auf der Hut zu sein und war auf einmal steif und förmlich.

»Wir können wegen Baba nicht in die Disco«, sagte ich zu Omar. »Was sollen die Leute denn sagen? Dieser Mann kämpft vor Gericht um sein Leben, und seine Kinder tanzen in London.«

»Was für Leute? Wer, denkst du denn, kennt uns da drin? Sei nicht albern.« Er drehte sich hilfesuchend nach Samîr um, aber der studierte eine Schaufensterauslage.

»Es könnte trotzdem jemand da drin sein, der uns kennt. Es könnte einfach passieren. Warum dieses Risiko auf sich nehmen?«

»Du bist fixiert auf die Meinung anderer Leute!«

»Ich bin nicht fixiert. Ich bin bloss sicher, dass wir in Khartum nicht in einer Disco wären.«

»Aber wir sind nicht in Khartum. Weisst du was? Geh doch einfach nach Hause.«

»Also gut, ich gehe.«

Omar drehte sich um und begann auf die Disco zuzugehen. »Komm schon, Samîr«, rief er.

»Ich bring dich aber«, sagte Samîr. Dabei wollte er mich gar nicht nach Hause fahren. Es ging mir auf, dass wir ihn langweilten. Als wäre etwas geschehen, was uns im Vergleich zu ihm schrumpfen liess. Als ob er ganz erwachsen wäre und wir noch klein.

»Nein«, sagte ich, »bleib bei Omar. Ich komme allein zurecht.«

Unser Apartment war nur wenige U-Bahn-Stationen entfernt. Der Fussboden der Bahn war mit Zigarettenstummeln und leeren Dosen übersät. Die Passagiere waren schläfrig und in sich gekehrt, und es kam mir vor, als bewegten wir uns durch schale, unerfüllte Zeit. Baba würde schuldig gesprochen. Warum sonst sollten sie ihm den Prozess machen? Das wäre dann die Gerechtigkeit, nach der die Zeitungen schrien. Das neue Regime wurde von der Demokratischen Front gestützt. Es war ein populistisches Regime, eine Volksherrschaft: keine alten feudalen Gewohnheiten, keine weitere Anhäufung von Reichtum und Macht bei einer Elite. Man bot den Mitgliedern der Front nun Posten in der neuen Regierung an. Mein kommunistischer Dozent, der uns Rostows Modell erklärt hatte, war jetzt Finanzminister. All dies las ich in den Zeitungen, wenn Mama sie weggelegt hatte. Ich las einen Artikel über Babas Prozess von einem Studenten – denn die Studenten waren die Speerspitze der Revolution. Darin hiess es, dass jetzt Gerechtigkeit geübt werde und es keine bessere Strafe für Korruption gebe als die Konfiskation des Besitzes und den Strick. Der Artikel stammte von einem Studenten, den ich gut kannte. Anwar hatte ihn geschrieben.

Es gibt allerhand Schmerz und viele Stufen des Fallens. Während unserer ersten Wochen in London fühlten wir die Erde unter uns beben. Als man Baba schuldig sprach, brachen wir zusammen, die Wohnung wurde übervoll, Mama weinte, und Omar schlug die Tür zu und blieb die ganze Nacht weg. Als Baba gehängt wurde, klaffte die Erde, auf der wir standen, auseinander, und wir stürzten in die Tiefe, und der Sturz nahm kein Ende, schien kein Ende zu nehmen, als sollten wir auf ewig fallen und fallen, ohne je anzukommen. Als wäre dies unsere Strafe, eine bodenlose Grube, und jeder hatte die lauten Schreie des anderen im Ohr. Wir entfremdeten uns voneinander, weil wir einander noch nie hatten fallen sehen.

Zweiter Teil

London, 2003

Neun

Lamja, meine neue Arbeitgeberin, hält mir die Tür zu ihrem Apartment auf. Eine Lampe brennt über ihr, und sie ist entspannter als bei unserer Begegnung in der Regent's-Park-Moschee. Die Stimme, mit der sie meinen Gruss erwidert, ist belegt, als wäre sie eben erst aufgestanden. Sie trägt Jeans und eine schöne Strickjacke. Ihr Gesicht ist nicht hübsch, aber Figur, Kleidung und Frisur machen das wett. Ich halte meine Augen und meinen Kopf gesenkt, wie ich es mir angewöhnt habe. Das ist nicht mein erster Job; ich habe gelernt, wie viel Ergebenheit ein Dienstmädchen an den Tag legen soll. Ich ziehe meine Schuhe aus und stelle sie neben die Tür. Ich schlüpfe aus meinem Mantel und lege ihn zusammengefaltet über die Schuhe – es wäre unhöflich, ihn über die Familienmäntel an der Garderobe zu hängen. Ich weiss, dass ich bei jeder Geste aufpassen muss; ich darf keinen Fehler machen. Der erste Tag, die ersten Stunden sind entscheidend. Man wird mich beobachten und prüfen, aber wenn ich einmal ihr Vertrauen gewinne, wird sie mich vergessen und meine Anwesenheit als selbstverständlich betrachten. Das ist mein Ziel: zum Schatten ihres Lebens zu werden. Sie schliesst die Tür hinter mir, und ich höre den Fernseher, das Wimmern eines Kleinkinds und die Stimme einer älteren Frau.

Ich folge Lamja durch den Flur, den Geräuschen des Fernsehers entgegen. Die Wohnung ist bescheiden und dezent – ich hatte sie angesichts der vornehmen Umgebung und des schönen Gebäudes luxuriöser erwartet. Lamja stösst eine schwere Holztür auf. Diese ist steif und scheuert an der Wolle des Teppichs. Das Wohnzimmer ist geräumig, und grosse Fenster geben den Blick auf die Herbstbäume im Park frei. Die Schatten der Blätter huschen über den Teppich, und das Licht im Zimmer ist orangerot. Es glüht auf den grüngepolsterten Möbeln, auf dem Esstisch aus Mahagoni und dem Buffet. Ich versuche meine umherschweifenden Blicke aufzuhalten. Ausspionieren gehört sich nicht und legt nahe, dass ich diebisch sein könnte. Ich nehme so viel von dem Raum auf, wie es mir mit gesenkten Augen möglich ist. Ein kleines Mädchen mit seidenweichem Haar sitzt auf dem Fussboden, umgeben von Bauklötzen und Puppen, und ist ins Fernsehen versunken. Eine beleibte Frau mittleren Alters sitzt in einem der Sessel, und ihre Brille rutscht ihr die Nase herunter; sie liest die typischen grünen Seiten des *Schark al-Aussat.*[14] Dann blickt sie auf und mustert mich; die vorquellenden Augen über der Brille sind ernst. Die Zeitung liegt in ihrem Schoss. Sie trägt eine strenge Kurzhaarfrisur, nur die hennarote Farbe macht sie ein wenig weicher.

»*Salam alaikum*«, grüsse ich.

»Mama, das ist Nadschwa«, sagt Lamja, und mir stellt sie ihre Mutter als »Doktorin Sainab« vor.

»*Achlan,*[15] Nadschwa«, sagt die Doktorin obenhin, »ich reise morgen *inschallah* nach Kairo ab, und du wirst für dieses ganze Haus verantwortlich sein.«

Ich lächle, über ihre heisere Raucherstimme leicht erschrocken. Ich gehe zu meinem besonderen Schützling, knie nieder und setze mich neben sie auf den Fussboden.

»Mai«, sage ich, »Mai, wie geht's dir, was schaust du?« Sie reagiert nicht.

Lamjas schläfrige Stimme sagt: »Mai, sag Nadschwa hallo. Sie kommt mit dir spielen.«

Die Kleine streift mich mit einem gleichgültigen Blick und wendet sich dann wieder den *Teletubbies* zu. Sie hat die Augen ihrer Grossmutter.

»Lass sie«, sagt die Doktorin, »sie konzentriert sich auf das Fernsehprogramm. Es zeugt von Intelligenz, wenn ein Kind sich so gut konzentrieren kann.« Und wie um ihre eigene mustergültige Konzentration zu demonstrieren, wendet sie sich wieder der Zeitung zu.

»Komm, ich zeige dir jetzt die übrigen Zimmer, bevor ich gehe«, sagt Lamja.

Noch ein Zimmer, ein Schlafzimmer, liegt gegen den Park. Es ist in Elfenbeinweiss gehalten, und zwei Betten und ein Kinderbett stehen darin. »Das ist mein und Mais Zimmer«, sagt Lamja. »Mein Mann arbeitet im Oman und kommt etwa alle sechs Wochen nach Hause. Er ist eben erst abgereist, darum wird es bis zum nächsten Mal dauern.«

»Haben Sie denn früher im Oman gelebt?«, wage ich neugierig zu fragen, obwohl ich weiss, dass ich kein Recht habe, ihr Fragen zu stellen. Sie ist mir ein Rätsel, und ihre Mutter auch. Diese hat einen deutlich ägyptischen Akzent und reist morgen nach Kairo, während Lamjas Sprechweise an die Golfstaaten erinnert; sie ist auch viel dunkelhäutiger als ihre Mutter.

»Ja, in Maskat ... Und jetzt zeige ich dir Mais Kleider.«

Sie zeigt sie mir und auch, wo die Windeln aufbewahrt werden. »Wickle sie auf dem Bett«, sagt sie. »Ich versuche sie an den Topf zu gewöhnen, aber sie trägt immer noch Windeln. Dabei ist sie schon zwei, sie sollte inzwischen auf den Topf gehen.« Ihre Stimme klingt traumverloren, als ob sie anderen Gedanken nachhängen würde. Sie muss klug sein, denke ich, wenn sie ihren Doktor macht.

»Hier ist die Küche.«

Sie ist dämmerig, und ein grosser, rechteckiger Tisch steht mittendrin, auch Mais Hochstuhl braucht viel Platz.

»Du musst während der Mahlzeiten das Band laufen lassen für Mai, sonst isst sie nichts.« Sie deutet unbestimmt auf ein Kassettengerät auf der Anrichte. »Einen Geschirrspüler haben wir leider nicht.« Das Geschirr stapelt sich im Spülbecken.

Sie zeigt mir die Waschmaschine, die die Wäsche auch trocknet. Sie zeigt mir, wie man eine schmale Küchenschublade zu einem Bügelbrett auszieht. Der Schrank darunter ist randvoll mit Bügelwäsche.

Sie zeigt mir, wo der Staubsauger, die Besen und Putzlappen verstaut sind. »Diesen Boden kriegt man so schwer sauber«, sagt sie und wischt mit den Zehen über die lehmroten Kunststofffliesen. »Ich und Mama haben genug davon.«

Wir gehen den Flur hinunter. Dort gibt es eine Toilette und ein Bad. Das Badezimmer ist braun gekachelt. »Diese braunen Kacheln sind lästig«, sagt sie. »Wir müssen jeden Wassertropfen wegwischen, sonst sieht man die Flecken.«

Am Ende des Flurs liegt noch ein kleines, dunkles Zimmer. Wir müssen Licht machen. Zwei Betten stehen da, eine Frisierkommode und ein kleines Waschbecken in der Ecke. »Das Zimmer von Mama und meinem Bruder Tâmer«, sagt sie. »Du wirst nicht viel von ihm sehen. Er hat schon frühmorgens Vorlesungen und kommt erst spät nach Hause.«

Ihrer Stimme entnehme ich, dass ihr Bruder eher jünger ist als sie und nicht älter. Ich frage mich, ob es wohl der junge Mann sei, den ich im Eingang getroffen habe.

»Wenn Mama morgen abreist, wird Tâmer aus der Kommode wohl einen Schreibtisch machen. Bis jetzt haben wir beide abends am Esstisch gearbeitet. Er ist so unordentlich«, sagt sie, als ihr Blick auf ein T-Shirt am Boden fällt. Ich denke lächelnd an den jungen Omar in Khartum, nicht den Omar, zu dem er in London wurde.

Nachdem Lamja zur Universität aufgebrochen ist, verweile ich lange in der Küche, wasche ab und mache sauber, bevor ich das Bügeln in Angriff nehme. Doktorin Sainab und Mai bleiben bis um elf im Wohnzimmer.

»Oh, du hast tüchtig gebügelt, sehr gut«, sagt sie, als sie die Kleidungsstücke sieht, die überall über den Küchenstühlen hängen. »Geh Kleiderbügel aus den Schränken holen, damit du die Sachen aufhängen kannst.«

Ich irre ein wenig zwischen den Schlafzimmern und der Küche hin und her, bis alle Kleider in den richtigen Schränken sind. Mais Sachen sind natürlich am einfachsten auszusortieren. Ich kann auch sagen, was Lamja gehört und was Doktorin Sainab, aber die Männerhemden machen mir Mühe. Es stellt sich heraus, dass einige davon Lamjas Mann gehören und in ihr Zimmer müssen. Andere gehören Tâmer und somit in sein Zimmer. Und dann gibt es noch die Hemden des Vaters, der schon monatelang nicht mehr in London war. Da hatte sich tatsächlich einiges zum Bügeln angesammelt!

Doktorin Sainab zeigt mir den Trockenschrank, in dem die vom Tumbler noch feuchten Kleider hängen. Er steht direkt vor ihrem Zimmer, vor dem Bad. Sie steht vor dem weit offenen Schrank und zieht die Kleider heraus, während ich auf dem Boden sitze, sie möglichst schnell zusammenlege und in Stapeln sortiere. Sie fallen rings um mich zu Boden, während sie eins ums andere hervorzieht. Mai ist ihrer Grossmutter gefolgt. Sie bringt den Stapel Kleider durcheinander, die ich zusammengelegt habe. Ich lächle ihr zu und entziehe ihr die Kleider. Doktorin Sainab schimpft mit ihr, aber ich weiss wohl, dass ich an der Kleinen nichts aussetzen soll. Ja, ich weiss aus Erfahrung, dass Arbeitgeber es nicht mögen, wenn ihre lieben Kleinen ausgeschimpft werden, egal was das Kind angerichtet hat. Also lächle ich und lege weiterhin Wäsche zusammen.

»Schau mal, Mai, so geht das«, sage ich und zeige ihr, wie man ein T-Shirt faltet.

»Tâ-ma, Tâ-ma«, sagt sie nachdrücklich und tätschelt das Hemd auf dem Teppich.

»Ja, das ist Tâmers Hemd«, sagt die Grossmutter. »Bist ein kluges Mädchen. Und wem gehört das da?«

»Ma-wa, Ma-wa«, sagt sie und greift nach ihrem roten Pullover mit dem Bild eines Bären drauf.

»Jetzt geht die Bügelwäsche in den Küchenschrank. Leg sie rein, aber für heute hast du genug gebügelt, lass sie bis morgen.«

Zurück in der Küche, verkündet sie: »Es ist Zeit für meinen Kaffee«, und ich entnehme ihrem Ton, dass ich ihn ihr machen soll, aber sie hat schon den Knopf am Wasserkessel gedrückt und löffelt Nescafé in eine Tasse.

»Jetzt ist es Zeit für Mais Mittagsruhe. Ich gebe ihr Saft und bringe sie ins Schlafzimmer, und dort schläft sie eineinhalb Stunden, manchmal auch zwei. Währenddessen solltest du kochen. Am späteren Nachmittag wird sie ein wenig mühsam, und dann hast du keine Zeit dafür. Ausserdem solltest du nachmittags bei schönem Wetter mit ihr in den Park gehen. Sie schaukelt gern und hat Freude an anderen Kindern. Was kannst du kochen? Tâmer liebt Makkaroni.« Als sie den Namen ihres Sohnes sagt, liegt Zärtlichkeit in ihrer Stimme.

Am Nachmittag gehen wir drei in den Park – Doktorin Sainab ist im dunklen Mantel, mit leuchtendem Lippenstift und ihrem Haar in den perfekten Herbsttönen eine grossartige Erscheinung, und Mai ist in ihren Sportwagen gepackt. Ich hatte geglaubt, mit Park meine sie Regent's Park und wir würden über den grossen Kreisel mit der Statue Georgs des Drachentöters gehen und an der Moschee vorbei, um dann links in Regent's Park einzubiegen. Aber mit Park meint Doktorin Sainab den kleinen Park auf der anderen Strassenseite. Der hat auch einen Kinderspielplatz, aber es ist ruhig und entspannter dort. Wir spazieren unter denselben Bäumen, die man vom Wohnzimmerfenster aus sehen kann. Es ist ein wenig windig, aber nicht sehr kalt. Die frühmorgendliche Sonne ist einem Grau gewichen, aber das Herbstlaub am Boden ist noch trocken und raschelt.

Ich habe versucht, auf Mai zuzugehen und ihr Vertrauen zu gewinnen. Aber es ist schwierig, weil ihre Grossmutter da ist. Sie mögen einander, und Mai lässt mich nicht einmal den Sportwagen schieben. Also schiebt ihn Doktorin Sainab, und ich gehe belämmert nebenher und fürchte, sie wird Lamja am Abend verkünden: »Mit Mai hat es überhaupt nicht geklappt.«

»Lebt deine Familie hier oder im Sudan, Nadschwa?«

»Ich habe einen Bruder hier.« Ich bemühe mich um einen offenen und natürlichen Ton. Gestern habe ich eine Besuchsaufforderung von Omar erhalten. Er darf Briefe schreiben, aber er schreibt mir selten.

»Hast du Kinder?«

»Nein, ich bin nicht verheiratet.«

»Hast du in Khartum gelebt?«

»In Khartum, ja.«

»Lamja wurde in Khartum geboren«, sagt sie. »Ihr Vater ist Sudanese.«

»Tatsächlich?« Mein Herz beginnt zu hämmern, wie jedes Mal, wenn Gefahr besteht, dass jemand wissen könnte, wer ich bin, wer ich war und wozu ich geworden bin. Wie oft habe ich gelogen und mich als Eritreerin oder Somalierin ausgegeben.

»Meine Kinder sind nur dem Namen nach Sudanesen«, fährt sie fort. »Sie erinnern sich nicht an den Sudan. Wir waren jahrelang im Oman – mein Sohn, Tâmer, wurde dort geboren, und jetzt leben wir in Kairo.«

»Besuchen Sie den Sudan ab und zu noch im Urlaub?«

»Mein Mann hat keine Geschwister, vielleicht kehren wir deshalb nicht oft dorthin zurück.«

Was sie sagt, beruhigt mich. Ihre Verbindungen zum Sudan sind offensichtlich nur schwach. Selbst wenn ich meinen Nachnamen verriete, würden sie ihn vielleicht nicht kennen. Sie erinnerten sich vielleicht nicht an meinen Vater. Und zudem ist Doktorin Sainab viel jünger als die Generation meines Vaters. Sie dürfte höchstens zehn Jahre älter sein als ich – obwohl sie mir älter vorkommt. Ich fühle mich wohl darum jung, weil ich so wenig erreicht habe. Die Geschehnisse haben meine Entwicklung gehemmt.

»Bei wem hast du vor uns gearbeitet?« Sie bleibt stehen und übergibt mir stumm den Sportwagen. Ich bin dankbar, dass das peinliche Nebenhergehen mit schlenkernden Armen, während sie den Wagen schiebt, ein Ende haben soll. Aber Mai hat feine Antennen; sie dreht den Kopf und beginnt zu brüllen, als sie mich sieht. Doktorin Sainab packt wieder den Griff des Sportwagens.

»Ich habe für eine Libanesin gearbeitet, die in der Nähe der U-Bahn-Station Swiss Cottage wohnte. Sie hatte zwei Kinder und war die zweite Frau eines saudischen Geschäftsmanns, der mit seiner ersten Familie in Riad lebte. Er kam jeweils zu Besuch, und dann brauchte sie mich am meisten. Sie hatten regelmässig Gäste oder gingen abends aus, und dann liess sie die Kinder bei mir. Schliesslich engagierte ihr Mann eine Sri Lankerin aus Saudi-Arabien für sie.«

Ein älteres Paar bleibt lächelnd stehen, um Mai zu bewundern. Hinter dem Park kann ich durch die Bäume das Humana Wellington Hospital erkennen. Ich habe es noch nie aus diesem Blickwinkel gesehen. Es wirkt fremd, obwohl ich dort wochenlang mit Mama gewesen war. Ich erinnere mich noch an die Farbe des Teppichs, an das Telefon in meiner Hand und das Fernsehgerät hoch oben an der

Wand. Wenn ich Doktorin Sainab sagte, dass meine Mutter in einem so teuren Krankenhaus gestorben war, würde sie diesen Worten aus dem Mund der neuen Nanny ihrer Enkelin glauben?

Beim Spielplatz sieht Mai die Schaukeln und wird aufgeregt. Sie zeigt brabbelnd darauf und will aus ihrem Sitz genommen werden. Ich löse die Sicherheitsgurte.

»Soll ich mit dir zur Schaukel gehen, Mai, ja?« Meine Stimme klingt verzweifelt, als ich mich neben ihren Wagen kauere und ihren Blick aufzufangen versuche.

»Mai, ich mache jetzt einen Spaziergang«, sagt die Doktorin, »und Nadschwa bringt dich zur Schaukel. Okay?«

Der Plan geht auf. Der Sportwagen wird bei einer Bank geparkt, Doktorin Sainab eilt davon, und Mai erlaubt mir, sie auf die Schaukel zu setzen und anzustossen. Wir haben bald Spass miteinander.

*

Regen treibt uns drei nach Hause. Das Apartment ist gemütlich, und das Licht im Wohnzimmer ist bei geschlossenen Vorhängen mild. Ich lese Mai eine Geschichte vor, während Doktorin Sainab auf ihr Zimmer geht, um fertigzupacken. Aber Mais Aufnahmefähigkeit ist begrenzt, und sie will zu ihrer Grossmutter rennen. Ein Kampf entbrennt, bei dem ich mein Möglichstes versuche, sie dazubehalten, während sie gehen will. Ich versuche es mit dem Fernseher, einem Rollenspiel mit ihrem Teddybären und ihrer *Rugrats*-Puppe,[16] einem Snack, aber all dies funktioniert bloss für ein paar Minuten. Sie ist sehr reizbar.

Als sich ein Schlüssel im Schloss dreht, bin ich erleichtert. Lamja ist wieder zu Hause, ein wenig atemlos und mit Regenspritzern auf ihrer Jacke, aber mit fröhlichem Blick. Sie küsst und herzt ihre Tochter, hebt sie sich auf die linke Hüfte und trägt sie herum. Mai strahlt jetzt, und Lamja ist lebhafter als am Morgen. Sie fragt mich aus, inspiziert das von mir zubereitete Essen und hebt die Topfdeckel. Sie scheint beeindruckt, und in ihren groben Zügen ist Leben. Fühlt sich eine wohlhabende junge Frau so, wenn sie, von ihrer Arbeit erfüllt, zu ihrem Kindchen zurückkehrt? Ich fühle mich zu Neidlosigkeit verpflichtet; ich bin mir ein Herz ohne Groll schuldig.

Zehn

Weil es Montag ist, habe ich meine *Tadschwîd*[17]-Unterweisung in der Moschee. Darum gehe ich nicht nach Hause zum Abendessen, sondern ins Restaurant gegenüber der Moschee. Es ist halal,[18] das Dal dort schmeckt gut, und das Pitabrot ist warm. Neue Orte und neue Menschen ermüden mich immer. Es ist ein guter Job, rede ich mir zu. Und wenn erst mal alles seinen gewohnten Gang geht, wird die Arbeit zu bewältigen sein. Es scheinen nette Leute zu sein. Und morgen wird Doktorin Sainab abreisen, und ich werde mehr Einfluss auf Mai haben. Ich werde allein sein, und das wird mich weniger anstrengen. Ich esse schnell, damit ich in der Moschee noch ein wenig ausruhen kann, bevor der Unterricht beginnt. Ich muss mich strecken.

Der Frauenraum ist leer, als ich ankomme, was mich nicht überrascht. Bald werden die anderen zum Unterricht kommen, und später werden weitere Schwestern ihre Männer zum *Ischâa*-Gebet[19] begleiten. Ich mache Licht an und grüsse die Moschee mit zwei *rakaât*.[20] Dann rolle ich meinen Mantel zu einem Kissen zusammen und lege mich hin. Meine Beine brennen ein wenig, und mein Rücken schmerzt, aber nicht zu arg. Ich lasse die Knöchel kreisen, strecke die Zehen und krümme sie. *Alhamdulillâh,* es ist ein guter Job, sage ich mir, und bis Leute ihren Doktor haben, dauert es ewig. *Inschallah* bleibt er mir ein paar Jahre erhalten.

Ich schliesse die Augen und nehme die Gerüche der Moschee nach fadem Weihrauch, Teppich und Mänteln wahr. Ich nicke ein und bin im Traum wieder ein kleines Kind in Khartum. Ich bin krank und jammere nach sauberen, frischen Laken und einem friedlichen Zimmer, in dem ich meine Ruhe habe, ich will ins Elternzimmer, ich will aufstehen und ins Elternzimmer gehen. Männerstimmen dringen von unten herauf, ein leises Gemurmel, ein Husten. Ich wache auf, und das Husten erinnert mich an meinen Vater und an meinen Traum vom Elternzimmer. Ich will nicht verletzlich sein heute. Bei Übermüdung bin ich anfällig dafür. Ich setze mich auf und sehe zu meiner grossen Erleichterung Schahinâs mit ihren drei älteren Kindern kommen, ihr Baby hält sie im Arm.

Ich stehe auf, um sie zu umarmen, und bücke mich zu ihren Kindern, um sie zu küssen und ihnen aus ihren Mänteln zu helfen. Die Älteste setzt sich etwas abseits mit einem Gameboy in der Hand. Die beiden Jungs sausen davon, die ganze Moschee ist ihr Spielplatz.

»Sind wir die Einzigen?«, fragt Schahinâs. Sie hat glänzend schwarze, runde Augen. Sie reicht mir ihr Baby, um den Mantel abzulegen, darunter trägt sie ein grünes Kleid.

»Du bekommst langsam deine Figur zurück.« Ihr Gesicht ist noch aufgedunsen von der Schwangerschaft und ihr Bauch gebläht, aber sie nimmt von Woche zu Woche ab und ähnelt immer mehr ihrem früheren Ich.

Sie rafft ihr Kleid vor ihrem Bauch zusammen. »Noch nicht«, sagt sie, »es dauert diesmal länger.« Mit übereinandergeschlagenen Beinen setzt sie sich neben mich, den Rücken lehnen wir an die Wand.

»Soll ich Achmads Strampler ausziehen? Es ist warm hier drin.«

Sie nickt, und ich ziehe am Reissverschluss des Babyoveralls.

»Ich hätte seinen Stuhl mitbringen sollen«, sagt sie.

»Keine Bange, ich halte ihn für dich.« Ich lege ihn mir über die Knie. Er ist so süss und schläft tief, einen Finger an die Wange gelegt, als wäre er in Gedanken versunken. Ich streife ihm die Kapuze vom Kopf. Man hat ihm erst kürzlich das Haar geschoren, aber es wächst schon wieder glatt, schwarz und dicht nach. Ich fahre mit dem Finger darüber.

»*Ya habîbi*[21] *ya Achmad*«, sage ich zu ihm. Er ist mir vertraut. Ich kenne ihn schon, seit Schahinâs mit ihm schwanger war, und ich habe ihn am Tag seiner Geburt im Krankenhaus gesehen. Und jetzt bemerke ich von Woche zu Woche die Veränderungen an ihm.

»*Ya habîbi*«, sagt Schahinâs und wühlt in ihrer Tasche, »das sagt ihr Araber die ganze Zeit.«

»Wart's ab, bis Umm Walîd kommt«, erwidere ich, »sie sagt es noch öfter als ich.« Umm Walîd ist unsere syrische Lehrerin. Jedermann ist »*ya habîbi*« oder »*ya habibti*« für sie. Selbst der Prophet, Friede sei mit ihm, ist »*ya habîbi ya Rassûl Allâh*«, und das sagt sie so innig.

»Ich rieche nach Öl, nicht wahr?« Schahinâs schnüffelt an ihrem Ärmel. »Ich war am Frittieren und hatte keine Zeit mehr, mich umzuziehen.«

»Nein, nein, das bildest du dir bloss ein.« Ich bin hin und weg von ihrem Baby. Ich halte seine Hand und wickle seine ersten Locken um meinen Finger. Er schläft so tief.

»Sein Haar wächst wieder.«

»Ich weiss, wir haben ihn nicht ganz kurz geschoren: keine Kahlrasur.«

Jetzt eilt Umm Walîd herbei, mit ihren Zwillingen. Sie wirkt immer in Sorge, ich weiss auch nicht, warum. Ich erwarte keine dramatischen Neuigkeiten mehr von ihr, denn der Grund für ihre Aufregung scheint in ihrem Wesen zu liegen oder in einem turbulenten Familienleben, von dem ich nichts weiss. Ihre Zwillinge sind adrette, hübsche braunhaarige Mädchen mit modischer Frisur. Nach dem Vorbild ihrer Mutter halten sie mir artig ihre Wangen zum Kuss hin. Ich bin verblüfft über ihre routinierte Art.

»Bloss zwei Schülerinnen – wo sind denn die andern? Was soll ich nur tun? Wo bleiben die bloss?« Umm Walîd funkelt uns an, als seien wir irgendwie an der Abwesenheit der anderen schuld.

Schahinâs verdreht die Augen.

Ich zucke die Schultern. »Es ist noch früh.«

»Nein, es ist nicht mehr früh. Es ist an der Zeit. Und ich hab mich beeilt, weil ich schon dachte, ich sei zu spät.« Sie packt ihre Notizen und Bücher aus.

Auf einmal kommen fünf junge Damen hereinspaziert.

»*Maschallah*«,[22] strahlt Umm Walîd wie verwandelt. »Ich dachte schon, ihr würdet nie kommen.«

Weitere Küsse, Gelächter und Entzückensschreie, die Schahinâs' Baby gelten, nehmen die nächsten paar Minuten in Anspruch. Es wird mir aus den Armen genommen und herumgereicht. Eins der Mädchen hält noch den Autoschlüssel in der Hand und murmelt lachend etwas von einer »heissen Kartoffel«. Eine andere bemerkt, dass Umm Walîd ihr Kopftuch auf eine neue Weise gebunden hat. Ganz Lehrerin, nimmt sie es ab und macht es vor. »Es ist das übliche Quadrat, das zum Dreieck gefaltet wird, aber wenn ihr es über den Kopf zieht, müsst ihr ein Ende länger lassen. So. Dann macht ihr es unter dem Kinn fest und nehmt das längere Ende. Das schiebt ihr unter die Nadel, hebt es seitlich darüber und steckt es unter dem Ohr fest.«

»So einfach?«

»Ja, so binden die Hisbollah-Frauen ihre Kopftücher«, sagt Umm Walîd. »Ich sehe sie im Satellitenfernsehen.«

»Cool«, findet das Mädchen neben mir. Sie hat rosige Wangen und verträumte Augen. Mir gefällt die Art, wie sie ihren Hidschab trägt: Sie weiss, dass sie Reize hat, die es wert sind, verborgen zu bleiben. Sonst verwirren mich die jungen Muslimas, die in Grossbritannien geboren wurden und aufgewachsen sind, meist, auch wenn ich sie bewundere. Sie sind mir ein ewiges Rätsel. Sehr britisch kommen sie mir vor und in London ganz zu Hause. Manche von ihnen tragen den Hidschab und andere nicht. Sie sind so eigenständig und direkt, wie ich es in ihrem Alter nie war, dafür geht ihnen der Glanz und Glamour ab, den wir Mädchen in Khartum damals hatten.

Ich verlasse die Frauen und gehe die Treppe hinunter ins Bad, weil ich meine Gebetswaschung erneuern muss. Auf den Hockern vor den Wasserhähnen fallen mir ein paar Frauen auf, die ich noch nie gesehen habe. Sie sehen aus wie Malaysierinnen, aber eine könnte eine Sudanesin sein. Sie erinnert mich an eine ehemalige Kommilitonin an der Universität Khartum. Keine enge Freundin, nur eine entfernte Bekannte, die ich unterwegs zu oder von den Vorlesungen grüsste. Sie sah gut aus mit ihren Wangengrübchen. Ich weiss nicht, ob ich meinem Vater je gesagt hatte, wie sehr mir die Uni, die er für mich ausgesucht hatte, gefiel. Ich unterhielt mich wohl nicht viel mit ihm. Ich weiss, dass er nicht oft an mich dachte; nicht weil er mich nicht geliebt hätte, sondern weil ich ein Mädchen und Mama für mich verantwortlich war. Für Omars Zukunft hatte er bis ins Einzelne genaue Pläne, aber ich würde ja heiraten, und über den Rest meines Lebens würde mein Mann bestimmen. Ich bin froh, dass Baba nicht miterleben musste, was dann aus Omar wurde. Oder selbst aus mir.

Ich höre das Wasser rauschen und bemerke, dass ich alleine im Waschraum bin. Ich starre auf meine nassen Füsse unter dem sprudelnden Wasserhahn. Ich drehe ihn zu, sehe keine Papiertücher zum Abtrocknen und hinterlasse feuchte Fussspuren auf dem Teppich, als ich die Treppe hinaufgehe. Der Unterricht hat schon begonnen, alle sitzen im grossen Kreis da. Umm Walîd sitzt auf den Knien und dadurch ein wenig erhöht, ihre Stimme ist deutlich und laut. Sie ist jetzt eine andere, meine geschätzte Lehrerin, bestimmt in allem, was sie sagt, klar und präzis. Der Koran liegt geöffnet auf ihrem Schoss, sie zieht sich das Kopftuch über die Stirn und schiebt widerspenstige Haarsträhnen zurück. Sie ist jetzt in ihrem Element und wirkt nicht mehr besorgt.

Ich nehme einen Koran vom Regal, und Schahinâs rückt beiseite, um für mich Platz zu machen. Sie stillt Achmad gerade, hilft mir mit der freien Hand, die richtige Seite zu finden, und tippt auf den Vers, den Umm Walîd eben bespricht. Ich mag den *Tadschwîd*-Unterricht am liebsten. Da lerne ich die Buchstaben richtig aussprechen und wann ich zwei zusammenziehen, das n näseln und wie viele

Schläge lang einen bestimmten Buchstaben aushalten soll. Diese Konzentration auf Handwerkliches beruhigt mich und lässt mich alles rundum vergessen. Umm Walîd ist eine gutausgebildete Lehrerin mit einem Abschluss in islamischem Recht. Viele Schwestern finden ihre anderen Kurse über Recht und Geschichte noch interessanter – sie geben eine Menge zu reden, und die Schwestern, vor allem die in Grossbritannien geborenen jungen und die Konvertitinnen, sind diskussionsfreudig und beteiligen sich rege. Aber mich machen Diskussionen unsicher und lustlos; ich weiss nie, wofür ich bin, und ertappe mich dabei, derjenigen recht zu geben, die gerade spricht oder die ich am liebsten mag. Und ich befürchte, jemand könnte verletzt oder, schlimmer noch, richtig beleidigt sein, was gelegentlich passiert, und nicht mehr zur Moschee kommen wollen. Aber hier im *Tadschwîd*-Kurs ist alles ruhig und friedlich. Wir üben und üben, bis wir die Wörter hinkriegen. Ich möchte den Koran schön rezitieren können.

Nach der Stunde habe ich neue Energie. Schahinâs' Baby ist wach, und ich trage es und stütze mit der Hand seinen Kopf. Ich rede mit ihm, nicke ihm zu und lächle. Achmad belohnt mich mit einem schiefen Zucken der Lippen; er ist erst sechs Wochen alt und kann noch nicht lächeln.

Schahinâs trägt ihn während des *Ischâa*-Gebets. Jedes Mal, wenn sie sich bückt, legt sie ihn auf den Boden und hebt ihn dann wieder hoch. Ich stehe neben ihr und merke mitten im Gebet, dass ich nicht weiss, wer auf der anderen Seite ist und mit dem Arm meinen Arm und mit dem Gewand meines streift. Ich rufe meine Gedanken zurück und sammle sie.

Vor der Moschee ist die Nachtluft beissend kalt. Schahinâs will mich mitnehmen. »Du solltest nicht so spät allein nach Hause gehen.«

Ich schüttle den Kopf beim Gedanken an ihr Auto: Schahinâs und ihr Mann vorn, Achmad im Babysitz und die drei anderen Kinder hinten – das wird eng.

»Es wäre ein Umweg.«

Sie protestiert, aber die Kinder bestürmen sie. Ich entferne mich und gehe zur Bushaltestelle. Autos flitzen auf den ziemlich leeren Strassen vorbei, Taxis bremsen vor den Ampeln mit dem für die Londoner Black Cabs typischen Pfeifen. Mein erster Bus ist einer von der altmodischen Sorte mit ständig geöffneter Tür und Schaffner. Er ist mürrisch, aber ich fühle mich sicherer in seiner Anwesenheit und im Wissen, dass ich notfalls bei einem Rotlicht abspringen kann. Der zweite Bus hat keinen Schaffner. Ich zeige dem Fahrer meine Buskarte, und die Türen schwingen hinter mir zu. Ich muss gegen das Gefühl ankämpfen, in der Falle zu sitzen. Bei der nächsten Haltestelle torkeln drei junge Männer herein. Ein kurzer Blick genügt, und ich weiss, dass man ihnen nicht trauen kann und sie nicht harmlos sind. Ich beginne zu rezitieren: *Sag: Ich nehme Zuflucht beim Herrn des Tagesanbruchs.*[23] Wieder und wieder sage ich es auf.

Als sie an mir vorbei im Bus nach hinten gehen, sieht mich einer der drei an und sagt etwas zu den anderen. Ich wende den Blick zum Fenster ab. Ich sage mir, dass Allah mich beschützen wird und ich nicht allzu sehr leiden werde, selbst wenn sie mich verletzen. Es wird ein stumpfer Schlag sein, ein abgemilderter Schlag.

Gelächter ertönt hinter mir. Etwas trifft den Rand des Sitzes neben mir und hüpft den Gang hinunter; ich weiss nicht, was es ist. Doch vorläufig hat er sein Ziel verfehlt. Werden sie näher kommen, und was ist, wenn sie nichts mehr zum Werfen haben? Ich blicke zum Gesicht des Busfahrers im Spiegel auf. Seine Augen flackern, und er wendet sie ab. Ich starre aus dem Fenster, aber mein Spiegelbild starrt zurück. Am besten senke ich den Blick zu meinen Schuhen. Im flüssigen Nachtverkehr kommt der Bus rasch voran. Jetzt sollten wir bald da sein, noch ein paar Haltestellen. Ich höre Schritte hinter mir, und Jeansblau verschwimmt vor meinen Augen. Er sagt: »Du Muslimdreck«, und die kühle Flüssigkeit über Kopf und Gesicht ist ein Schock. Ich schmecke sie japsend auf der Zunge: Es ist Tizer.[24] Er geht zu seinen Freunden zurück – sie lachen. Meine Brust schmerzt, und ich wische mir die Augen.

Der Bus hält, und die Türen gehen auf. Ein Paar geht die Stufen hinunter zum Ausgang. Rasch entschlossen folge ich ihnen aus dem Bus. Der Wind peitscht gegen mein nasses Kopftuch, und mir wird kalt darunter. Mit einem trockenen Zipfel fahre ich mir übers Gesicht. Ich atme ein und aus, um die Wut zu vertreiben und sie durch die Nase zu entlassen. Meine Wangen sind klebrig. Ich beisse mir auf die Lippen, sie schmecken süss. Es hätte auch Bier sein können, aber ich hatte Glück. Ich blinzle, und das ist unangenehm, weil meine Wimpern verbogen und verklebt sind. Ich hatte nicht gewusst, dass Wimpern schmerzen können. Auf dem restlichen Heimweg denke ich an meine Wimpern und daran, dass ich mir die Haare waschen muss. Ich wasche sie ungern nachts. Mein Föhn ist kaputt, und ich schlafe mit nassem Haar schlecht. Es stört mich, wenn es ganz feucht und wirr auf dem Kissen liegt.

Elf

Es ist mein zweiter Arbeitstag, und ich komme fast zu spät. Als ich vor der Wohnungstür stehe, ist Lamja schon auf dem Weg nach draussen. Auch Doktorin Sainab steht unter der Tür in einem Morgenrock, der im Licht des Flurs hellblau leuchtet. Lamja hebt ihr Haar aus der Jacke und bückt sich nach ihrem Schirm. Ich bleibe vor der Tür stehen und warte, bis sie geht, damit ich eintreten kann. Sie hat dieselben verschlafenen Augen und langsamen Gesten, die ich schon von gestern kenne. Ihre Augen wandern ausdruckslos über mich. Offenbar ist sie ein Abendmensch und nicht in Bestform früh am Morgen. Sie küsst und umarmt ihre Mutter und klopft ihr freundlich auf den Rücken. Ich denke daran, dass Doktorin Sainab am Nachmittag nach Kairo abreisen wird.

»Wenn Tâmer dich zum Flughafen bringt, vergiss bitte nicht, ihm deine Schlüssel zu geben«, sagt Lamja.

»In Ordnung. Aber er sollte seine Vorlesungen nicht schwänzen. Ich kann auch allein fahren.«

Lamja zuckt die Achseln. »Dann vergiss nicht, das Taxi rechtzeitig zu bestellen.« Sie küsst ihre Mutter noch einmal und rauscht an mir vorbei. Doktorin Sainab steht einen Moment lang bloss da und sieht zu, wie ihre Tochter die Treppe hinuntergeht. Der Abschied scheint ihr auf die Stimmung geschlagen und sie erschöpft zu haben. »Komm rein, Nadschwa«, sagt sie und schlurft ins Wohnzimmer zurück.

Ich schliesse die Apartmenttür hinter mir, ziehe die Schuhe aus und stelle sie neben die Tür. Ich rolle meinen

Mantel zusammen und lege ihn auf die Schuhe. Der Tag beginnt und schüchtert mich schon weniger ein als gestern, denn die Aufgaben sind vertrauter. Mai erinnert sich noch etwas unwillig an mich. Ich lächle und spiele den Clown für sie. Meine Arbeit wird leicht sein, wenn ich ihr Vertrauen gewinne. Ich spreche davon, mit ihr in den Park zu gehen, und rufe ihr in Erinnerung, wie ich sie auf der Schaukel angestossen habe. Sie ist noch im Pyjama, also ziehe ich sie an, setze sie auf den Topf und bringe sie dazu, sich die Zähne zu putzen. Ich stelle fest, dass Lamja ihr im Gegensatz zu gestern noch kein Frühstück gegeben hat. Also giesse ich heisse Milch über die Weetabix und streue ein wenig Zucker darüber. Die Weetabix verwandeln sich in einen glatten Brei, und ich schiebe ihn ihr löffelchenweise in den Mund. Milch trinkt sie selbst aus einer Schnabeltasse dazu.

Die Essteller von gestern Abend stapeln sich in der Spüle – niemand hatte sie waschen wollen. Wenn sie sie wenigstens abgespült hätten. Jetzt kleben eingetrocknete Essensreste auf den Tellern. Ich spüle sie lange mit heissem Wasser, bis sie sich lösen. In einem Haushalt bin ich lieber, als dass ich in Büros und Hotels putze. Ich bin gerne Teil einer Familie, berühre ihre Sachen und weiss, was sie gegessen und was in den Müll geworfen haben. Ich weiss ganz Privates von ihnen, während sie mich kaum kennen, als wäre ich unsichtbar. Es überrascht mich immer noch, wie natürlich ich mich in diese dienende Rolle füge. An meinem allerersten Tag als Hausangestellte (nicht als ich für Tante Eva arbeitete, denn bei ihr fühlte ich mich nicht als Dienstmädchen, sondern später, als ich bei einer Freundin von ihr anfing) überfielen mich die Erinnerungen an die schmeichlerischen Manieren, den gesenkten Blick, die verstohlenen Bewegungen der Bediensteten, mit denen ich aufgewachsen war. Ich hatte sie als selbstverständlich hingenommen. Ich wusste nicht viel von ihnen – von der langen Reihe unserer äthiopischen Dienstmädchen, von den Boys und dem Gärtner –, aber ich musste ihnen doch nahe gewesen sein und ihre Manieren übernommen haben, so dass ich jetzt, Jahre später und auf einem anderen Kontinent, eine von ihnen bin.

Ich erinnere mich an eine Äthiopierin, die mir erzählte, dass ihre Freunde sie Donna Summer nannten, weil sie der Sängerin ähnlich sehe. Sie lachte, als ich auch anfing, sie Donna zu nennen. Donna schmierte sich Eigelb ins Haar und Eiweiss ins Gesicht und rieb sich die Beine mit Vaseline ein. An ihrem freien Tag trug sie ein rosa Kordsamtröckchen. Sie war in den Sudan geflüchtet und erzählte gern von Äthiopien, den kühlen Bergen, dem Regen und den guten Schulen, die sie dort hatten. Sie sagte, sie wolle mit ihrem Freund nach Amerika gehen und ihm gleich nach der Ankunft auf dem Flughafen davonlaufen. Warum?, fragte ich sie, und sie sagte, er sei zu ungebildet und nicht einmal Handwerker, sondern spüle bloss in einer Saftbar die Gläser. Es machte Spass mit ihr – sie war strahlend und hübsch und wiegte sich in den Hüften, wenn sie durch die Küche lief. Sie trug immer eine Halskette, und ein kleines Bronzekreuz glänzte zwischen ihren Schlüsselbeinen. Einmal war sie krank, und Mama und ich besuchten sie. Sie lebte in einem armseligen, grossen und weitläufigen Lehmhaus, das mehr einem Gehege glich. Es war voller Männer und Frauen, alle jung und alle äthiopische Flüchtlinge. Ob sie verwandt waren, wussten wir nicht. Donna lag schmal und fiebrig auf einem niedrigen Feldbett. Ich wusste nicht, ob sie sich über unseren Besuch freute. Als sie wieder gesund war, stahl sie Mamas Chanel N° 5, ein Nachthemd und Sandalen, die Mama nie getragen hatte. Darauf sahen wir sie nie wieder. Mama hätte die Polizei rufen und ihr sagen können, wo Donna wohnte, doch das tat sie nicht – dafür mochte sie sie zu sehr –, aber sie war gekränkt und verheimlichte selbst Baba den Diebstahl. Dann hatten wir ein anderes äthiopisches Mädchen, aber die war langweilig und schweigsam und bildete sich nichts auf Aussehen oder Figur ein. Ich stelle mir gerne vor, dass Donna es in die Staaten geschafft und sich das bessere Leben erobert hat, das sie verdient zu haben glaubte. Ich wünschte, ich könnte ihr jetzt begegnen und sie mit den tropfenden Handschuhen umarmen, die ich trage, weil mir wie ihr an geschmeidigen Händen liegt. »Sieh nur, was passiert ist, jetzt wasche ich auch Geschirr wie du damals«, würde ich zu ihr sagen, und wir würden zusammen darüber lachen.

»Es ist Zeit für meinen Kaffee«, sagt Doktorin Sainab, setzt den Wasserkessel auf und löffelt Nescafé in ihre Tasse. Ich weiss schon, dass ich ruhig weiterbügeln soll, drücke den Dampfknopf und manövriere das Eisen um die Knöpfe herum.

Sie mustert die Küche. »Ich habe das Huhn gestern Abend aus dem Tiefkühler genommen, damit es auftauen kann, denn wie sollst du es sonst kochen? Ich hab Lamja eingeschärft, jeden Abend vor dem Schlafengehen das Fleisch oder Huhn rauszunehmen, damit du es am anderen Tag kochen kannst. Hoffentlich denkt sie daran.«

»*Inschallah*«, murmle ich.

»Meine Kinder sind im Oman aufgewachsen, wo wir immer Bedienstete hatten. Sie sind sehr verwöhnt und können nicht für sich selber sorgen. Tâmer kann sich nicht mal eine Tasse Tee machen! Ich hätte nichts dagegen, wenn er auswärts essen würde, bei McDonald's oder in seinem College, aber da ist nichts halal, und daran ist ihm immer sehr viel gelegen. Er isst nur Fleisch, wenn es halal ist. Ich weiss gar nicht, wo er seine Frömmigkeit herhat, keiner von uns ist so gläubig wie er.«

Ich weiss nicht, was ich darauf sagen soll – und bügle einfach weiter.

»Aber *alhamdulillâh* hat dich Lamja gefunden. Es war eine gute Idee, in der Moschee zu fragen.«

»Ja«, sage ich.

Sie giesst das heisse Wasser über das Kaffeegranulat in ihrer Tasse. »Ich würde ja noch länger bei ihnen bleiben, aber ich muss zurück. Ich bin gekommen, um ihnen beim Einleben zu helfen, und jetzt scheinen sie sich eingelebt zu haben. Tâmer hat es hier zuerst nicht gefallen, aber sein Vater will, dass er in England studiert wie einst er. Sobald Tâmer letztes Jahr mit der Schule fertig war, hat sein Vater sich darum bemüht, dass er hierherkommen konnte.«

Es schmeichelt mir, dass sie mit mir plaudert, und ich hänge an ihren Lippen und freue mich über ihren ägyptischen Akzent. Mama und ich schauten uns jeden Tag ägyptische Seifenopern an – sogar wenn wir zu Besuch waren, baten wir unsere Gastgeber, den Fernseher laufen zu lassen.

Zum ersten Mal bringe ich Mai für ihr Mittagsschläfchen zu Bett, und es ist ein Kampf. Ich befolge Doktorin Sainabs Anweisungen – das Ritual, sie in die Küche zu tragen, dort zuckerfreien Ribena[25] in ihre Lieblingstasse zu giessen und mit Evian aufzufüllen (Wasser vom Hahn trinkt in der Familie zu meiner Überraschung niemand). Dann Mai ins Schlafzimmer tragen, die Vorhänge zuziehen, sie hinlegen und ihr die Tasse geben, an der sie nuckeln kann. Ich setze mich auf den Boden neben das Bett. Sie schnellt hoch und steht hellwach im Bettchen. »Leg dich hin, Mai, und schlaf.« Ich nehme ihr die Tasse weg. »Leg dich hin, dann geb ich dir deine Tasse wieder.« Sie fängt an zu schreien. Mir bleibt nichts anderes übrig, als ihr die Tasse zurückzugeben, weil ich fürchte, ihr Schreien könnte Doktorin Sainab herbeirufen.

»Leg dich hin, Mai, schau, so wie ich.« Ich strecke mich auf dem Boden aus und mache die Augen zu. Nach einer Weile höre ich ein Plumpsen auf die Matratze. Ich öffne die Augen und sehe sie mit einem Fuss an einem Stab des Gitterbetts daliegen. Eine Hand hält die Tasse, und die Finger der anderen zupfen spielerisch an den Troddeln ihrer Decke. Sie wirkt zufrieden. Ihre Augen begegnen meinen, und sie hebt den Kopf und wird wieder munter. Ich schliesse rasch wieder die Augen und ermahne mich, völlig still zu liegen, um sie nicht aufzustören. Bald höre ich ihren regelmässigen Atem. Ich ringe mit mir, ob ich die leere Tasse ihrem schlafenden Händchen entwinden soll oder nicht. Vielleicht will sie mitten im Schlaf noch mal trinken und schlägt dann die Tasse an die Gitterstäbe und erwacht. Ich gehe das Risiko ein und löse die Tasse aus ihrem Griff. Sie bewegt sich und dreht sich zur Seite. Ich erstarre und befürchte, dass die leiseste Regung, das leiseste Geräusch sie wecken wird. Aber ich bin gerettet, sie schläft tief.

Am Nachmittag sitzt Doktorin Sainab im Sessel im Wohnzimmer und wartet auf das Taxi, das sie gerufen hat. Sie sieht elegant aus in ihrem braunen Deuxpièces, mit vollem Make-up und glänzenden hochhackigen Schuhen. Ihre beiden Koffer habe ich schon aus ihrem Schlafzimmer zur Wohnungstür getragen.

Sie raschelt mit der Zeitung beim Warten, und ich spüre ihre Anspannung: Sie will jetzt gehen. Aus Rücksicht auf ihr Kostüm mag sie Mai nicht mehr auf den Schoss nehmen, und so liegt es an mir, Mai zu beschäftigen und zu unterhalten, damit sie Grossmutters Kleider schont. Es regnet draussen, darum kann ich mit Mai nicht in den Park. Ich hebe sie zum Fenster hoch, damit sie dem Regen zuschauen kann. Der Sims ist breit genug, dass sie darauf stehen kann, und der Fenstergriff hat eine Kindersicherung. Die Bäume im Park lassen unter dem Gewicht des Wassers ihre Zweige hängen, die Blätter haben ihren frischen Glanz verloren. Die Fussgänger unter uns sind mit starken Schirmen bewaffnet, und die Scheibenwischer der Autos sausen hin und her. Das Zimmer wird dunkel, und Doktorin Sainab macht Licht. Das Telefon klingelt, sie nimmt ab.

Ihr heiseres Hallo wird weicher: »Tâmer, *habîbi,* was ist? Verspätest du dich?« Pause. »Natürlich macht es mir nichts aus. Ich habe dir schon am Morgen gesagt, du brauchst nicht zu kommen. Ich schaffe es auch alleine nach Heathrow – du willst es nur nicht hören.«

Ich setze mich auf den Fenstersims, und Mai macht es sich auf meinem Schoss bequem – wir freunden uns an.

»Nein, wir kriegen meine Koffer schon nach unten. Kein Problem.« Sie hält inne und lächelt. »Ich bin froh, dass du deine Vorlesung nicht verpasst.«

Ich höre den Schlüssel in der Wohnungstür, sie geht auf, und der junge Mann, dem ich in der Lobby begegnet war, tritt ein. Ich sehe ihn hinten im Flur, aber Doktorin Sainab noch nicht. Er spricht in ein Handy, und seine Stimme dringt als Flüstern zu mir: »Dann bist du sicher, Mama, dass ich nicht nach Hause kommen soll? Und dass du ganz allein zum Terminal 4 findest?«

Er kommt ins Wohnzimmer, als sie sagt: »Jetzt schaffst du es so oder so nicht mehr nach Hause ... Tâmer!« Sie brechen beide in Gelächter aus. Er schaltet sein Telefon aus und steckt es in die Tasche. Ich bemerke, dass er ihr ähnlich sieht: Es sind die gleichen etwas hervortretenden Augen, die gleiche gekrümmte Nase, aber ihm steht beides gut. Seine Mutter steht auf, und sie umarmen sich. Sie ist kleiner als er, und er zeigt seine Zuneigung nur zurückhaltend. Sie lachen, und ich bemerke eine Ungezwungenheit und Unbekümmertheit in ihrem Umgang miteinander, von der ich zwischen Mutter und Tochter nichts sah.

»Tâ-ma, Tâ-ma«, kreischt Mai, und er wendet sich ihr zu. Jetzt erst bemerkt er meine Gegenwart und ist ein wenig verlegen und gehemmt. Ich wende meinen Blick ab und schaue zum Fenster hinaus. Er muss eine Grimasse gezogen haben, denn ich höre seine Mutter sagen: »Komm, gehen wir in mein Zimmer.« Aber jetzt schlüpft Mai aus meinen Armen und rennt auf ihn zu. Er erwartet sie auf den Knien, mit weit offenen Armen, und stemmt sie hoch in die Luft. Der ganze Raum ist wie verwandelt. Das ist bei manchen Leuten so: Sie kommen herein, und alles ist anders.

Aus dem Fenster sehe ich ein schwarzes Taxi parken. Der Fahrer steigt aus und klingelt bei uns. Tâmer geht zur Türsprechanlage. Ich höre einen leichten amerikanischen Akzent in seiner Stimme. Das muss an der Schule liegen, die er im Oman besucht hat.

»Ich trage die Koffer runter«, ruft er seiner Mutter zu, die im Bad verschwunden ist. Ich halte ihm die Tür offen und eile zum Aufzugsknopf. Er hebt die Koffer seiner Mutter an, beide gleichzeitig. Ich muss fast lachen über sein Bemühen, sich keine Anstrengung anmerken zu lassen. Er wendet sich zur Treppe, aber ich rufe ihm zu, dass der Aufzug da sei. Dann muss ich Mai davon abhalten, ihrem Onkel in den Lift nachzulaufen. Sie ist ganz aus dem Häuschen, weil zu viel auf einmal geschieht. Der Lift setzt sich in Bewegung, und ich erhasche ein dünnes Lächeln in meine Richtung, ein lebhaftes Bild von ihm, wie er dasteht zwischen den beiden Koffern in Jeans und Nike-Schuhen und hellgrüner Jacke voller Regentropfen. »Er kommt wieder«, erkläre ich Mai. Sie ist völlig verwirrt: Erst noch hat Tâmer sie hoch in die Luft gehalten, und dann gibt ihr Doktorin Sainab einen Abschiedskuss.

Nach einer Weile springt er wieder die Treppe hoch. Die Koffer sind jetzt im Taxi, und er will gehen. Ich zögere unter der Tür mit Mai auf dem Arm und frage mich, ob es anmassend wäre, Doktorin Sainab zum Abschied zu küssen. Sie schlüpft langsam in ihren Mantel, während ihr Sohn vor ihr regelrecht auf und ab hüpft. »Komm schon, Mama, komm schon.«

»Tâmer«, sagt sie, »ich soll dir meine Schlüssel geben, sagt Lamja, aber wie kommt Nadschwa dann wieder in die Wohnung, wenn sie mit Mai im Park war?«

Er sieht mich an, als sie meinen Namen sagt, und dann wieder seine Mutter. Das Thema langweilt ihn.

»Mein Schlüsselbund muss hierbleiben«, fährt sie fort, »damit Nadschwa ihn nehmen kann, wenn sie rausgeht. Da ist er.« Sie knallt die Schlüssel auf das Bord neben der Tür. Der Schlüsselanhänger ist ein flaches grünes Plättchen mit einer Abbildung von Harrods.

»Vergiss nicht, ihn mitzunehmen, Nadschwa, wenn du ausgehst.«

»Heute brauche ich ihn nicht«, sage ich. »Heute werden wir nicht rausgehen, wegen des Regens.«

»Aber wenn es *aufhört* zu regnen.« Sie ist jetzt irritiert. »Und auch morgen und übermorgen – wenn du den Schlüssel nicht mitnimmst, seid ihr beide, du und die Kleine, gestrandet.«

Tâmer flieht stöhnend zur Treppe. Sie haben offensichtlich beide genug von meiner Begriffsstutzigkeit.

»Kümmere dich gut um das Haus«, sagt Doktorin Sainab wieder sanfter. »Ich komme wieder, *inschallah,* und ich werde anrufen. Die Kleine ist deine wichtigste Aufgabe.«

»*Inschallah* kommen Sie bald wieder zu uns, Doktorin«, sage ich und weiss jetzt, dass ich sie nicht zum Abschied küssen werde, und auch, dass sie es nicht von mir erwartet.

Ich schaue ihr zu, wie sie die Treppe hinuntereilt, und erst als sie ausser Sichtweite ist, mache ich die Wohnungstür zu.

Ich nehme Mai mit ans Fenster, und wir beobachten, wie Tâmer und Doktorin Sainab das Taxi besteigen. Sie blicken zu uns hoch und winken. Tâmer lässt das Fenster herunter und grinst zu uns empor. Mai fängt an zu weinen. Sie brüllt und stampft mit den Füssen auf den Sims, und obwohl ich sie stütze, gerät sie aus dem Gleichgewicht und stürzt. Ich fange sie rechtzeitig auf und halte sie wieder ans Fenster hoch. Ein schönes Bild müssen wir abgeben – Mai mit ihrem Wutanfall und ich mit dem Ausdruck von Leere im Gesicht, ratlos.

Zwölf

Der Zug verlässt den U-Bahn-Tunnel. Hier scheint die Sonne und wächst das Gras, es sind die Häuser von Outer London. Bei jedem Halt steigen immer mehr Leute aus und fast niemand ein. Bald erreichen wir den Endbahnhof. Ich bin Omar jetzt näher.

Ein Bus bringt mich vom Bahnhof zum Gefängnis. Es ist ein gewöhnliches Gebäude mit einigem Abstand zur Strasse, weitläufigen Aussenanlagen und einem Parkplatz. Omar sass nicht immer hier ein. Vorher war er in anderen Gefängnissen: dunkleren und raueren. Dieses freundliche ist eine Beförderung. Im Gebäude zeige ich dem Wärter meine Besuchsaufforderung. Er nimmt meine Handtasche entgegen und behält sie. Ich bin pünktlich. Schon hat sich ein Grüppchen gebildet: eine Blondine mit ihren zwei schwarzen Söhnen, einige Paare mittleren Alters und noch eine Frau mit einem Baby. Wir werden von einem jovialen Wärter in dunkelblauer Uniform in einen Aufzug komplimentiert. Er plaudert mit den kleinen Jungs, und ihre Mutter lacht. Sie ist aufgeregt und freut sich darauf, ihren Mann zu sehen. Wie bei jedem Besuch erwarte ich ein Gefühl der Scham, ein Gefühl der Schuld oder wenigstens eine gewisse Verlegenheit, aber da ist nichts. Alles ist geregelt und ganz gewöhnlich – wir könnten ebenso gut unschuldige Patienten in einem Heim oder Teenager in einem Internat besuchen.

Der Raum, zu dem wir gebracht werden, hat an einer Wand einen Imbiss. Die kleinen Jungs und ihre Mutter steuern darauf zu. Runde Tische mit festverschraubten Hockern stehen da – drei weisse Hocker für die Besucher und ein blauer für den Gefangenen. Wir sitzen auf unseren weissen Hockern und warten; die Wärter stehen jeweils zu zweien vor den Türen und plaudern. Es dauert nur ein paar Minuten, aber die fühlen sich ewig an. Die Gefangenen kommen einer nach dem andern heraus, nicht paarweise oder in Gruppen noch einer hinter dem andern, sondern in Abständen, als verbinde sie keine Kameradschaft oder geteilte Erfahrung. Aber sie tragen alle das gleiche blassblaue Hemd und leicht unterschiedliche Hosen. Ein Mann in Dreadlocks stolziert in die Arme seiner Söhne. Er und die Mutter küssen sich. Diese Familie ist laut, während wir anderen zahmer sind.

Als ich Omar sehe, weiss ich, dass auch ich gealtert sein muss. Die Zeit ist vergangen und hat uns überrascht. »Hey, Nana«, sagt er und ist jetzt der Einzige auf der Welt, der mich noch bei meinem alten Spitznamen nennt. Wir geben uns die Hand, klopfen einander auf den Rücken und umarmen uns schliesslich. Über die Jahre ist Omars Haar dünner geworden, und sein Haaransatz hat sich zurückgezogen. Jetzt ist er fast kahl, und dabei kann ich mich noch an seine üppigen Locken erinnern, die er nach dem Vorbild Michael Jacksons auf dem Cover von *Off the Wall* mit Pomade stylte. Er trägt inzwischen eine Brille – ein unmodisches Exemplar, das ihm die Gefängnisdienste gegeben haben. Besonders gesund ist er nicht. Er hat Magengeschwüre, Nierenprobleme und Erkältungen, die ewig brauchen, um abzuklingen.

»Du hast mir schon lange keine Einladung mehr geschickt. Dabei weisst du, dass ich dich jedes Wochenende besuchen würde, ja, das weisst du.« Es stört mich, dass ich ihn nicht besuchen kann, wann ich will, und die Initiative von ihm ausgehen muss.

Er zuckt die Schultern. »Es ist zu weit für dich.«

»Das macht mir nichts aus.«

»Du warst doch vor ein paar Wochen hier, nicht wahr?«

»Nein, vor einem ganzen Monat.«

»Tatsächlich ein ganzer Monat?« Er blickt verwirrt drein. Sein Gedächtnis ist nicht mehr so verlässlich wie früher. Manchmal denke ich, es geht ihm nicht gut, und er ist nicht er selbst und wird es auch nie mehr sein. Wie um mich zu beruhigen, beugt er sich vor. »Also, was gibt es Neues?« Sein Interesse an mir ist immer zu Beginn meines Besuchs am grössten. Es wird schwinden, als würde ich ihn enttäuschen, als würde ich ihm nicht das bringen, was er braucht. Ich erzähle ihm von meinem neuen Job. Ich beschreibe die St John's Wood High Street, wo die Kleider in den Läden so teuer sind, dass man die Preise in den Schaufenstern gar nicht mehr angibt. Ich erzähle ihm von Doktorin Sainab, Mai und Lamja. »Ihr Bruder ist erst neunzehn und so fromm und seriös«, sage ich. »Keine Zigaretten, keine Freundin, keine Partys, kein Alkohol. Er trägt einen Bart und geht jeden Tag in die Moschee.«

»Was für ein Schlappschwanz!«

»Nein, er ist kein Schlappschwanz.« Ich nehme ihn in Schutz.

Omar zuckt mit den Schultern, als sei ihm die Sache so oder so egal. Er wechselt das Thema. »Weisst du Neues von Onkel Sâlich?«

»Ich habe soeben einen Brief von ihm bekommen. Er lässt dich grüssen.«

»Wie geht's ihm?«

»Gut, *alhamdulillâh,* er gewöhnt sich allmählich daran, ein älterer Mann in Toronto zu sein.«

»Und Samîr? Der hat uns doch fallengelassen wie eine heisse Kartoffel.«

»Er ist nicht der Einzige, Omar.« Ich frage mich bloss, ob unsere alten Freunde uns fallengelassen haben oder einfach weitergezogen sind und den Kontakt zu uns verloren haben.

»Ich habe mehr von ihm erwartet, er ist doch unser Cousin.« Seine Stimme ist ein wenig bitter, nur ein wenig.

Einmal, als Samîr noch in Grossbritannien war, hatte ihm Omar eine Einladung geschickt. Aber Samîr hatte ihn nicht besucht und sich auch nicht entschuldigt oder überhaupt geschrieben.

»Ach, er ist jetzt ein hohes Tier bei ICI. Und seine Kinder werden schon gross – Onkel Sâlich hat mir ein paar Fotos geschickt. Die älteste Tochter ähnelt Mama enorm, du würdest es kaum glauben.«

Wir reden von der Vergangenheit, bevor Mama starb. Wir reden von der Popmusik, die uns gefiel, und sind uns einig, dass die neuen Bands nichts taugen. Wir erinnern uns an ein Bob-Marley-Konzert, das wir im Earls Court besuchten. Wir erinnern uns daran, dass wir noch Schallplatten kauften, und an den Abend, als Baba uns in die Shaftesbury Avenue zum Musical *Oliver!*[26] ausführte.

»Erinnerst du dich noch an das Eislaufen am Queensway?« Omar lächelt. »Ich liebte den Ort. Es gab eine Jukebox in der Cafeteria. Die erste Jukebox, die ich je gesehen hatte. Wir warfen zehn Pence ein und drückten einen Knopf für das Lied, das wir wollten.«

»Wie haben wir eigentlich eislaufen gelernt? Ich weiss nicht mehr!« Ich lache – Kinder aus dem heissen Khartum, die jeden Sommer nach London kamen und auf eine Kunsteisbahn am Queensway spazierten, als hätten sie jedes Recht dazu. Das machte das Geld. Das Geld gab uns Rechte.

»Ich wollte das ganze Jahr hierbleiben«, sagt er, »ich wollte für immer in London bleiben.«

Ich bin erleichtert, dass er heute gut drauf und gesprächig ist. Manchmal entspannt er sich nie und bleibt trübsinnig bis zum Besuchsende. »Du bist immer am letzten Urlaubstag krank geworden, wenn wir nach Khartum zurückfliegen sollten«, sage ich.

»Tatsächlich? Das weiss ich gar nicht mehr.« Sein Ton ist erfreut, als sei er von seiner kindlichen Liebe zu London gerührt.

»Du hast einen steifen Nacken bekommen. Du konntest den Hals nicht mehr drehen. Mama sagte, es sei psychisch.«

Er lächelt und beginnt von der Gefängnisbibliothek zu erzählen, die besser geworden sei, so dass er mehr Zeit mit Lesen verbringe. Er mag Bücher über Popmusik und die Biographien von Filmstars. Ich empfehle ihm, den Koran zu lesen. Da habe ich aber das Falsche gesagt. »Dieses fromme Zeug – das ist nicht für jeden was.« Er winkt ab, nimmt seine Brille ab und reibt sie an einem Hemdzipfel blank. Einer der Wärter wirft ihm einen Blick zu und wendet ihn wieder ab.

Ich will etwas sagen, aber er unterbricht mich. »Nörgle nicht an mir rum, Nadschwa.« Dunkle Schatten liegen unter seinen Augen.

»Ich nörgle doch gar nicht.«

»Jedes Mal wenn du mich besuchst, fängst du wieder davon an.« Er hat recht. Seit zwölf Jahren schon versuche ich ihm dasselbe auf verschiedene Arten zu sagen. Seit ich angefangen habe zu beten und den Hidschab zu tragen, hoffe ich, er werde sich so verändern wie ich. Er setzt sich die Brille wieder auf. Und der Wärter mustert ihn wieder.

»Schau«, sage ich, »ich weiss ja, wie du dich fühlst. Wir sind beide nicht religiös erzogen worden. Wir haben in Khartum nicht mal mit frommen Leuten verkehrt.«

»Die Dienstboten«, sagt er, »die haben gebetet, das weiss ich noch. Mûssa, der Fahrer, und die andern – sie haben im Garten gebetet.«

Unser Haus war ein Haus, in dem bloss die Dienstboten beteten. Wo ein Nachtwächter für unseren Wagen nach einer Partynacht das Tor öffnete und dann sitzen blieb und den Koran rezitierte bis zum Morgengebet. Ich sehe noch, wie er mit gekreuzten Beinen im Garten sass, dunkel wie ein Baum.

»Wenn Baba und Mama gebetet hätten«, sage ich, »wenn du und ich gebetet hätten, wäre uns das alles nicht zugestossen. Wir wären eine normale Familie geblieben.«

»Das ist naiv ...«

»Allah hätte uns beschützt, wenn wir es gewollt und Ihn darum gebeten hätten, aber das taten wir nicht. Darum sind wir bestraft worden.« Ich kann nicht flüssig und überzeugend reden. Ich trage immer zu dick auf und versage.

»Sei nicht blöd. Das klingt ja so, als ob Baba etwas Unrechtes getan hätte. Dabei hat man Lügen über ihn verbreitet. Wo sind denn die Millionen, die er angeblich gestohlen und ins Ausland gebracht hat? Schliesslich sind wir hierhergereist, und da war nichts.«

»Du hast ja recht, aber das ist alles vorbei. Mir geht es um dich. Du bist mir nicht egal.«

»Ich weiss«, sagt er, aber es klingt distanziert.

»Diese Leute, die dich ins Gefängnis gesteckt haben – denen bist du egal. Du glaubst, wenn sie dir vergeben, lassen sie dich hier raus, aber wichtiger ist es, dass Allah dir vergibt. Dann wird Er Wunderdinge für dich tun und dir Türen öffnen. Türen, von denen du nicht mal wusstest, dass es sie gibt.«

»Das ist mir viel zu hoch, Nadschwa, viel zu hoch«, sagt er und schüttelt den Kopf. »Ich hab keine Ahnung, wovon du sprichst.« Er übertreibt es jetzt, schüttelt weiterhin den Kopf und mimt Ehrfurcht. »Türen, von denen ich nicht wusste, dass es sie gibt. Das ist krass, Mann, wirklich krass.«

»Du bist ein hoffnungsloser Fall.« Ich kann mir ein Lachen nicht verkneifen. Er will mich ja auch zum Lachen bringen.

Dann schaut er mir geradewegs ins Gesicht. »Nadschwa, hör zu, das Frommsein macht dich offensichtlich glücklich – das ist deine Sache. Aber mir geht es gut, so wie ich bin.«

Wie kann es ihm gutgehen so? Hat seine Jugend vertan und sagt zu mir, es gehe ihm gut.

Dreizehn

Mein neuer Job gefällt mir. Mit der Zeit freundet sich Mai mit mir an. Sie nimmt meine Hand, wenn wir von ihrem Zimmer ins Bad gehen, und begrüsst mich am Morgen mit einem Lächeln. Die Tage folgen einem festen Ablauf. Lamjas Missmut am Morgen und ihr kaum hörbarer Gruss, und wie sie am Abend strahlend und erfrischt nach Hause kommt. Sie muss ihr Studium lieben. Ich bin stolz darauf, ihre eleganten Kleider zu bügeln und die Fläschchen auf ihrem Toilettentisch zu ordnen. Sie hat viele Halsketten, die sie über einen besonderen Ständer hängt, der wie ein Baum mit kahlen Ästen aussieht. Ich halte eine vielfarbige Perlenschnur hoch und bewundere sie. Ich halte ihre Perlenkette in der Hand. Ich hatte auch mal eine, aber Omar hat sie genommen und verhökert, um Drogen zu kaufen. Ihre Seidentücher sind für den Hals, nicht für das Haar – aber ich probiere sie manchmal als Kopftuch an und betrachte mein Gesicht im Spiegel. Es gab eine Zeit, als ich gut aussah und es keine Rolle spielte, ob ich krank war oder nicht und welcher Tag gerade war. Jetzt sehe ich nicht immer gleich aus, als ob mir mein Äusseres abhandenkäme.

Morgen für Morgen erwartet mich ein Chaos in der Küche. Es ist seit Doktorin Sainabs Abreise schlimmer geworden, und ich verwende einen erheblichen Teil des Tages darauf, wiedergutzumachen, was in der Küche am Vorabend versäumt wurde. Es betrübt mich, wenn sie Speisereste die ganze Nacht herumstehen lassen. Oft sind sie dann verdorben, und ich kann sie nicht mehr essen. Ich habe mich nämlich an ihrem Überfluss bedient, seit Lamja sagte: »Wir essen nur Frischgekochtes – du kannst sie haben.«

Das Licht im Wohnzimmer ändert sich von Tag zu Tag mit den Bäumen im Park, die kahler werden. Während Mais Mittagsschläfchen sitze ich im Sessel, den Doktorin Sainab bevorzugte, und geniesse das Licht im Raum oder sehe auf den arabischen Kanälen fern. Ich sehe die Kaaba und die Pilger, die sie umrunden. Ich wünschte, ich wäre eine von ihnen. Ich sehe junge Mädchen im Hidschab und wünschte, ich hätte auch schon in ihrem Alter das Kopftuch getragen und hätte in meiner Vergangenheit nicht so viel zu bereuen. Die religiösen Sendungen stärken mich, als würden sie mir sagen: Sorge dich nicht. Allah sorgt für dich, Er wird dich nie verlassen, Er weiss, dass du Ihn liebst, Er weiss, dass du dich bemühst, und alles, alles hier wird am Ende seinen Sinn und seinen Wert bekommen. Ich lerne aus diesen Sendungen. Alles Mögliche: Dass im Paradies alle dreiunddreissig Jahre alt sind und es nicht mehr zählt, wie alt sie bei ihrem Tod waren. Dass Eva die schönste Frau war, die Allah je geschaffen hat, und die Zweitschönste war Sara, Abrahams Frau. Dass der Prophet Muhammad, Friede sei mit ihm, auf der Strasse stehen geblieben sei, um mit einer Verrückten zu sprechen. Sie unterhielten sich lange miteinander, und alle wunderten sich, dass der Prophet Zeit hatte für eine so unbedeutende Frau wie sie.

Solches Wissen bedeutet mir viel. Darum gehe ich zu den Vorträgen und Unterweisungen in der Moschee. Zu meiner Verwunderung bleibt mir das Gelernte. In der Schule hatte ich alles gleich nach den Prüfungen wieder vergessen. Einmal gab es bei einem Id-Fest in der Moschee ein Quiz mit Fragen zum Islam – und ich hatte alle Antworten richtig und gewann eine Schachtel Cadbury Milk Tray.

In Lamjas Wohnung stehen auch Bücher über den Islam, aber ich bezweifle, dass sie ihr gehören. Sie kommt mir nicht fromm vor, und es gibt nicht einmal einen Gebetsteppich oder eine *tarha*[27] in ihrem Zimmer. Die Bücher stehen in Tâmers Zimmer, also gehören sie wohl ihm. Es sind Bücher über den Sufismus, über die Frühgeschichte des Islam und die Auslegung des Korans. Er liest sie; sie stehen nicht bloss da, um die Regale zu füllen. Das weiss ich, weil er sie manchmal auf der Frisierkommode seiner Mutter, die ihm jetzt als Schreibtisch dient, aufgeschlagen lässt oder weil sie sich auf dem Nachttisch neben seinem Bett stapeln.

Sein Zimmer lässt mich nicht kalt. Es ist dunkel; das einzige Fenster geht auf die Aussentreppe und trägt das Getrappel auf den Metallstufen, die Stimmen der Arbeiter und den Lärm des Müllmanns, der seiner Arbeit nachgeht, herein. Ich muss Licht machen, um das Zimmer aufzuräumen. Tâmer legt seinen Gebetsteppich schön zusammengefaltet auf den Stuhl, macht aber das Bett nicht. Schokoladenpapier und leere Saftkartons liegen um den Papierkorb herum, als hätte er sie hineinwerfen wollen, aber nicht getroffen. Ich ziehe das Bettzeug ab, es riecht nach ihm und macht mich verlegen. Ich wische sein Pult ab. Ich lege seine Studienbücher auf einen und seine übrigen Bücher auf einen zweiten Stapel. Ich ordne seine Amr-Châlid[28]-Kassetten. Immer mache ich in seinem Zimmer zuletzt sauber, nach allen anderen Arbeiten. Damit befolge ich einen Rat, den ich vor langer Zeit in *Slimming* über Fitnessübungen gelesen habe. Heb dir deine Lieblingsdehnübung bis zuletzt auf, dann kannst du mit den ungeliebten anfangen und hast sie schon durch. Manchmal nehme ich eins seiner Bücher mit und lese während Mais Schläfchen, was er gerade gelesen hat. Die Wohnung wird still ohne den Fernseher. Nicht all seine Bücher verstehe ich leicht. Ich lese sie an, und wenn ich sie begreife, lese ich weiter, wenn nicht, lege ich sie beiseite.

Am Morgen sehe ich ihn kaum, da ist er schon weg, bevor ich komme. Meist begegnen wir uns am Abend. Manchmal kommt er, wenn ich gerade aufbreche. Er zieht im Flur seine Schuhe aus, während ich meine anziehe. Er ist immer höflich und sagt stets »*Salam alaikum*« mit einem Lächeln. Da ist eine Bescheidenheit, die seiner Schwester abgeht. Manchmal begegne ich ihm auch auf der Treppe. Er nimmt zwei Stufen auf einmal, und vielleicht trete ich zu leise auf, denn er scheint immer verblüfft, mich zu sehen. Ich mache einen Schritt nach rechts, um ihn vorbeizulassen, und er weicht nach links aus. Darauf gehe ich nach links und bin ihm wieder im Weg, und wir lachen beide. Das alberne Manöver und das Gelächter bleiben mir bis zur Bushaltestelle im Sinn.

Und manchmal begegnen wir uns auf dem Treppenabsatz, und unsere Spiegelbilder gaukeln uns vor, wir seien zu viert. Der Spiegel unten an der Treppe ist nachsichtig: Er macht mich jünger und hübscher, als ich mich fühle, obwohl ich immer erfreut bin, ihn zu sehen. Es ist ja auch nur natürlich: Er ist ein schöner, andächtiger Junge mit ausdrucksvollen Augen.

Eines Tages haben wir aussergewöhnlich warmes Wetter, und Mai und ich verbringen einen langen Nachmittag in Regent's Park. Auf dem Heimweg, vor der Moschee, treffen wir Tâmer. Er kommt zu uns, grüsst mich und fährt Mai durchs Haar. Ein paar Sekunden lang erkennt sie ihn nicht. Sie ist eingenickt in ihrem Sportwagen, müde vom Spielen im Sandhaufen und auf den Rutschbahnen. »Ich bin's – Tâmer«, sagt er, bückt sich und kauert auf den Absätzen. Er nimmt ihre Hand und küsst sie. Wir drei blockieren den Gehsteig, was die Leute um uns zu ärgern beginnt. Ich schiebe Mai wieder, und Tâmer geht neben uns her.

»Ich wollte am Sonntag mit Mai in den Zoo«, sagt er, »aber es hat geregnet.« Seine Stimme ist etwas laut, und auf unserem Weg nach St John's Wood spüre ich das Unbehagen, das er in unserer Umgebung verbreitet. Ich drehe den Kopf und betrachte ihn durch ihre Augen: gross, jung, arabisch aussehend, dunkle Augen und Bart, genau wie ein Terrorist.

Auf einmal sagt er ein entwaffnendes »Du kochst sehr gut. Danke, dass du für uns kochst«. Seine Schwester hat mir noch nie gedankt. Aber sie bezahlt mich gut und rechtzeitig, was noch mehr zählt als Dankesworte.

Statt mich erfreut zu zeigen, sage ich: »Stellt bitte nachts die Reste in den Kühlschrank. Die Küche ist warm, und da verdirbt das Essen manchmal, das ist Verschwendung.«

Er wirkt zerknirscht, senkt den Kopf und sagt: »Ja, es ist eine Sünde, Essen zu verschwenden.«

Vielleicht bin ich zu ungnädig mit ihm gewesen. Zum Ausgleich suche ich nach Worten, die nach meinen Vorstellungen eine Tante zu ihm sagen könnte: »Wie kommst du zurecht an der Universität?«

»Ich kenne nicht wirklich viele Leute.«

»Na, du bist ja auch noch neu. Bald wirst du Freunde finden.« Wir bleiben am Fussgängerstreifen stehen.

»Ich habe mich dem Islamischen Verein angeschlossen. Sie organisieren Freitagsgebete im College, damit wir es nicht so weit haben und keine Vorlesungen schwänzen müssen.«

»Schön. Und das Studium selbst – wie läuft es damit?« Normalerweise spreche ich mit meinen Arbeitgebern nicht so. Mit Lamja würde ich nie so reden.

»Mir gefallen meine Fächer nicht besonders«, antwortet er. »Es ist wegen Dad – er will, dass ich Wirtschaft studiere.«

Ein silberfarbener Peugeot und ein Taxi halten an. Wir überqueren die Strasse.

»Was hättest du denn gerne studiert?«

»Ich wollte islamische Geschichte studieren.«

»Schön, dass du dich dafür interessierst.« Wir biegen in die St John's Wood High Street ein.

»Genau das sagen Mum und Dad auch – es sei ein Interesse, ein Hobby. Sie sagen, ich müsse praktisch denken und ein Studium mit guten Berufsaussichten wählen.«

»Allah wird es dir sicher lohnen, dass du deinen Eltern den Gefallen tun willst.«

»*Inschallah*«, sagt er lächelnd, als hätte ich ihm ein Kompliment gemacht.

Meine Hände zittern nicht, wenn ich sein Bett mache, das Kissen aufschüttle und seine Jeanstaschen leere, bevor ich die Hose in die Waschmaschine stopfe. In seinen Taschen finde ich Quittungen der Uni-Cafeteria, einen Kaugummi, Münzen und einen Aufruf zu einer Demonstration für Palästina auf dem Trafalgar Square. Ich räume seinen Schreibtisch auf, entferne Bleistiftspäne und reibe einen Tintenfleck weg. Ich falte einen Zettel auseinander: Es ist sein Stundenplan mit den Saalnummern seiner Vorlesungen. Vielleicht hat er ihn vergessen oder weiss schon, wo er hinmuss. An den Rand hat er »Das Studium ist beschissen« gekritzelt. Ich lächle, als könnte ich es ihn sagen hören. Ich blättere in seinen Studienbüchern: Wirtschaft, Buchhaltung, Betriebsmanagement. Vor langer Zeit hatte ich an der Universität Khartum mit diesen Fächern gekämpft. Ich war an der Uni, um die Zeit totzuschlagen, bis ich heiraten würde und Kinder hätte. Ich dachte, alle Mädchen seien deswegen dort, aber einige verblüfften mich mit ihrem Ehrgeiz, sie wollten im Beruf vorankommen und Karriere machen. Ich verblüffte mich selbst damit, dass ich nie heiratete.

Vierzehn

Schahinâs ist ein seltener Gast in meinem Wohnzimmer. Ich gehe lieber zu ihr, wo ich von ihren vier Kindern, ihrer Schwiegermutter und den Fotos der Cousins, Cousinen und Onkel auf den Regalen umgeben bin. Ich ziehe die Stimmen ihrer Kinder, die einander bei ihren Spitznamen rufen, meiner eigenen nüchternen Wohnung vor. Mama hat sie kurz vor ihrem Tod gekauft. Die grosse am Lancaster Gate hatte sie verkauft und diese kleinere im obersten Stockwerk eines Hauses in Maida Vale erworben. Sie hatte kaum noch Zeit, hier zu leben. Manche ihrer Habseligkeiten liegen noch unausgepackt in Koffern und Umzugskisten. Den Fernseher hätte ich gern behalten, aber die Gebühr ist ein Luxus.

»Du hast Glück, dass du kein Fernsehen hast«, sagt Schahinâs, »es bringt bloss schreckliche Nachrichten.« Ihre Kinder wären da anderer Meinung, aber sie hat heute nur den kleinen Achmad dabei. Er ist hellwach und hält eine rote Rassel in der Hand.

»*Habîbi ya Achmad* – du bist gewachsen!« Ich knie mich hin, um ihn eins ums andere Mal zu küssen. Er ist zu klein, um zu protestieren. Ich hebe ihn aus seinem Stuhl hoch und nehme ihn auf den Schoss. Er riecht so gut.

Schahinâs nimmt ihr Kopftuch ab, lehnt sich im Sessel zurück und fährt sich mit den Fingern durchs Haar. Es ist ein Genuss, ihr Haar zu sehen, es ist so lang und schwarz wie bei Pocahontas im Disney-Film, den Mai so gerne schaut. Schahinâs will es abschneiden, aber ihr Mann ist dagegen. Ich bin auf seiner Seite.

»Ich hab zu ihm gesagt, ich muss raus«, erzählt sie. »Raus aus dem Haus. Die Kids haben mich fast um den Verstand gebracht.«

»Hatten sie heute frei?« Achmad lässt seine Rassel fallen. Ich hebe sie auf und gebe sie ihm zurück.

»Lehrerfortbildung. Und es hat geregnet, so dass sie nicht draussen spielen konnten. Wollen wir die Kinder nicht bei deiner Mutter lassen und zusammen essen gehen?, habe ich Suhail deshalb gleich gebeten, als er von der Arbeit nach Hause kam. Dann können wir noch diesen Vortrag in der Moschee besuchen. Er fand es eine gute Idee, aber wir sollten doch Achmad mitnehmen, sonst wäre es vielleicht zu viel für Mutter. Und ich sagte: Gut, nehmen wir Achmad mit und lassen die anderen da. Und er ging ins Zimmer seiner Mutter, um sich zu verabschieden.«

Ich muss unwillkürlich lächeln, weil sie so lebhaft erzählt und dabei so hübsch aussieht und so natürlich. Ich küsse Achmads Köpfchen und verberge mein Lächeln in seinem Haar.

»Ich war schon dabei, mich umzuziehen«, fährt sie fort, »und dann kommt er aus ihrem Zimmer zurück und sagt, wir gehen nicht aus. Ich frage, warum, und er sagt, seine Mutter sei dagegen. Einfach so.«

»Und aus welchem Grund?«

»Ich weiss auch nicht. Sie hat etwas gegen das Auswärtsessen, findet Restaurants Geldverschwendung oder mag sich heute nicht mehr um die Kinder kümmern oder will mich schlicht ärgern!«

»Schahinâs, das ist doch nicht dein Ernst!«

»Ich bin so wütend.«

»Deine Schwiegermutter ist doch goldig.«

»Ja, schon. Trotzdem ist es manchmal ... schwierig.«

Es ist schwierig, weil ihr Haus klein ist und sie sich zu siebt ein Badezimmer teilen müssen (obwohl sie zum Glück noch eine Toilette mit Waschbecken haben). Sie sind die nettesten Leute, denen ich in der Moschee je begegnet bin, so nett, dass sie mich nicht ausquetschen müssen oder von mir Geständnisse erwarten, nur weil sie so freundlich sind. Dass ich Schahinâs' Freundin sein darf und Suhail ihre Wahl gutheisst, ist einer dieser Glücksfälle, die ich nicht hinterfrage. Wir haben ja wenig gemeinsam. Sollte ich sie doch einmal fragen, wird sie wohl bloss ganz sachlich antworten: »Weil wir doch beide bessere Muslimas werden wollen.«

Jetzt sage ich über ihre Schwiegermutter: »Ach, darüber haben wir doch auch schon gesprochen. Aber wenn sie woanders wohnen würde, wäre Suhail einfach weg und stundenlang zu Besuch bei ihr.«

»Und ich müsste mit den Kids alleine zu Hause sitzen!«

»Genau. Darum ist es für euch alle viel besser, wenn ihr zusammenwohnt. So haben die Kinder und du mehr von ihm. Und denk daran, wie Allah es dir lohnen wird.«

»Du hast recht. Der arme Suhail, ich habe ihn angeschnauzt, worauf er sagte: ›Warum gehst du nicht Nadschwa besuchen?‹ Ich weiss, im Islam ist es so, dass ein Mann seiner Mutter gehorchen soll, und ich sollte ihn darin unterstützen – aber manchmal wird es mir einfach zu viel.« Ihre Stimme wird weich. Sie ist jetzt wieder mehr sie selbst.

»Weisst du was«, sage ich, obwohl der Tag für meinen Geschmack bereits lang genug war, »wir könnten doch diesen Vortrag in der Moschee zusammen besuchen, wenn du willst. Worüber schon wieder?«

»Ein Amerikaner hat ein uraltes Buch übersetzt, das von einem berühmten Gelehrten stammt.« Sie klingt davon angetan.

»Das könnte aber auch langweilig werden, meinst du nicht?« Ich richte Achmad in meinem Schoss auf. Er strampelt mit den Füssen und hüpft.

»Nein, nein. Er ist eigens aus den Staaten angereist, er ist bestimmt gut. Hast du was gegessen?«

»Ja, bei der Arbeit. Lamja hat mir den Rest einer Quiche angeboten, die sie am Wochenende bei Harrods gekauft hat. Ich hab sie gefragt, ob die Quiche halal sei, und sie gab mir einen wütenden Blick, so –« Ich funkle Schahinâs an.

Sie lacht. »Na, es war schon ein wenig frech von dir, sie das zu fragen!«

»Ich weiss.« Mit einem Lachen denke ich an Lamjas Gesicht. »Dann sagte sie, Tâmer habe auch davon gegessen, als ob damit alles in Ordnung wäre.«

»Oh, Suhail hält grosse Stücke auf ihn. ›Hoffentlich werden sich unsere Jungs der islamischen Sache auch mal so verpflichtet fühlen wie Tâmer‹, hat er zu mir gesagt.«

»Hast du das gehört, Baby Achmad?« Ich kitzle ihn, und er gluckst und sabbert über meine Bluse. »Warum findet Suhail das?«, frage ich Schahinâs. »Was tut Tâmer denn?« Ich möchte eine neue Seite an ihm kennenlernen.

»Nichts Besonderes eigentlich. Sie spielen Fussball

zusammen, und jede Woche bringt Tâmer einen grossen Karton Fruchtsaft für die ganze Mannschaft mit.«

»Und das nennst du der islamischen Sache verpflichtet?«, sage ich lachend.

»Also Suhail sagt, er bringe allen, die älter sind als er, Höflichkeit und Respekt entgegen – er hat nicht diese Allüren, die man bei so vielen jungen Brüdern in der Moschee antrifft.«

»Das stimmt. Bloss dachte ich an was Konkretes, als du Suhails gute Meinung von ihm erwähnt hast.«

»Na, er ist als Kind sicher verwöhnt worden, da hat er wohl nicht so viel Ahnung, was Arbeiten konkret heisst.«

Ich könnte ihr von dem ungemachten Bett erzählen oder von den Pyjamas, die er achtlos auf dem Boden liegenlässt, wenn er sie ausgezogen hat. Aber das behalte ich für mich.

Fünfzehn

»Ich habe dich gestern beim Vortrag gesehen«, sagt Tâmer. Ich hatte Mai auf der Schaukel angestossen, als er mit seinem Rucksack erschien, als ob es für ihn selbstverständlich wäre, auf seinem Heimweg bei uns in Regent's Park vorbeizuschauen.

»Ja, es war ein guter Vortrag«, sage ich. »Und viele Leute sind gekommen, da waren die Veranstalter bestimmt zufrieden.«

»Ich stosse mal die Schaukel an.« Er stellt seinen Rucksack ab und übernimmt. Auf dem Spielplatz ist es ruhig heute. Der Himmel ist bewölkt, und ich erwarte die ersten Regentropfen. Über den Baumwipfeln kann ich die Kuppel der Moschee sehen, hinter dem Glas funkelt der Kronleuchter.

»Mir hat der Abschnitt über die Vorboten des Tags des Gerichts[29] gefallen«, sagt er, »und wie die Menschen vor Jahrhunderten glaubten, dass diese Zeichen sich schon erfüllten. Sie glaubten, das Ende der Welt stehe bevor, und doch sind wir immer noch hier.«

»Vielleicht heisst ›bevorstehend‹ doch auch erst nach vielen Jahren.« Es war ein guter Vortrag gewesen, und der Besuch hatte sich gelohnt. Sowohl Schahinâs wie mir hatte er gefallen – und uns auch erschüttert. »Einige dieser Zeichen waren unheimlich«, sage ich zu Tâmer.

»Ja, die Sonne, die im Westen aufgeht, und die Stimme des Tiers – das ist ziemlich unheimlich.«

»Er sagte, es könnte sinnbildlich gemeint sein.«

»Ich nehme es wörtlich.« Er packt die Schaukel und hebt sie in die Höhe. Mai kreischt, als er sie loslässt.

»Es könnte doch sein, warum nicht? Die Wiederkunft Jesu ist wörtlich zu nehmen. Sogar der Ort, an dem er wieder erscheinen wird, ist genau bekannt.«

»Ich würde gern in jener Zeit leben«, sagt er.

Ich lächle über seine Begeisterung und sein Selbstvertrauen. »Was würdest du dann tun?«

»Nach Damaskus eilen, um ihn zu sehen.«

»Von der Uni weglaufen?«, necke ich ihn, aber es fällt ihm nicht auf.

»Aber ja, sofort. Du nicht auch?«

Ich lächle und schweige. Es wäre unpassend, von Geld zu reden und davon, wie viel ein Flugticket nach Syrien kostet.

»Ich wäre in der Armee des Mahdi[30]«, fährt er fort, »um den Antichrist zu bekämpfen.« Er reckt ein eingebildetes Schwert in die Höhe und fuchtelt damit herum.

»Ich wäre gern dabei, wenn Jesus mit dem Mahdi betet. Ich würde gern mit ihnen beten, aber der Krieg würde mir missfallen, ich habe Angst vor Kriegen, selbst wenn sie nur im Fernsehen stattfinden.«

Mai will nicht mehr schaukeln. Tâmer hilft ihr herunter. Seine Finger sind lang und schlank und haben zerkaute Nägel.

Mai läuft zur Rutschbahn. Sie hat keine Angst, die Stufen hochzuklettern und sich dem Sturz zu überlassen. Noch vor einer Woche hatte sie sich vor der grossen Rutschbahn gefürchtet.

»Weisst du was«, sagt er, setzt sich rittlings auf die

Schaukel und lässt die Beine baumeln, »ich hab in einem Buch gelesen, dass ein sudanesischer Scheich im sechzehnten Jahrhundert schon einen Tag prophezeit hat, an dem die Menschen in verschiebbaren Häusern unterwegs sein und durch dünne Drähte kommunizieren werden – ist das nicht erstaunlich?«

»Ja, das ist erstaunlich.« Ich muss über ihn lächeln. Es liegt an seinem Eifer oder vielleicht auch nur daran, dass ich auf einmal Gesellschaft habe. »Der Scheich muss es im Traum gesehen haben.«

»Stimmt. Daran habe ich nicht gedacht. Er muss die Zukunft im Traum gesehen haben.«

»Bist du je im Sudan gewesen?«

»Ja, wir gingen jeden Sommer dorthin, als wir im Oman lebten. Du bist Sudanesin, nicht wahr?«

Ich hüte mich normalerweise vor solchen Fragen und wohin diese führen könnten, doch aus seinem Mund klingt die Frage harmlos.

»Ja, aber ich lebe jetzt schon seit fast zwanzig Jahren in London.« Als ich mit Mama und Omar hierherkam und Baba hingerichtet wurde, muss Tâmer noch ein Baby gewesen sein. »Kannst du dir vorstellen, eines Tages in den Sudan zurückzukehren und dort zu leben?«

»Ja, schon. Ich war gerne dort. Man kann viel unternehmen – Khartum macht Spass.«

Mai geht zum Sandkasten hinüber. Ich helfe ihr die Schuhe auszuziehen, und sie beginnt mit einem kleinen Jungen zu spielen. Seine sri-lankische Nanny sitzt auf dem Sandkastenrand und hält eine Tupperdose voll Reis in der einen Hand und einen Löffel in der andern. Sie füttert ihn, während er Sand schaufelt. Ich setze mich neben sie.

Tâmer entfernt sich von der Schaukel und setzt sich auf eine Bank in der Nähe. »Machst du im Sudan Urlaub?«, fragt er mich.

»Nein, ich habe dort niemanden, den ich besuchen kann.«

»Dann lebt deine Familie hier?«

Ich nicke. Es stimmt ja, Omar ist hier. Omar ist meine Familie.

»Und was hast du in deinen Ferien in Khartum gemacht?«, frage ich. Ich habe schon lange kein Heimweh mehr.

»Na, ich bin angeln gegangen mit meinen Cousins, und wir haben Fussball gespielt. Und die ganze Zeit wollte man uns zum Lunch einladen. Die haben tolles Essen dort.«

Ich lache. »Ich könnte schon sudanesisch kochen für dich, wenn du willst.«

»Wirklich?«

»Ja. Und was hast du sonst noch gemacht in Khartum?«

»Wir sind schwimmen gegangen im American Club.«

»Tatsächlich? Da bin ich die ganze Zeit hingegangen, als ich jung war. Wir waren Clubmitglieder.«

Ich erinnere mich an den Geruch der Hamburger auf dem Grill und wie meine Freundin Randa und ich im Bad Lipgloss auflegten und an die Discolichter. Es scheint ewig lange her. Und doch gibt es den Ort noch, nicht nur in meinem Kopf.

»Fühlst du dich als Sudanese?«, frage ich ihn.

Er zuckt die Achseln. »Meine Mutter ist Ägypterin. Und ich habe überall sonst gelebt, nur nicht im Sudan: im Oman, in Kairo und hier. Ich habe westliche Schulen besucht, darum fühle ich mich als Westler. Mein Englisch ist besser als mein Arabisch. Nein, darum kann ich nicht sagen, dass ich mich stark als Sudanese fühle, obwohl es mir recht wäre. Das Wichtigste für mich ist wohl, dass ich Muslim bin. Und du?«

Ich spreche langsam: »Ich fühle mich als Sudanesin, aber als ich Khartum verliess, wurde alles anders für mich. Und ich habe mich selbst hier in London noch verändert. Und jetzt betrachte ich mich wie du einfach als Muslima.«

Er lächelt, und ich frage ihn nach Lamja: »Sieht sie sich als Sudanesin?«

Sein Ausdruck ändert sich und wird distanzierter, als wäre es ihm unwohl dabei, über seine Schwester zu reden. »Vermutlich sieht sie sich als Araberin. Und bei ihrem Mann ist es wie bei uns: Er ist Sudanese, aber am Golf aufgewachsen und hat in den Staaten studiert.«

Ich habe Lamjas Mann noch nie gesehen. Er kommt nicht so oft nach London, wie ich es Doktorin Sainabs Worten entnahm.

Die Nanny und der kleine Junge packen ihre Sachen zusammen. Wir winken ihnen nach, als sie den Spielplatz verlassen. Ich frage mich, ob Lamja und Tâmer nicht auch eine asiatische Nanny hatten, als sie am Golf aufwuchsen. Es spricht vieles dafür.

»Welches sudanesische Essen magst du am liebsten?«, frage ich ihn.

»Erdnusssalat.«

»Der lässt sich ganz leicht mit Erdnussbutter herstellen. Ich mach einen für euch. Was magst du sonst noch gern?«

Seine Antwort wird durch ein Wimmern von Mai unterbrochen. Sie sitzt auf der Wippe und ist frustriert, dass sie sie nicht in Bewegung setzen kann. Ich setze mich auf das andere Ende, und wir beginnen zu wippen; Tâmer sieht uns zu. Für einen kurzen Moment weiss ich nicht mehr, wer ich bin: jene Nadschwa, die in der Disco des American Club in Khartum getanzt hat, oder die andere Nadschwa, die von Lamja, als diese eines Nachmittags zur Zentralmoschee ging, als Dienstmädchen angeheuert wurde. Ich hüpfe langsam genug auf und ab, damit Mai nicht runterfällt und sich erschreckt, aber auch nicht so sanft, dass sie sich langweilt.

Es fängt an zu regnen, und die paar Tropfen, die auf den roten Sicherheitsbelag unter der Wippe fallen, wirken düster.

Tâmer schaut zum Himmel auf. Er wirkt entspannter als bei unserer neulichen Begegnung auf der Strasse. Er weiss es ja vielleicht nicht, aber auf Spielplätzen und unter Kindern sind wir sicher. Da gibt es andere Orte in London, an denen man nicht sicher ist und unsere Anwesenheit die Leute stört. Vielleicht ist auch seine Uni ein solcher Ort, und darum fühlt er sich einsam.

Der Regen ist von einer Art, bei der man keinen Schirm braucht, aber ich will doch lieber mit Mai nach Hause. Ich ziehe dem Sportwagen seinen Wetterschutz über, und schon verlassen wir drei den Park und spazieren in Richtung Lord's.

Tâmer schiebt Mai, und ich denke: Wir sind wie ein Paar, ein Paar mit einem Baby. Wirken wir so auf die Leute? Oder werden sie mich für seine Mutter halten? So alt sehe ich doch wahrhaftig noch nicht aus.

Sechzehn

Tâmer schliesst die Wohnungstür auf. Ich helfe Mai aus dem Sportwagen und knie mich hin, um ihr die Jacke abzunehmen. Im Flur brennt Licht – Lamja ist schon zu Hause. Sie kommt aus ihrem Zimmer. Ich weiss ja, dass sie am Abend aufgedreht ist, aber heute blitzen ihre Augen, und sie zischt mir fast atemlos zu: »Wo ist meine Perlenkette? Ich hab sie am Morgen bei meinem anderen Schmuck gelassen, wo ist sie?«

Ich stehe auf. Sie fragt nicht, sondern klagt an. »Ich weiss nicht.« Meine Stimme ist gepresst, weil sich auf einmal alles verdüstert hat und ich auf einen Schlag meinen Job verlieren kann, einfach so. »Ich hab sie nicht genommen.« Sogar in meinen eigenen Ohren klingt das nicht überzeugend genug.

»Hab ich es dir etwa vorgeworfen?« Ihre Stimme ist barsch, aber sie ist nervös und verunsichert. »Warum sagst du dann, du hast sie nicht genommen?«

Es ist eine Fangfrage, bei der ich nur verlieren kann. Ich bleibe mit meinen Händen in den Hosentaschen still stehen. Mai kämpft mit ihren Schuhen. Ich bücke mich und helfe ihr beim Ausziehen. Sie rennt los und umarmt die Beine ihrer Mutter, aber als keine Reaktion kommt, trollt sie sich ins Wohnzimmer. Tâmer ist neben mir. Er sagt: »Hast du sie auch gesucht, Lamja? Bist du sicher, dass du sie gesucht hast?« Seine Stimme ist laut, als müsste sie es mit der ihren aufnehmen können, klingt aber ruhig, als wäre dies eine alltägliche Sache. Er zieht seinen Mantel aus und bückt sich, um die Schnürsenkel seiner Sportschuhe zu lösen.

»Natürlich habe ich sie gesucht.« Sie ist wütend auf ihn und findet seine Gegenwart störend. Dann wendet sie sich wieder mir zu: »Also sag schon, wo ist sie?«

»Lamja«, sagt Tâmer vorwurfsvoll. »Suchen wir doch noch weiter. Du hast sie bestimmt irgendwo verlegt.«

Mit verschränkten Armen funkelt sie mich an. Sie trägt die beige Hose, die ich gestern gebügelt habe, dazu Oberteil und Pullover im selben Orangerot. Sie schaut mich an, als würde sie sich am liebsten auf mich stürzen und mich nach der Halskette durchsuchen. Vielleicht hätte sie es ja auch getan, wäre Tâmer nicht da gewesen. Sie hätte in meinen Hosentaschen gewühlt, mich geschlagen, wenn ich mich gewehrt hätte, und mich gezwungen, meinen BH abzulegen ... Ich beginne zu beten, und die Worte überschlagen sich in meinem Kopf. Allah, bitte hilf mir aus diesem Schlamassel. Schreite ein. Ich weiss, dass Du mich strafst, weil ich diese Halskette heute Morgen vor dem Spiegel anprobiert habe. Ich habe sie mir um den Hals gelegt, und das werde ich nie mehr tun, nie mehr. Ich werde nie mehr ihre Halstücher anprobieren und mich nie mehr auf ihre Badezimmerwaage stellen. Aber ich habe die Halskette nicht genommen. Das käme mir nicht im Traum in den Sinn. Ich hab die Kette bloss anprobiert und sie wieder zurückgelegt. Da bin ich sicher, weil ich Mai nach mir rufen hörte, und da habe ich sie sofort abgemacht ...

»Nadschwa ...« Tâmer spricht mit mir. Er sagt, wir sollten die Kette suchen. »Ich bin sicher, wir finden sie.«

Er schaut auf meine Füsse. Ich folge seinem Blick und sehe, dass ich noch die Schuhe anhabe. Ich sollte sie ausziehen und vom Flur ins Schlafzimmer gehen, um mit der Suche anzufangen.

Mai kommt aus dem Wohnzimmer und hat die Perlenkette in der Hand. Tâmer lacht. »Da ist deine verlorene Kette, Lamja!«

Sie wirft einen einzigen Blick auf ihre Tochter und schlägt fest zu. Das arme Kind taumelt, und die Kette fliegt ihr aus der Hand. Schon ist Tâmer am Boden und fängt Mai auf. Sie schreit ebenso vor Entsetzen wie vor Schmerz, ihr Gesicht ist blaulila, und Speichel tropft aus ihrem weit aufgerissenen Mund. »Das ist gemein von dir, Lamja«, sagt er. »Warum hast du das getan?«

Ich ertrage es nicht mehr, drehe mich um, mache die Wohnungstür auf und renne die Treppe hinunter.

Es regnet, und alle Autos fahren mit Scheinwerferlicht. Ich bleibe vor der Hausecke stehen und warte, bis der Wolkenbruch nachlässt. Ich will weg, ich will die letzten paar Minuten vergessen. Es war so schön im Park, und dann diese Rückkehr ... Was, wenn Mai nicht mit der Kette aufgetaucht wäre? Ich muss sie auf der Frisierkommode liegengelassen haben, statt sie wieder über den Baum zu hängen, an dem Lamja ihre sämtlichen Ketten aufhängt. Mai muss sie weggenommen, ins Wohnzimmer getragen und vielleicht in einem ihrer Spielzeuge versteckt haben. Ich habe ein ungutes Gefühl bei einem solchen Wunder. Ich weiss ja, was Stehlen heisst. Vor Jahren hatte Omar meine eigene Perlenkette gestohlen, hatte Omar Mama angeschrien, ihm mehr Geld zu geben, und sie an den Schultern gerüttelt. Ja, sogar an den Schultern gerüttelt hatte er sie und einzuschüchtern versucht. Was, wenn Mai nicht mit der Kette erschienen wäre? Mir hebt sich der Magen. Ich kann diesen Job so leicht verlieren. Vertrau auf Allah, sage ich mir. Er kümmert sich um dich bei dieser und jeder anderen Arbeit. Warum hängst du dich überhaupt so an diese Familie? In der Moschee heisst es, dass man eine Kinderkrippe einrichten wolle. Das wäre eine bessere Stelle und ein regelmässigeres Einkommen. Ich mache mich zur Bushaltestelle auf, über den Fussgängerstreifen und um die Ecke.

Hinter mir höre ich Schritte, jemand rennt. Tâmer ruft meinen Namen. Ich bleibe stehen und drehe mich um. »Du kommst doch morgen wieder, ja? Du bist nicht beleidigt?« Er ist etwas ausser Atem. Er hat keinen Mantel an.

»Nein, ich bin nicht beleidigt.« Wir treten auf dem Gehsteig beiseite. Wir blicken auf einen Fussweg hinunter und einen Kanal, der unter der Strasse verläuft. Er führt nordwärts bis zum Zoo und südwärts fast bis zur Edgware Road.

»Gut«, sagt er. »Ich ... wir waren ein wenig besorgt, als du weggegangen bist.«

»Tut mir leid. Ich hätte mich abmelden sollen.« Der Regen lässt etwas nach, aber die Scheibenwischer der Autos tanzen immer noch, und die Passanten haben ihre Schirme aufgespannt.

»Es ist Lamjas Schuld, weisst du. Sie hätte nicht ...«

Ich versuche, ihn zu unterbrechen. Ich will nicht, dass er sich für seine Schwester entschuldigt, doch er fährt fort: »Ich bin nicht zufrieden mit ihr. Sie betet kaum, und sie trägt keinen Hidschab. Das ist nicht richtig. Sie hat ganz üble Freunde. Sie schauen sich zusammen primitive Filme an, sie rauchen und trinken sogar Wein – ekelhaft. Das sage ich ihr auch, aber sie hört nicht auf mich. Ihr Mann sollte ihr das sagen, aber der ist genauso schlimm. Es ist hochmütig, wie sie eben mit dir gesprochen hat. Das sollte sie nicht ...«

»Macht nichts«, kann ich endlich einwerfen und versuche ein Lächeln. »Es ist einfach was Dummes passiert, und jetzt sollten wir es auch wieder vergessen.«

»In Ordnung.« Sein Haar ist feucht vom Regen. Er wirkt müde, und ich muss noch schlimmer aussehen. Er schlägt den Blick nieder. »Ich bin froh, dass du morgen *inschallah* wiederkommst.«

»Und dann mache ich dir den versprochenen Erdnusssalat.«

Er lächelt und ist wieder mehr wie sonst. »Danke.«

»Ich sollte dir danken, dass du ...« Meine Stimme verebbt. Dass du für mich einstehst, dass du neben mir stehst.

»Ich wusste doch, dass du nie was wegnehmen würdest. Ich hab es gewusst.« Er sagt es mit Nachdruck. Wie Mai vertraut er mir auf eine kindliche Art. Als müsste ich noch daran erinnert werden, wie jung er ist.

»Du kennst mich nicht gut«, sage ich, »es gibt noch viel, was du nicht von mir weisst.«

Er sieht mich nur unverwandt an, weder neugierig noch unbeteiligt. Als ob er sagen wollte: Egal ob du es mir erzählst oder nicht, ich werde mich dir gegenüber nicht ändern.

Der nächste Tag ist anders. Als ich klingle, macht mir Tâmer und nicht Lamja die Tür auf. Er ist noch im Pyjama und sieht aus, als wäre er eben erst aufgestanden. »Ich habe mich erkältet.« Er räuspert sich. »Ich bin nicht zur Uni gegangen.« Lamja ist schon fort, und Mai schläft noch. Er geht wieder ins Bett, und ich mache mich hinter die Küche. Ich gebe mir Mühe, nicht zu klappern, damit ich ihn nicht störe. Es ist ja meine Schuld, dass er krank ist – er ist mir ohne Mantel im Regen nachgelaufen.

Ich bin erleichtert, dass Lamja schon weg ist und ich ihr nach gestern nicht unter die Augen treten muss. Es dämmert mir, dass sie mich nie als ihresgleichen behandeln wird, auch jetzt nicht, da sie um meine Unschuld weiss. Ich hatte gehofft, an sie heranzukommen oder dass sie mindestens ebenso mit mir plaudern würde wie ihre Mutter. Jetzt weiss ich, dass sie das niemals tun wird. Sie wird meinen Hidschab immer vor Augen haben, ebenso wie meine Abhängigkeit vom Lohn, den sie mir gibt, oder meine Hautfarbe, die noch etwas dunkler ist als ihre. Das wird sie sehen, und nur das; sie wird nie dahinterblicken. Das enttäuscht mich, denn trotz allem, was Tâmer sagte, bewundere ich sie für ihr Promotionsstudium, ihre Begeisterung für ihr Fach, ihre Eleganz und ihren modischen Kleiderstil.

Als Mai aufwacht, wickle ich sie und mache ihr Frühstück. Während sie Fernsehen schaut, koche ich. Ich mache Linsensuppe und den Erdnusssalat, den ich Tâmer versprochen habe. Er wacht mittags auf, sieht wieder besser aus und sagt, er sei hungrig. Ich decke den Tisch für ihn und mache das Pitabrot warm. Er schlürft die Suppe, während ich bügle, und putzt sich die Nase mit einem Papiertaschentuch. »Vielleicht habe ich SARS«, witzelt er. Dieser Tag ist anders.

Er fängt jetzt an, von seiner Highschool im Oman zu reden. »Es war eine internationale Schule«, sagt er, »nach amerikanischem Lehrplan.« Die Schüler wählten ihre Fächer selbst, und sie mussten keine Uniform tragen. »Meine Lehrer waren nett, netter als die, die ich jetzt habe.« Er isst mit gutem Appetit, reisst grosse Brotstücke ab und schöpft sich die mit viel Zwiebeln und grünem Paprika zubereitete Erdnusssauce. Es belustigt mich, dass er so zugreifen kann, selbst wenn er krank ist.

»Meine Geschichtslehrerin an der Schule war enttäuscht, dass ich nicht Geschichte des Nahen Ostens oder Islamwissenschaft studieren wollte«, erzählt er. »Sie wusste, dass mir das gefiel. Aber es ist das Prinzip der Schule, die Entscheidung der Familie zu respektieren. Und in meinem Fall hiess das ein Wirtschaftsstudium.« Er steht auf, durchforstet einen der oberen Schränke nach einer Vitamin-C-Brausetablette und wirft sie in ein Glas Wasser. »Hier gibt es so viel Antiamerikanismus. Das nervt mich. Meine amerikanischen Lehrer waren wirklich sehr nett.«

Ich falte Lamjas Schlafanzug und bügle danach ihren purpurroten Rock. »Man muss sich auf seinen Instinkt verlassen, wenn die Leute so reden. Sie sagen auch Dinge, die sie nicht wirklich meinen.«

»Was mich nervt, ist, dass man politisch sein muss, um für einen überzeugten Muslim gehalten zu werden«, sagt er und schluckt den Rest seiner Vitaminbrause hinunter. »Interessierst du dich für Politik?«

Ich schüttle den Kopf und sage ihm, warum mich Politik ängstigt, warum ich vor Staatsstreichen und Revolutionen Angst habe. Ich fange von meinem Vater an und erzähle ihm Dinge, die ich noch nie jemandem anvertraut habe. Es überrascht mich, dass ich so anschaulich und überlegt spreche – vielleicht weil das alles schon so viele Jahre her ist.

»Du weisst viel«, sagt er und drückt mir seine Bewunderung aus statt sein Mitleid.

Es gab eine Zeit, da ich mich nach Mitleid sehnte und es dringend gebraucht hätte, aber nicht bekam. Und es gibt Nächte, in denen ich nichts sehnlicher wünsche, als dass mir jemand durchs Haar fährt und sich erbarmt. Und wenn ich ihn jetzt so ansehe, mit seiner von der Erkältung geschwollenen Nase, denke ich, er könnte sich eines Tages erbarmen und mir zur rechten Zeit, am rechten Ort jenes Mitleid geben, nach dem ich mich immer gesehnt habe. Und weil mich dieser Gedanke nicht loslässt und beschäftigt, sage ich: »Einer der muslimischen Gelehrten, vielleicht sogar Kalif Omar, ich weiss nicht, hat gesagt, dass die *Rûm,* die Europäer, uns überlegen sind, weil sie schnell wieder aufstehen, wenn sie im Kampf zu Boden gehen, sich den Staub abschütteln und weiterkämpfen. Ich versuche auch, die Vergangenheit abzuschütteln und weiterzumachen, aber ich kann das nicht gut. Ich bin keine Europäerin.« Wir lächeln einander zu. Ich bin fertig mit Bügeln, aber das Eisen ist noch zu heiss zum Wegräumen. Ich klappe das Bügelbrett hoch und schliesse den Schrank.

Tâmer sagt: »Ich muss beten gehen, ich habe noch nicht gebetet«, und er verlässt die Küche und putzt sich die

Nase. Ich wasche ab und denke an das, was er zu mir gesagt hat: »Du weisst viel.« Hätte das sonst jemand zu mir gesagt, hätte ich widersprochen: »O nein, ich bin weder gebildet noch sehr belesen. Schau mich nur an, in meinem Job ohne Perspektive.« Aber von ihm hatte ich das Kompliment angenommen, vielleicht weil er jünger ist als ich.

Einmal, vor ein paar Jahren, hatte Schahinâs mich ohne Erfolg einem ihrer Onkel vorgestellt, einem geschiedenen Mann Anfang fünfzig, der wieder eine Frau finden wollte. Ich weiss noch, wie unbehaglich es mir in seiner Gesellschaft war, mit seinen bohrenden Fragen und seinen abschätzenden Blicken; er wollte mich lesen, meinen Typ bestimmen und mir »auf den Zahl fühlen«, wie Tâmer es genannt hätte. Wenn Schahinâs' Onkel zu mir gesagt hätte: »Du weisst viel«, hätte ich ihn des Sarkasmus verdächtigt und in seinen Augen nach einem höhnischen Blick gesucht. Ich bin froh, dass er wieder ging. Ich bin froh, dass er mir nicht nachgestellt und jemand anders geheiratet hat.

Den ganzen Nachmittag nimmt Tâmer den Fernseher in Beschlag und ärgert Mai, die ihre Zeichentrickfilme schauen will. Er richtet seine Playstation ein, sitzt auf dem Boden und spielt eine Fussballpartie nach der anderen. Ich gehe mit ihr zum Park, und wir tun dort das Übliche: Enten füttern und auf dem Spielplatz herumtrödeln. Ein kleiner Junge im Sandkasten kneift sie, und sie schreit und schreit. Ich ziehe sie so weit von ihm weg wie möglich, wische ihr das Gesicht und tröste sie mit einer Packung Chips. Ich schiebe sie am Teich entlang, und sie ruft den Schwänen etwas zu und den Hunden, die auch spazieren gehen. Ich geniesse die Vorfreude auf Tâmer, der da sein wird, wenn wir wieder zurück sind. Auf dem Rückweg gehe ich am Apartment vorbei bis zur Bäckerei in der High Street und kaufe ein Stück Cheesecake für ihn.

Wir trinken Tee zusammen und schauen uns mit Mai die *Powerpuff Girls*[31] an. Der Raum zeigt sich von seiner besten Seite, und durch die hohen Fenster sickert das schwindende Licht. Tâmer isst den Kuchen, ohne mir davon anzubieten oder zu fragen, ob ich ihn von meinem eigenen Geld oder vom Haushaltsgeld, das mir Lamja überlässt, gekauft habe. Es gefällt mir, dass er so ungezwungen ist. Es entspannt mich.

»Als ich noch zur Schule ging, wollte ich keinen einzigen Tag verpassen«, sagt er. »Ich war nicht gern krank. Aber jetzt ist es mir egal.«

Ich sage, es wäre unrecht von ihm, sein Studium nicht ernst zu nehmen. Schliesslich zahlen seine Eltern viel Geld für eine Ausbildung in London. Er weicht meinem Blick aus und fixiert die Trickfilmbilder. Als er seinen Tee getrunken hat, sagt er: »Ich war gern zu Hause heute. Das war schön.«

Ich koste den Moment aus, bevor ich den Schlüssel im Türschloss höre, bevor Lamja nach Hause kommt und ich aufstehen muss. Ein Dienstmädchen sollte nicht auf dem Sofa sitzen und Tee trinken. Sie sollte auf dem Boden sitzen oder sich in der Küche betätigen. Sie sollte nicht derart für den Bruder ihrer Arbeitgeberin schwärmen. Ich wünschte, ich wäre jünger, wenigstens ein paar Jahre jünger.

Dritter Teil

London, 1989/90

Siebzehn

Wir taten Dinge, die wir in Khartum nie getan hätten. Drei Wochen nach Mamas Begräbnis ass ich mit Onkel Sâlich im Spaghetti House in der Nähe der Bond Street. In Khartum hätte es immer noch Trauerbesuche gegeben, und man hätte pietätvoll das Fernsehgerät abgeschaltet. Onkel Sâlich nippte an seiner Tomatensuppe, und ich stiess die Gabel in eine butterweiche Avocado. Ich hatte seit unserer Ankunft aus Khartum zugenommen, und die meisten Kleider passten mir nicht mehr.

Onkel Sâlich lächelte mir über den Tisch hinweg zu. Er war jetzt für mich verantwortlich, was mir leidtat für ihn.

»Willst du nicht doch mit mir nach Kanada kommen?«

Ich schüttelte den Kopf.

»Was hast du denn sonst vor?«

Nach all der Konzentration auf Mamas Krankheit, als ich sie keine Stunde allein lassen wollte, fühlte die Freiheit sich seltsam an. Ich war wacklig auf den Beinen, als hätte ich das Ausgehen verlernt. »Vielleicht sollte ich für ein paar Wochen nach Khartum gehen«, sagte ich.

Er liess den Löffel sinken. »Es ist immer noch nicht ratsam für dich zurückzugehen. Und was willst du antworten, wenn alle dich nach Omar fragen?«

Damit hatte er mich überzeugt. Das hätte auch Mama gewollt: keinem zu Hause von Omar erzählen. Ich ass meine Avocado auf und leckte den Rest der Sauce vom Löffel. »Wie kannst du denn den Sudan verlassen und nach Kanada gehen?«

»Ich immigriere, heisst das. Ich bin all diese Unfähigkeit und Unbeständigkeit gründlich satt.« Seine Stimme klang bitter. Das Schicksal meines Vaters hatte ihn verunsichert, und der Tod meiner Mutter hatte Ängste um die eigene Gesundheit geweckt.

»Und was ist mit Samîr?« Mein Ton war neutral, aber Onkel Sâlich wirkte auf der Hut.

»Nach seinem Abschluss in Cardiff kommt er nach, sagt er. Obwohl ich es vorziehen würde, dass er an eine kanadische Universität wechselt. Es wäre vernünftig, ein kanadisches Diplom zu haben, wenn er dort arbeiten will.«

Wir wussten beide, warum Samîr in Cardiff bleiben wollte. Es war wegen seiner englischen Freundin. Mamas und Onkel Sâlichs allfällige Hoffnungen, dass Samîr und ich heiraten würden, hatten sich zerschlagen. Ich hätte gern geheiratet, nicht unbedingt Samîr (obwohl ich ja gesagt hätte, wenn er mich gefragt hätte), aber ich wollte schon Kinder haben und einen eigenen Haushalt. »Du hast deine Ausbildung nicht abgeschlossen«, hatte Mama immer geklagt, doch im Grunde war sie glücklich, dass ich jeden Tag bei ihr war und ihr bei all den Arztbesuchen und Behandlungen Gesellschaft leistete und mit ihr auf die Untersuchungsergebnisse wartete. Onkel Sâlich sagte, ich »pflegte sie«, aber eigentlich übernahmen die Krankenschwestern die Pflege, vor allem am Ende. Ich sass die meiste Zeit bloss herum und sah fern. Das Zimmer im Humana Wellington Hospital hatte ein schönes Bad und eine Auswahl bei jeder Mahlzeit – es war wie ein Aufenthalt in einem guten Hotel.

Der Kellner räumte unsere leeren Teller ab. Onkel Sâlich sagte: »Ich denke immer, wenn Omar und du jünger wärt, noch in der Schule, wäre es vielleicht einfacher gewesen ...« Er hielt inne. Ich versuchte, ihn zu begreifen, und kniff die Augen zusammen. »Ihr seid zwar schon fast erwachsen, aber ...«

»Wir sind vierundzwanzig.« Ich nippte an meiner Cola.

»Es ist ein verletzliches Alter, ein Scheidepunkt des Werdegangs und so fort.«

»Warum sagst du dann nicht, wenn wir schon älter wären, in den Dreissigern und arriviert, wäre es einfacher gewesen?«

»Ja, das stimmt auch.« Er wirkte etwas verzagt. »Aber eigentlich helfen solche Gedanken rein gar nichts.«

Der Kellner brachte meine Cannelloni und das Huhn mit Knoblauch für Onkel Sâlich. Beim Anblick des Essens lebten wir auf. Die Schüsseln dampften, und die weisse Sauce an meinen Cannelloni blubberte.

»Ich finde, du solltest wissen, dass ein Leben in London die teure Option ist.« Onkel Sâlich griff zu Messer und Gabel.

»Was meinst du damit?« Ich sprach mit vollem Mund und schluckte.

»Na, das Leben hier ist nicht billig – jedenfalls gemessen an euren Ansprüchen. Und was eure Eltern euch hinterlassen haben, reicht nicht.«

»Wie kommt das?«

»Sie hatten Pech, das ist der Grund. Und die neue Regierung hat das Vermögen deines Vaters eingefroren.«

»Ach so.« Mein Magen fühlte sich vom Bund meines Rocks beengt. Ich griff hinter mich, löste den Knopf, seufzte tief und spürte den Reissverschluss nachgeben. Entweder kaufte ich jetzt neue Kleider, oder ich nahm ab. Aber selbst wenn ich abnahm, waren meine Kleider schon wieder aus der Mode. »Ich kann ja arbeiten«, sagte ich lächelnd.

»Als was? Du hast kein Diplom, Nadschwa. Willst du studieren und dir eins erwerben?«

»Nein.«

»Es wäre vielleicht eine gute Idee. Du würdest Leute treffen und Freundschaften schliessen.«

Etwas in seinem Ton vermittelte mir das Gefühl, ich sei zu nichts zu gebrauchen. Tränen schwammen in den Cannelloni auf meinem Teller. Ich wischte sie mit der Serviette weg. Er sah es nicht.

»Du hast eine Freundin, die in Schottland studiert, nicht wahr?«

»Randa.« Ich blinzelte, und meine Stimme klang normal. »Ja, sie studiert Medizin in Edinburgh.«

»Warum schliesst du dich ihr nicht an?«

»Ach, Onkel Sâlich, ich hab ja nicht mal Abitur. Weisst du nicht mehr? Ich bin doch ans Atlantic College gegangen und nach zwei Wochen zurückgekommen.«

»Ja, ich erinnere mich. Du wolltest keine Kühe melken.« Er lachte.

Ich lächelte auch beim Gedanken an Randa, Samîr und Omar – und wie sie sich für mich geschämt hatten. »Wofür hältst du dich eigentlich? Du bist ein schrecklicher Snob! Es gehört zum Unterricht – wir müssen Arbeitseinsätze leisten.« Aber ich hatte auch nie sudanesische Kühe gemolken, warum sollte ich jetzt britische melken?

»Hast du je eine Kuh gemolken?«, fragte ich Onkel Sâlich.

»Nein, das kann ich nicht behaupten. Wir sind verwöhnt in Khartum, alles nimmt man uns ab. Am nächsten bin ich den Tieren beim Angeln gekommen.« Er lachte.

Ich lachte mit. »Und im Zoo.«

»Trotzdem hättest du deine Schule fortsetzen sollen, Nadschwa, Kühe hin oder her.«

»Ich hätte das internationale Abitur wohl sowieso nicht geschafft.« Wie Omar. Er hatte die Prüfung als einziger Sudanese nicht bestanden und es nie verwunden. Randa, Samîr und die andern gingen alle an die Uni, und ihm war es verwehrt.

»Deine Mutter war zu nachsichtig mit euch.« Onkel Sâlich zeigte mit der Gabel auf mich.

»Ja, das war sie wohl.« Mama war mit dem Zug gekommen, um mich abzuholen. Sie spielte mir Ärger vor, war aber erleichtert, dass ich bei ihr war, an ihrer Seite, als der Arzt ihr die positiven Untersuchungsergebnisse eröffnete.

»Das einzig Richtige für dich ist, dass du nach Kanada mitkommst«, sagte Onkel Sâlich.

»Ich kann nicht. Ich muss doch in Omars Nähe bleiben. Und immerhin kenne ich Leute hier. Onkel Nabîl sagte, er würde mich in seinem Reisebüro anlernen.« Onkel Nabîls Frau, Tante Eva, war eine enge Freundin meiner Mutter gewesen und hatte sich, anders als so viele, nach den Geschehnissen nicht einfach von uns zurückgezogen.

Onkel Sâlich lächelte zustimmend. »Das ist ein guter Anfang. Du kommst durch, wenn du von den Zinsen deines Bankkontos lebst. Rühr bloss das Kapital nicht an.«

Ich nickte.

»Wende dich stets an mich, wenn du etwas brauchst

oder Schwierigkeiten hast ...« Seine Stimme wurde rau, er mochte diese väterlichen Reden nicht. »Ich werde ab und zu nach London kommen, und du musst uns in Toronto besuchen.« Er hatte sich um seine eigenen Kinder zu kümmern, er würde nicht darauf beharren, dass ich mitginge. Die Sorge um Mama und Omars Prozess hatten seine Geduld bereits strapaziert.

Ich nahm den letzten Löffel voll Cannelloni. Onkel Sâlich ass das Hühnchen auf, schob die Pilze beiseite und sagte: »Ich habe eine schlechte Nachricht für dich.«

»Was denn?« Es würde Omar betreffen oder unsere »weniger üppig als gedacht« sprudelnden Geldquellen.

Er senkte seine Stimme. »Wir haben die Berufung verloren. Er wird die ganze Strafe absitzen müssen.«

Ich sagte kein Wort. Alles, was mit Omar zu tun hatte – die Erwähnung seiner Tat, die Erinnerung an seine Stimme –, liess mich erstarren. Ich zuckte beim Wort »Drogen« zusammen, wer immer es wo auch immer brauchte, und selbst wenn ich es bloss las, und sei es in einem harmlosen Wort wie »Drogerie«.

»Das heisst fünfzehn Jahre«, fuhr er fort.

Fünfzehn Jahre klang nach ewig. Er wäre dann alt, schon vierzig. Wie konnte er sich das gefallen lassen? Irgendwo in meinem Kopf dachte ich immer noch, es sei alles ein Irrtum, ein Albtraum. Es war nicht Omar, es konnte nicht Omar gewesen sein.

»Nach der halben Zeit kommt er vielleicht auf Bewährung raus, aber eins sag ich dir, Nadschwa«, meinte Onkel Sâlich, »mir ist wohler beim Gedanken, dass du in London allein bist, als in seiner Gesellschaft.«

Ich zuckte zusammen. Es war unangenehm, das von Onkel Sâlich zu hören. Omar war nicht mehr Omar. Er würde Mama nie mehr an den Schultern rütteln und herumschreien: »Wo ist mein Geld? Es ist MEIN Geld.«

Onkel Sâlich bezahlte die Rechnung und liess mich über meinen Profiteroles zurück. Er hatte einen Termin bei seinem Bankberater am Piccadilly Circus. Die Auswanderung nach Kanada kostete ihn einen Haufen Geld. Ich fühlte mich unwohl und unsicher, so allein dazusitzen. In Khartum ging keine Frau unbegleitet in ein Restaurant. Ich bin jetzt in London, sagte ich mir. Ich kann tun, was ich will, und keiner sieht mich. Faszinierend. Ich könnte jetzt ein Glas Wein bestellen. Wer würde mich davon abhalten oder auch nur erstaunte Augen machen? Neugierig war ich durchaus, aber es half mir nicht aus meiner Trägheit.

Ich verliess das Restaurant. Da war das wolkige Gefühl wieder, als hätte ich mich noch nicht an die frische Luft gewöhnt. Eine Sekunde lang war ich verwirrt und stolperte – musste ich jetzt nicht wieder ins Krankenhaus zurückeilen? Der Verkehrslärm war laut, und aus der französischen Bäckerei roch es verführerisch. Die Leute hatten einen schnellen Schritt – sie wussten, wohin sie gingen. Wäre ich nicht zu faul dafür gewesen, hätte ich die Strasse überquert und bei Selfridges drüben die neue Sommermode anprobiert.

Ich beschloss, Geld zu sparen und statt eines Taxis die U-Bahn zu nehmen. An der Station Bond Street warf ich einen Blick auf die Magazine beim Zeitungshändler. Ich könnte jetzt eins dieser Schmuddelhefte kaufen, die immer im obersten Fach stehen. Niemand würde mich daran hindern oder erstaunt dreinblicken. Ich könnte es mit nach Hause nehmen und müsste es nicht einmal verstecken. Ich könnte es auf meinen Nachttisch werfen, und niemand würde es sehen. Ich zögerte, dann kaufte ich am Kiosk ein *Slimming* und eine Schachtel Fox's-Glacier-Pfefferminzbonbons. Ich bekam viele schwere Münzen zurück und liess ein paar fallen. Es war mühsam, sich danach zu bücken. In Khartum würde ich nie vor allen Leuten einen so kurzen Rock tragen. Vielleicht im Club oder wenn wir im Auto zu Freunden fuhren, aber nicht wenn ich zu Fuss unterwegs war. Mein Magen war zu voll, und der Knoblauch stiess mir auf.

Achtzehn

Unsere neue Wohnung lag nicht in der Nähe einer U-Bahn-Station. Ich stieg an der Edgware Road aus und ging den Rest des Weges zu Fuss. »Unsere« neue Wohnung. Immer noch dachte ich an uns als Familie. Ich hatte das arabische Magazin schon gekauft, bevor mir einfiel, dass es Mama war, die es gelesen hatte; und ich liess donnerstagabends *Top of the Pops* laufen und merkte erst in der Hälfte, dass es Omar war, den es interessiert hatte, welcher Song die Nummer eins war.

Ich kam an einem Eismobil vorbei und einem eingerüsteten Haus, vor dem die Arbeiter in der Sonne sassen. Pfiffe und Gelächter ertönten, als einer etwas rief, was ich nicht verstand, den Tonfall aber sehr wohl. Ich wurde rot und dachte an meine zusätzlichen Kilos, die sich auf den Hüften niedergeschlagen hatten. Immerhin war es ein Kompliment, und ich trug mein Haar schulterlang wie Diana Ross. Ich blickte in ein Gesicht, das dem Anwars so ähnlich war, dass ich erstarrte. Derselbe Teint, nur ein anderes Grinsen. Anwar, wie er lachte, als ich ihm erzählte, dass der Präsident mit mir schimpfte, wenn ich einen Anruf auf Englisch entgegennahm; Anwar, wie er sich eine Zigarette anzündete und sagte: »Unser Land ist doch so schön. Warum reist du nach Europa und willst dir nicht lieber dein eigenes Land ansehen?« Der Bauarbeiter stand auf dem Gerüst. Würde er herunterkommen und mich ansprechen? Würden wir Freunde werden, bloss weil er Anwar ähnlich sah und mich hübsch fand? Ein Bauarbeiter als Freund – wie konnte ich auch nur in Gedanken so tief sinken? Aber ich konnte es. Ich konnte es mir vorstellen, weil etwas in mir schwelgerisch und träge war, sich von einer gewissen Stimme, einem bestimmten Lächeln leicht erweichen liess und nachgab. Ich zwang mich, den Blick von ihm abzuwenden und weiterzugehen. Ich konnte schlecht schnell gehen, nicht nur wegen meines Rocks, sondern auch wegen der hohen Absätze meiner Sandalen.

Die Wohnung barg keine Erinnerungen. Als wir einzogen, führte Omar schon ein so unstetes Leben, dass er nur selten eine Nacht hier verbrachte. Mehrmals suchte er in seiner Verwirrung unsere alte Wohnung am Lancaster Gate auf. Ich warf einen Blick in sein Zimmer. Es war so unpersönlich wie ein Abstellraum. Seine Sachen, die paar Sachen, die er nicht verscherbelt hatte – Poster und Kleider. Er hatte seinen Ghettoblaster verkauft, seinen Walkman, seine Schweizer Uhr und seine besten Schuhe. Das war nur der Anfang, so begann es, dann wandte er sich unseren Sachen zu und schikanierte Mama. Sie lebte hier nicht lange, obwohl sie es war, die die Wohnung gekauft hatte. Ich weiss noch, dass ich mit ihr Wohnungen anschauen ging und wir beratschlagten, welche wir kaufen sollten. Wir waren wie Schwestern.

Ich sah meine Post durch. Rechnungen. Ein dicker Umschlag vom Humana Wellington, die detaillierte Rechnung über Seiten und Seiten. Jede Mahlzeit, die Mama und ich gegessen hatten, jedes Ferngespräch und jede Urinprobe, der Friseur, die chemische Reinigung, die Wäsche, und das Ganze belief sich auf einen Betrag in schwindelerregender Höhe. Onkel Sâlich konnte nicht an eine solche Rechnung gedacht haben, als er mir empfahl, nur von den Zinsen meines Bankguthabens zu leben.

Ich legte meine einzige sudanesische Kassette ein, von Hanân al-Nîl. *Ich sah dich sitzen mitten im Grün, und über dir schien der Mond ...* Ich hatte sie wegen Anwar gekauft. »Warum hörst du dir nur westliche Musik an?«, hatte er gefragt. Es trug mir seinen Beifall und Omars Verachtung ein. Für meinen Bruder war alles Westliche unverkennbar und unzweifelhaft besser als alles Sudanesische. *Ich sah dich sitzen ...* Mein Jahrgang an der Universität Khartum hatte inzwischen wohl abgeschlossen. Sie waren auf Jobsuche, und die Mädchen heirateten eine um die andere, wurden schwanger und sahen anders aus. Ich konnte mir vorstellen, eine von ihnen zu sein und ein anderes Leben zu führen als mein jetziges in London. Ich konnte mir unser Haus vorstellen, wie es vor Geschäftigkeit summte, weil ich bald heiraten würde. Meine Eltern stritten über die Gästeliste. »Wenn wir sie nicht einladen, ist sie beleidigt und wird es uns ewig nachtragen«, sagte Mama. Meine Haut glühte, weil sie täglich geschrubbt und mit *dilka*[32] eingerieben wurde. Meine Muskeln schmerzten von den neuen Tanzschritten, die ich lernte. Das Telefon klingelte pausenlos, meine Freundinnen kamen vorbei, und wir kicherten die ganze Zeit. Der Bräutigam sah Anwar ähnlich, aber es war nicht Anwar, unmöglich. Es war ein Mann, mit dem meine Eltern einverstanden waren, kein Kommunist und keiner, dessen Vater als Techniker bei der Eisenbahn arbeitete. Die Kassette war abgelaufen. Ich wendete sie nicht.

Ich lag im Bett und las *Slimming*. Nein, ich hatte nicht gewusst, dass ein Löffel Ketchup zweiundzwanzig Kalorien hatte. Welche Diät war die richtige für mich? Die mit dem grossen Frühstück und einer leichten Mahlzeit am Abend oder umgekehrt? Ich schlief ein und träumte, ich sei klein und krank und liege im Elternschlafzimmer in Khartum. Mama pflegte mich. Ich spürte die kühle Frische der Laken und genoss das Vorrecht, in ihrem Bett zu liegen. Sie gab mir einen Löffel voll Medizin, einen köstlichen Sirup, der in meinem Hals brannte. Omar war eifersüchtig, weil er keinen bekam. Omar schmollte. Er sah auf mich nieder. »Kann ich deine Farben ausleihen, Nana?«, bettelte er. »Lass sie in Frieden«, sagte Mama, »siehst du nicht, dass sie krank ist?« Sie legte mir ihre kühle Hand auf die Stirn. Ich lächelte und schloss die Augen. Ich hörte meinen Vater, er war besorgt, weil ich krank war. Er ärgerte sich über meine Mutter: »Mach eine Antibiotikakur mit ihr«, sagte er, »überlass sie doch nicht einfach dem Schicksal!«, und ich hörte Mamas begütigende, erklärende Antwort. Ich drehte mich auf die andere Seite und war sicher, dass sie mich liebten. Ich war ihnen wichtig genug für einen Streit. »Mach eine Antibiotikakur mit ihr.« Ich erwachte mit der Stimme meines Vaters im Ohr, und eine dumme, kleine Sekunde lang wusste ich nicht mehr, warum er nicht bei mir war ... Es war wie eine klaffende Wunde am Arm, von der man nicht wusste, wie sie dorthin gekommen war. Das Telefon klingelte, und ich schaffte es ranzugehen. Die Wohnung wurde dunkel in der untergehenden Sonne.

Es war Randa, die sich aus Edinburgh meldete und sagte: »Endlich hab ich es geschafft, dich anzurufen. Sonst bist du es, die es die ganze Zeit versucht.« Es klang, als wäre es für sie eine Pflichtübung.

Ich hatte kaum Neuigkeiten für sie. Von Omar konnte ich ihr nicht erzählen. Ich liess sie im Glauben, er sei hier bei mir und überlege es sich, nochmals zum Abitur anzutreten.

»Nimmt er immer noch Drogen?«, fragte sie. Sie wusste, dass er in Khartum gehascht hatte, und hatte härteren Stoff vermutet, als sie zusammen am Atlantic College waren. Sie verstand sich gut mit ihm. Ich weiss noch, wie sie im Club miteinander getanzt hatten.

»Nein, ich glaube nicht.« Es sei denn, dass sie im Gefängnis doch Drogen hatten.

»Dann ist ja gut.«

»Oh ja.« Ich wechselte das Thema: »Hab ich dir schon erzählt, dass Onkel Nabîl gesagt hat, ich könne bei ihm im Büro anfangen?«

Wir sprachen über die Arbeit, und sie begann, mir von sich zu erzählen – von ihren langen Dienstzeiten im Krankenhaus und von den anstehenden Prüfungen. Ich musste meine Gedanken beisammenhalten, um interessiert zu klingen bei der Frage: »Worauf willst du dich denn spezialisieren?«

»Haut«, sagte sie.

Ich wusste, dass es eine medizinische Bezeichnung für »Haut« gab, aber sie hatte sie nicht verwendet, weil sie dachte, ich würde sie nicht verstehen. »Warum wirst du nicht Gynäkologin? Es wäre doch schön, all diese süssen Babys zu entbinden.«

»Kommt nicht in Frage, Nadschwa. Gyn ist eine der anspruchsvollsten Fachrichtungen.« Früher in Khartum hatte sie nie gönnerhaft mit mir gesprochen, aber jetzt war sie an einer Eliteuniversität, und ich hatte einen Vater, der in Ungnade gefallen war.

Wir sprachen über ihr Sozialleben. Ja, es gab einige Sudanesen an der Uni Edinburgh – ziemlich viele Familien –, gelangweilte Ehefrauen mit kreischenden Kindern, sagte sie. Man lud sie zum Essen ein, aber sie lehnte immer ab. »Warum?«, fragte ich.

»So viele von denen sind Islamisten. Du weisst doch, wie die sind: die Ehefrau im Hidschab, die ein Baby nach dem anderen kriegt.«

»Gibt es nicht auch Studentinnen?«

»Ja, leider. Ihr Anblick im Hidschab auf dem Campus irritiert mich.«

Ich erinnerte mich an die Mädchen an der Universität Khartum, die den Hidschab trugen, und an die, die ihr Haar mit dem weissen Tob bedeckten. Sie hatten mich nie irritiert, oder doch? Ich versuchte, zurückzudenken an die betenden Reihen der Studenten, die Jungs vorn und die Mädchen hinten. Bei Sonnenuntergang sass ich gern da und sah ihnen beim Beten zu. Sie faszinierten mich mit ihren langsamen Bewegungen und ihren Koranrezitationen. Ich beneidete sie um etwas, was ich nicht hatte, aber ich wusste nicht, was es war. Ich hatte keinen Namen dafür. Jedes Mal, wenn ich den Gebetsruf in Khartum oder eine Koranrezitation hörte, fühlte ich eine Öde in mir, und eine Tiefe und ein Raum klafften auf, hohl und taub. Üblicherweise achtete ich nicht darauf und war mir seiner Existenz nicht bewusst. Und wenn ich dann zufällig den Koran in einem Taxiradio hörte, kratzte er an dieser inneren Trägheit und scheuchte sie auf, wie wenn meine Füsse eingeschlafen waren und ich sie berührte. Sie fühlten sich unförmig an, und damit sie wieder erwachten und ich meine Zehen bewegen konnte, würden sie mich zuerst schmerzhaft kribbeln müssen.

So war es auch im Aufbahrungsraum, als die vier Frauen von der Moschee Mutter waschen kamen. Sie trugen alle den Hidschab und lange schwarze Umhänge, und ihre Gesichter waren ungeschminkt. »Möchten Sie bei der Waschung dabei sein?«, fragten sie. Ich schüttelte den Kopf und wartete vor der Tür, wo ich das Wasser spritzen hörte. »Welches Shampoo sollen wir verwenden?« Eine streckte den Kopf aus der Tür, und es roch stark nach Desinfektionsmittel. Sie hiess Wafâa und war Ägypterin. »Welches Shampoo hat Ihre Mutter am meisten benutzt?« Die Hände, mit denen sie die Shampooflaschen hielt, steckten in leichten, hellen Handschuhen, und sie trug eine dünne Plastikschürze. Als sie mich danach bat, für meine Mutter zu beten, fühlte ich zunächst dieselbe Öde in mir. Ich bemerkte die hohle Stelle. Vielleicht stammte die Sehnsucht nach Gott von dort, und mir fehlte sie einfach. Wafâa lehrte mich ein besonderes Gebet – in dem Allah gebeten wurde, die Sünden meiner Mutter mit Wasser und Eis zu säubern. Die genauen Worte weiss ich nicht mehr, aber das Bild des Eises blieb und das Gefühl, das Wafâa mir gab, dass meine Mutter mich immer noch brauchte. Sonst schienen alle zu glauben, dass meine Mutter mich nicht mehr brauchte und ich frei war.

Als sie sich in ihre Mäntel hüllten und wieder gehen wollten, gab Wafâa mir ihre Telefonnummer. »Wir haben Unterricht in der Moschee. Wir kommen einmal die

Woche zusammen.« Die anderen nickten. Wafâa sagte lächelnd: »Es tut uns gut, machen Sie doch auch mit.« Eine andere Dame bemerkte scheu: »Wir würden Sie gern wiedersehen.« Sie war die jüngste von ihnen, hatte Henna auf ihren Fingernägeln und funkelnde Augen. Ich mochte sie, spürte aber auch, dass sie weit weg war und anders als ich. Ich nahm den Zettel mit Wafâas Nummer und liess ihn in meiner Tasche verschwinden. Haben sie denn nicht gesehen, dass ich kein religiöser Mensch bin?

*

Am Telefon fragte mich Randa, ob ich Neues aus Khartum wisse. »Erinnerst du dich an Amîr?«, fragte ich sie, um sie zu necken. Er hatte ihr einmal gefallen, warum, war mir schleierhaft – er hatte kaum den Mund aufgetan. Vielleicht fand sie sein Schweigen geheimnisvoll, während ich davon ausging, dass er einfach nichts zu sagen hatte.

Sie lachte. »Natürlich erinnere ich mich an Amîr – wie geht es ihm?«

»Von Onkel Sâlich weiss ich, dass er die Uni in Khartum abgeschlossen und eine Stelle in Saudi-Arabien gefunden hat.«

»Saudi-Arabien, toll! Dort wird er gutes Geld verdienen.«

»Ja.« Die Worte gingen mir leicht von den Lippen, als spulte ich eine vertraute Routine ab. »Er wird der perfekte Bräutigam sein.«

Sie lachte. »O nein, lass das. Ich hatte diese alte Flamme vergessen.«

Ich lächelte und freute mich, dass wir ganz normal plauderten. »Weisst du Neues von den Leuten im Club?«

»Ja. Erinnerst du dich noch an Sundari?« Ihre Stimme klang immer noch fröhlich. »Sie soll zurück in Khartum sein, zusammen mit ihrer Tochter.«

Natürlich erinnerte ich mich noch an Sundari und den Wirbel um ihre skandalöse Beziehung. Sie und ihr US-Marine hatten geheiratet und waren in die Staaten gezogen.

»Wie alt ist ihre Tochter jetzt?«, fragte ich Randa.

»Sie muss vier sein inzwischen. Sie ist anscheinend umwerfend, und in Khartum lieben sie alle.«

Ich lächelte und stellte mir die Kleine so reizend wie ihre Mutter und so stramm wie ihren Vater vor. Ich weiss noch, wie er Liegestütze im Clubgarten machte, während Sundari zusah und ihr seidiges Haar das Gras streifte. »Schade, dass ich die drei nicht sehen konnte«, sagte ich.

»Na, ihr Mann war nicht mitgekommen – ich weiss nicht mehr, wie er heisst. Das gab den Leuten zu denken. Es hat sich herausgestellt, dass die beiden geschieden sind, und jetzt lebt sie wieder bei ihren Eltern.«

Tränen traten mir in die Augen. »O nein, wie traurig, das ist so traurig!«

»Nadschwa, du hast sie doch kaum gekannt. Kein Grund, so verstört zu sein.«

»Es ist verstörend!«

»Hör auf. Du übertreibst.«

Aber ich schluchzte inzwischen, krampfartig, als müsste ich mich übergeben. Ich konnte nicht aufhören.

Neunzehn

Der Brief war von unserer alten Anschrift am Lancaster Gate nachgesandt worden. Er war an mich adressiert. Ich blickte zuerst auf die Unterschrift: Anwar. Ja, der Brief war in London aufgegeben worden. *Mein herzlichstes Beileid zum Hinschied Deiner Mutter.* Unwillkürlich traten mir Tränen in die Augen. Ich wischte sie ab. *Ich vernahm die traurige Nachricht von der sudanesischen Gemeinschaft hier in London, wo es heisst, dass Du und Dein Bruder Omar zurückgezogen lebt und nicht viele Kontakte pflegt. Magst Du für mich eine Ausnahme machen? Ich würde Dich sehr gern treffen.* Ich hörte den spöttischen Ton in seiner Stimme heraus. *Wie geht es Dir? Studierst Du oder arbeitest Du? Du wunderst Dich bestimmt, woher ich Deine Adresse habe. Ich bekam sie von der Botschaft. Beziehungsweise hat ein Freund sie dort für mich besorgt, denn aus naheliegenden Gründen stehe ich mit der Botschaft nicht auf gutem Fuss. Du hast bestimmt gehört ...*

Ja, ich hatte von dem Staatsstreich gehört. Onkel Sâlich hatte mir aus Toronto empfohlen, mich bedeckt zu halten und nicht in den Sudan zurückzugehen. Nein, normale Zustände herrschten keine, sagte er, und der Präsident kehre bestimmt nicht zurück. Wer denn diese Leute seien, fragte ich. Mein Onkel sagte, er habe keine Ahnung.

Diese Militärjunta, schrieb Anwar, *hat fünf Jahren Demokratie und Pressefreiheit ein Ende bereitet.* Zwei Coups in vier Jahren, hatte Onkel Nabîl gesagt, seien gar nicht gut für das Geschäft. *Ich habe unter anderem für eine englischsprachige Zeitung geschrieben, die von der Junta geschlossen wurde. Die*

Lage hat sich derart verschlimmert, dass ich das Land verlassen musste. Nun bin ich als politischer Flüchtling hier und stelle mit Genugtuung fest, dass sich in London eine kräftige und vitale Opposition formiert. Bitte ruf mich an, Nadschwa. Hier ist meine Nummer.

Ich warf einen Blick auf die Nummer. Ich würde sie wählen und seine Stimme hören. Wir würden wieder lachen wie damals an der Universität. Sein Brief war so freundlich. Er bedeutete, dass unser Krach vergessen oder verjährt war. Er dachte nicht, dass ich ihm noch grollen würde. Meinen Vater hatte er für korrupt gehalten. Aber jetzt war er gegen diese neue Regierung und hatte meinen Vater vermutlich vergessen. Was sollte das alles? Putsch um Putsch und eine Regierungsmannschaft nach der andern – ein Sesseltanz.

Ich teile meine Wohnung mit zwei anderen Sudanesen. Kamâl ist Doktorand. Er studiert englische Literatur – was für ein Luxus! Er füllt die Rolle aus – hält sich für einen Gentleman. Das Wort »Gentleman« war englisch geschrieben. *Der andere, Amîn, ist ein Faulpelz, aber er kann es sich leisten, er hat es dick. Schläft den ganzen Tag, raucht und spielt Karten die ganze Nacht. Er hat mir geholfen, Deine Adresse von der Botschaft zu bekommen. (Wider Erwarten hat er es irgendwie aus den Federn geschafft, um vor Torschluss dort einzutrudeln!) Gewisse Leute, diese Krämerseelen, zu denen Amîn gehört, unterstützen einfach jede Regierung, die der Sudan je gehabt hat, und da nehme ich die Briten nicht aus. Beschwichtigungspolitik ist alles, was diese Leute kennen.* Ich lächelte.

Er würde weniger gesprächig sein, wenn wir uns sähen, zurückhaltender. Wenn er schrieb, wirkte er immer entspannter und offener, so viel wusste ich von ihm. Er konnte mich lange einfach anschauen, ohne etwas zu sagen. Ich faltete den Brief zusammen und sass wie betäubt da. Der Kessel hatte gepfiffen, aber ich stand nicht auf, um Tee zu machen. Ich blickte auf meine Uhr: fünf vor neun. Ich könnte ihn jetzt anrufen (und den schlafenden Amîn wecken), aber dann kam ich noch später zu Tantchen Eva. Ich liess das Frühstück sein, packte meine Umhängetasche und meine Jacke und eilte zur U-Bahn-Station.

Ich las seinen Brief in der U-Bahn noch mal. *Meine liebste Nadschwa.* Aber das wollte nichts heissen, das war nur so dahergesagt. *Bitte ruf mich an.* Das würde ich tun. Ich zählte die Jahre an meinen Fingern ab: fast fünf Jahre. *Ich habe dir so viel zu erzählen.* Ich auch.

Ich kam zu spät zu Tante Eva. Jetzt ging ich jeden Tag zu ihr nach Hause statt zu Onkel Nabîl ins Büro. Es hatte mir in seinem Büro nicht gefallen. Es lag an einer Nebenstrasse der Park Lane und war klaustrophobisch eng, auch wenn es zwei Stockwerke umfasste und in ruhigen, blassen Farben gehalten war. Die Arbeit hatte nichts Glamouröses – es ging darum, Waren in die ganze Welt zu befördern, keine Touristen. Ich hatte mir vorgestellt, in einem Reisebüro zu arbeiten, das wie die Agentur von British Airways in Khartum aussah – mit Glasfenstern und an einer Topadresse im Herzen der Stadt gelegen. Den ganzen Tag würden wichtige Leute dort ein und aus gehen, und ich wüsste in allen Einzelheiten über ihre Reisepläne Bescheid. Der Tee-Boy würde mich nach meinen Wünschen fragen und mir das Gefühl geben, ich sei wichtig.

Stattdessen kochte ich Tee für Onkel Nabîl und seine Kunden. Es gefiel mir nicht, wie manche von ihnen mich musterten. Aalglatte Herren mit verschlafenen Gesichtern, die ihre Nächte in den Clubs rund um die Edgware Road verbrachten. Es war eine Erlösung, dem Büro am Mittag zu entfliehen und die Oxford Street zu überqueren, um bei Marks & Spencer Onkel Nabîls Lunch zu kaufen. Er gab mir immer auch Geld für ein Sandwich für mich mit, was nett von ihm war. Manchmal ging er auch mit seinen Kunden in ein Restaurant essen. Dann gab er mir kein Essensgeld, und ich ging in den Hyde Park, wenn es nicht regnete, und ass Chips und Schokolade auf einer Bank. Im Büro wurde ich nicht wirklich gebraucht: Ich tippte langsam, und am Telefon war ich zwar gut, aber es riefen nicht allzu viele Leute an.

Eines Tages rief Tante Eva an. Onkel Nabîl war nicht da, und darum plauderten wir eine Weile. »Ich bin abgekämpft«, sagte sie. »Wir geben eine Abendgesellschaft morgen, und die ganze Arbeit liegt bei mir. Das ist das Elende an diesem Land.« Sie vermisste ihre äthiopischen Helferinnen aus Khartum. Sie hatte sie nicht mitgebracht, wegen all der Geschichten von Dienstboten, die wegliefen, sobald sie in den Westen gelangten.

»Ich komme dir helfen, Tantchen«, sagte ich. »Ich werde Onkel Nabîl fragen, und dann komme ich morgen früh gleich zu dir.«

Onkel Nabîl war einverstanden. Er gab mir Geld, und nach einem weiteren Telefongespräch mit Tante Eva hatte ich die Einkaufsliste. Am anderen Morgen erschien ich in ihrem Haus in Pimlico, mit Einkaufstüten beladen und voller Begeisterung für die Party. Wieder bei einer Familie, zudem bei einer Freundin meiner Mutter zu sein – ich blühte auf. Ich wollte mich nützlich machen, und es gefiel mir, in ihrer Küche zu sein und herauszufinden, wo alles seinen Platz hatte, und den Kühlschrank zu öffnen und die Einkäufe zu verstauen. An dem Tag brachte sie mir bei, wie man Weinblätter füllte, einen Tisch deckte und im Handumdrehen Servietten faltete. Und als sie sich duschen und umziehen ging, stellte ich Radio 1 in voller Lautstärke ein und machte freudig die Küche sauber. Ich wischte den Boden auf und trug den Müll vor die Tür. Das war drei Monate her, und seitdem war ich nicht mehr bei Onkel Nabîl im Büro gewesen.

Heute trug Tante Eva ihren rosa Morgenrock, als sie mir die Tür aufmachte. Das Haar fiel ihr glatt auf die Schultern. Sie sah auch ungeschminkt gut aus: eine Schönheit. Sie war klein und rundlich, mit cremefarbener Haut und haselnussbraunen Augen. Viel Wärme umgab sie: Ihre Augen wurden schnell nass, und sie schwitzte rasch. Wenn sie sich in der Küche anstrengte, klagte sie selbst mitten im Winter über die Hitze. Als übernehme es ihre Ausstrahlung, war auch das Haus ungewöhnlich warm. Es war die erste Märzwoche, und sie hatten die Zentralheizung schon abgestellt.

»Komm, Nadschwa«, sagte sie, und ich folgte ihr in ihr Schlafzimmer. Sie hatte den typischen Akzent der syrischen Christen von Khartum, der mir vertraut war und doch etwas exotisch klang. Das Bett im Schlafzimmer war von Fotos übersät, in Schwarzweiss, in Farbe und in verschiedener Grösse. »Heute«, sagte sie, zündete sich eine Zigarette an und setzte sich auf die Bettkante, »gibt es für uns in der Küche nichts zu tun. Dein Onkel ist auswärts zum Essen eingeladen. Ich habe beschlossen, endlich diese Fotos zu sortieren.«

Ich sass auf dem Fussboden, die Ellbogen auf das Bett gestützt. Da war Eva, die junge Schönheit, in Sepia, in einem tief ausgeschnittenen Kleid der fünfziger Jahre; Eva im ersten Minirock der Sechziger; ihre beiden kleinen Jungs im Laufstuhl, in einem Planschbecken, mit dem äthiopischen Kindermädchen im Hintergrund. Tante Eva setzte ihre Brille auf, um besser zu sehen. Ihre Finger waren voller Altersflecken, und ihre bemalten Nägel glitzerten wie die Edelsteine an ihren Ringen. »Labîb ist älter als Murâd, aber er war immer der kleinere. Schau, hier hat ihn Murâd vom Rad gestossen. Darum schmollt er.« Inzwischen waren ihre Söhne beide verheiratet und lebten ausserhalb Londons. Es gefiel mir, wenn sie mit ihren Frauen und den Babys zu Besuch kamen. Ich lernte Windeln wechseln, Fläschchen warm machen, Essen pürieren und den Babys den Brei einlöffeln.

Tante Eva drückte ihre Zigarette aus und sagte: »Mach mir einen Kaffee, Nadschwa.«

In der Küche stellte ich Radio 1 an und räumte das Frühstücksgeschirr ab. *The Golden Hour* lief, meine Lieblingssendung. Wenn sie die Songs aus den frühen Achtzigern spielten, dachte ich an die Discos im American Club, an die Neujahrspartys im Syrischen Club und an die Titel, die Omar und ich auswendig gelernt hatten, und unsere Streitereien über den richtigen Songtext. Ich hörte nur Popmusik, wenn ich allein in der Küche war. Tante Eva zog Kassetten von Fairûs[33] vor oder drehte einfach am Skalenknopf, bis sie klassische Musik fand. Sie kochte gern, war aber froh, dass ich den Knoblauch hackte, die Zitronen auspresste und so elementare Dinge wie das Spaghettikochen übernahm. Noch mehr brauchte sie mich zum Befüllen des Geschirrspülers und um den Tisch und den Fussboden zu wischen. Und natürlich um die garstigen Badezimmer zu putzen. Onkel Sâlich aus Toronto hatte am Telefon geschäumt, als er hörte, dass ich nicht mehr zu Onkel Nabîl ins Büro ging. »Was soll das heissen, du hilfst ihr?« Helfen. Bedienen. Dienstmädchenkram. Er verstand nicht, dass ich ihre Gesellschaft brauchte und ihren Klatsch aus Khartum und mich im Dunstkreis ihrer sentimentalen Erinnerungen bewegen wollte.

Ich kehrte mit dem Kaffee ins Schlafzimmer zurück. Tante Eva sass auf dem Bett, ein Bein untergeschlagen, das andere ausgestreckt: feste Waden, winzige Füsse. Sie streckte mir ein Foto entgegen und lächelte. »Schau mal, Nadschwa, was ich gefunden habe. Das war eine Kostümparty im Club. Ich bin als Bauchtänzerin gegangen. Wie konnte ich nur?« Sie gluckste, und ich bückte mich, um die junge, sinnliche Frau im Glitzerkostüm mit den vergnügten Augen und dem frechen Lächeln zu würdigen. Neben ihr posierte eine Frau als Indianerin mit zwei langen pechschwarzen Zöpfen und einer Feder im Stirnband um die Perücke. Auf einem anderen Bild von derselben Party war ein blauäugiger Mann in weissen arabischen Gewändern zu sehen. »Lawrence von Arabien.« Tante Eva lächelte und steckte das Foto ins Album.

Seufzend hob sie ein weiteres Foto auf. Meine Eltern, nicht kostümiert, sondern in der Nationaltracht. Meine

Mutter in einem leuchtenden Tob, der immerhin so transparent war, dass man darunter ihre blossen Arme sah. Ihr Lächeln war ein wenig reserviert, wie immer, wenn sie in Gesellschaft war. Mein Vater sah beinahe amtlich aus und erpicht darauf zu gefallen. Er war wohl die treibende Kraft hinter dieser Party gewesen – mit den richtigen Leuten, den Einflussreichen und Mächtigen. Er fand meine Mutter zu gelassen und zu selbstgefällig. Altes Geld, pflegte er zu sagen, rümpfte die Nase über die Neureichen und die Parvenüs und war doch auf sie angewiesen. Wie gesund meine Mutter aussah. Und wie robust mein Vater. Sie hatten nicht sterben wollen. Es geschah gegen ihren Willen. Ob sie wussten, wie niedergedrückt und klein ich war ohne sie?

Tante Eva tippte mit dem Finger auf das Gesicht der Frau, die als Indianerin verkleidet war. »Eine enge Freundin von mir. Eines Tages ist sie in ihr Schlafzimmer spaziert und fand ihren Mann mit dieser Frau da im Bett.« Ihr Nagel stach in die Brust einer Frau im engen schwarzen Beduinenschleier, üppig bestickt, und mit auffälliger Kette um den Hals. Ihre Augen waren gross und weit aufgerissen unter den bleistiftdünnen Brauen. »Stell dir vor«, sagte Tante Eva, »in ihrem eigenen Schlafzimmer!« Anscheinend störte der Schauplatz sie am meisten.

»Wer von denen war ihr Mann?«

Tante Eva stöberte in den Fotos nach dem ehebrecherischen Gatten. »In ihrem eigenen Bett«, murmelte sie, »ja, ist denn das die Möglichkeit? Hier ist er – als Cowboy verkleidet.« Es war ein freundlicher, seriös wirkender Mann mit Brille. Der zurückgeschobene Hut entblösste die kahl werdende Stirn. »Ein oberster Richter«, sagte Tante Eva. Der Mann hätte ein Freund meines Vaters sein können und war es vermutlich auch gewesen. Vielleicht war er zu uns nach Hause gekommen und hatte mit mir gescherzt. Ich mochte ihn »Onkel« genannt haben als Kind und in seine Arme gelaufen sein. Wenn der Freund meines Vaters seine Frau betrügen konnte, warum konnte mein Vater dann nicht die Staatskasse betrügen?

Wasche meine Sünden mit Eis. Woher kamen diese Worte? Es riecht wieder nach Desinfektionsmittel, Wasser spritzt im Aufbahrungsraum. Wafâa hatte mich diese Worte gelehrt, die ich für meine Mutter beten sollte. Sie hatte kein Geld für die Waschung nehmen wollen. Ich hätte sie danach anrufen sollen, um ihr noch mal zu danken.

»Hat mein Vater wirklich all das getan, weswegen man ihn angeklagt hat?«, fragte ich Tante Eva.

Sie zog abwehrend das Kinn an und zeigte mir dadurch, dass ihr die Frage missfiel. »Es ist nicht einfach schwarz oder weiss«, sagte sie bedächtig. »Es gibt da diese Grauzonen in der Geschäftswelt, und mal ist man in der Grauzone sicher, und mal wird sie gegen einen verwendet.« Sie zischte verächtlich. »Die Welt ist hinterhältig. Er bekam einen Militärprozess, und man fällte ein hartes Urteil. Es hätte nicht so kommen müssen.«

»Aber hat er veruntreut oder nicht?« Ich kämpfte mit dem Wort und wimmerte beinahe.

Ihre Augen tadelten, ich sei nicht loyal. »Dein Vater hat keinem geschadet. Er hat keinen ruiniert und keinen umgebracht.« Meine Tränen stimmten sie wieder mild. »Weisst du, was deine Mutter zu mir gesagt hat über ihn? ›Er hat mir meine Würde zurückgegeben‹, sagte sie. ›Er hat mir ermöglicht, wieder erhobenen Hauptes vor die Leute zu treten.‹ Sie war nämlich geschieden, als er sie heiratete ...«

»Was! Das habe ich nicht gewusst.«

»Sie wollte nicht, dass du es weisst. Sie hat sich geschämt deswegen. Ihr erster Mann hatte sie verlassen und ist verschwunden. Nach Australien oder nach Amerika – keiner wusste es. Sie musste die Scheidung vor Gericht durchsetzen. Das war damals ein Skandal, und sie war sensibel, es hat sie verletzt. Danach kamen keine Verehrer mehr; sie war in den Zwanzigern, und niemand wollte sie. Es heisst, dein Vater habe ihr einen Antrag gemacht, weil er ehrgeizig war. Er sei hinter ihrem Geld und dem guten Namen ihrer Familie her, hat es geheissen. Ob das stimmt oder nicht stimmt?« Sie zuckte die Achseln. »Das Entscheidende ist doch, dass er deine Mutter glücklich gemacht hat. Denk daran.«

Zwanzig

Wir reichten uns die Hand. Wir würden vielleicht lachen, hatte ich gedacht, aber nein, es war nicht wie gestern am Telefon. Er war rangegangen, nicht einer seiner Mitbewohner, und ich hatte ihn geneckt: »Erkennst du meine Stimme?« Als er sofort meinen Namen sagte, lachten wir. Doch als wir uns nun begegneten, waren wir verlegen und gehemmt. Um nicht zu früh zu sein, war ich zu spät gekommen, und das ärgerte ihn. Auch war »vor der U-Bahn-Station Marble Arch« nicht genau genug. Ich war von Speakers' Corner gekommen und ging vor McDonald's auf und ab. Anwar stand am selben Ort, blickte auf seine Uhr und wartete.

Er wirkte anders, breiter, vielleicht weil er eine dicke blaue Jacke trug. Ich hatte ihn noch nie in einer Jacke gesehen. Sie sah billig aus, als hätte er sie bei C & A gekauft.

»Gehen wir doch im Park spazieren«, sagte ich.

»Es ist zu kalt, lass uns irgendwo sitzen und einen Kaffee trinken«, erwiderte er. Sein linkes Bein war steif beim Gehen, er hinkte ein wenig.

»Hast du dich verletzt?«, fragte ich, aber er wandte einfach den Kopf ab, als hätte er mich nicht gehört.

Wir irrten umher, auf der Suche nach einem passenden Ort. Am einen war es zu voll, der andere sah wie ein Restaurant aus, und wir wollten nicht essen. An der Uni Khartum war alles viel einfacher gewesen. Er lächelte, als ich das sagte.

Endlich fanden wir in einem Café einen leeren Tisch.

Ich zog meinen Mantel aus. Er musterte Pullover und Jeans und zog seine Zigaretten hervor. »Du darfst hier nicht rauchen.« Ich wies auf das Schild. Er wurde rot und steckte das Päckchen kopfschüttelnd wieder ein. War er immer schon so empfindlich gewesen?

»Wann bist du aus Khartum gekommen?«, fragte ich ihn.

»Im Dezember.«

»So lange schon bist du da und hast dich nicht gemeldet?«

Er lächelte und wirkte jetzt etwas entspannter. »Zuerst bin ich nach Manchester gegangen – ich habe einen Cousin dort. Dann kam ich hierher und brauchte einige Zeit, um mich einzuleben. Ich dachte, vielleicht treffe ich dich einmal auf der Strasse. Ich hab nach dir Ausschau gehalten. Ich dachte, ich fahre in der U-Bahn-Station die Rolltreppe hinunter, und dann seh ich dich auf der andern Seite, auf der Rolltreppe nach oben.«

Ich lachte. »Dann wären wir uns nicht begegnet. Du hättest deinen Zug genommen, und ich wäre aus dem Bahnhof spaziert.«

»Daran dachte ich auch. Ich hätte deinen Namen gerufen und dich gebeten, oben auf mich zu warten ...«

»Mitten im Bahnhof laut rufen – das ist ja skandalös!«

Er lachte. »Die Leute würden bloss denken: Seht euch den dummen Ausländer an.« Er blickte weg. »Ich begreife langsam, dass ich es hier weit bringen kann, wenn ich den Dummen spiele – sie erwarten es eigentlich –, aber trotzdem« – er schaute mich wieder an – »hab ich gehofft, wir würden uns zufällig sehen.«

»London ist nicht so klein.«
»Nein, es ist eine Grossstadt.«
»Wie findest du es?«
Er zog ein Gesicht, das zu sagen schien: Wow.

Ich versuchte, London durch seine Augen zu sehen und nicht als meine zweite Heimat.

»Der Westen der Stadt ist sehr eindrücklich.« Es klang widerwillig, als denke er laut und wolle einer Sache auf die Spur kommen. »Alles ist organisiert. Jeder hat eine Rolle zu spielen. Es gibt ein System, ein sehr strukturiertes System. Ich mag die U-Bahn. Wenn man irgendwohin will, sucht man einfach die nächste Station und kommt auch dorthin.«

»Das mach ich auch so, immer schon. Mir gefällt die Karte mit all den Linien darauf in verschiedenen Farben.«

Er zog einen Liniennetzplan aus seiner Jackentasche. Als falle es ihm plötzlich ein, schlüpfte er aus seiner Jacke und hängte sie über die Stuhllehne. Darunter trug er ein Baumwollhemd mit kurzen Ärmeln. Kein Wunder, war ihm für einen Spaziergang im Park zu kalt gewesen. Er breitete die Karte vor mir aus. Manches war mit Bleistift angestrichen. Das Papier wirkte abgegriffen und schmierig. Etwas regte sich in mir, ein Bewusstsein seiner Gegenwart. Ich rückte meinen Stuhl näher an den Tisch und hielt ein Ende der Karte in der Hand.

»Schau«, sagte er, »hier ist meine Station, Gloucester Road. Sie liegt an der blauen Piccadilly Line und auch an der grünen District Line. Die Piccadilly Line fährt tief unter dem Boden und die District Line darüber, wie ein gewöhnlicher Zug.«

Ich fühlte mich behaglich und angenehm, weil er mir Dinge erzählte, die ich schon wusste.

»Einmal hab ich mich verirrt«, sagte er, »und ich bin da unten hin- und hergefahren und hab diesen Zug und jenen genommen. Und als ich schliesslich an der richtigen Station ausstieg, musste ich keinen Penny extra bezahlen! Dabei war ich die Linie stundenlang auf und ab gefahren ...«

Unsere Kaffees kamen, und auf jedem Unterteller lagen zwei Päckchen Zucker. Anwar legte die Karte weg und riss seine Zuckerpäckchen auf. »Sie zuckern gar nichts«, klagte er, »man bekommt alles ohne Geschmack.« An der Uni Khartum hatten wir den Tee schon gesüsst in der Kantine gekauft. Ich gab ihm meine zwei Zuckerpäckchen. Er lehnte zuerst ab, aber ich liess nicht locker, und wir stritten. Schliesslich akzeptierte er es, dass ich meinen Kaffee jetzt ohne Zucker trank.

»Und wieso?«

»Ich bin auf Diät.«

»Warum?«

»Aus dem üblichen Grund, weshalb die meisten Leute fasten.«

»Aber das hast du doch gar nicht nötig.«

Ich lächelte. »Wie willst du das wissen?«

Er lachte, weil ich mit ihm flirtete. »Du hast dich nicht verändert. Ich dachte, du hättest dich verändert.«

Ich hatte mich sehr wohl verändert. Mein ganzes Leben hatte sich verändert. Es gab jetzt nur noch mich. Keine Mama, keinen Baba, keinen Omar – nur ich suchte in London meinen Weg.

Ich erzählte ihm von Onkel Nabîl und Tante Eva. »Na, ich bin beeindruckt«, sagte er, »du bist doch kein unverbesserlicher Snob. Wie viel zahlt sie dir?«

Ich sagte es ihm, und er meinte: »Das ist nicht schlecht. Es klingt sogar ziemlich gut, wenn du es in sudanesische Pfund umrechnest.«

Er reagierte völlig anders als Randa. »Die betrügen dich«, hatte sie durch die Telefonleitung aus Edinburgh gezischt. »Studenten verdienen an einem Wochenende mit Kellnern mehr, als du für die Arbeit einer ganzen Woche bekommst.«

Ermutigt von Anwars Reaktion, sagte ich: »Sie sind auch in anderer Hinsicht grosszügig. Wenn ich mit Tante Eva einkaufen gehe und ihr die Taschen tragen helfe, führt sie mich zum Lunch in gediegene Restaurants aus.«

Er nahm einen Schluck Kaffee und lächelte.

Ich fuhr fort: »An Weihnachten hat Onkel Nabîl mir eine Zwanzigpfundnote gegeben.«

Er lachte. »Du feierst jetzt also Weihnachten. Eine richtige Londonerin bist du geworden.«

Ich lachte mit ihm. »Ich weiss nicht, was ich noch werde.«

»Und warum gehst du den Sudanesen aus dem Weg?«

»Wer sagt das?«

»Ich hab doch nach dir herumgefragt. Und was macht Omar?«

Ich war auf die Frage vorbereitet. Ich dachte an Randa, blickte Anwar direkt in die Augen und sagte: »Er studiert in Edinburgh.«

»Was studiert er denn?«

»Wirtschaft, wie in Khartum.«

»Ich habe Freunde an der Uni Edinburgh …«

»Er ist nicht an der Uni«, sagte ich schnell, »er ist an einem Polytechnikum. Er hat keine guten Abiturnoten bekommen«

»Ach so.«

Ich war erleichtert, dass er mir glaubte. Tante Eva war da schwieriger. Wenn sie mich nach Omar fragte, was sie gelegentlich tat, waren ihre Fragen neugierig, und ihre Hartnäckigkeit war fast grausam. Sie warf mir scharfe Blicke zu, die wohl bedeuten sollten: Spiel mir nichts vor, Mädchen, ich kenne die Welt zu gut, um die Lügen zu schlucken, die du da auftischst.

»Was ist mit dir«, fragte Anwar, »warum hast du nicht weiterstudiert?«

»Ich glaube, ich bin nicht fürs Studieren gemacht. Ich hab einfach gebüffelt, ohne wirklich zu begreifen. So bin ich an die Uni Khartum gekommen.«

Er zog die Brauen hoch. »Hat dein Baba nicht ein paar Fäden gezogen?«

»Bestimmt nicht. Die Zulassungsstelle ist sehr streng. Sie nehmen nur Studenten mit genügenden Noten.«

»Was du nicht sagst …« Denselben sarkastischen Ton hatte er schon bei »dein Baba« angeschlagen. Das war nicht nötig.

»Warum ziehst du so über deine Universität her?«

»Ich bin bloss realistisch.«

»Sie nehmen nur gute Studenten. Es gibt keinen Betrug.«

»Das kann ich schwer glauben.«

»Aber ich bin sicher. Warum glaubst du mir nicht?«

»Weil ich es besser weiss.« Er war irritiert, aber zum Aufhören war es zu spät.

»Nein, in diesem Fall nicht. Ich weiss, wovon ich spreche, denn mein Vater hat sein Bestes versucht, um meinen Cousin Samîr an die Universität Khartum zu bringen. Aber Samîr hatte keine guten Noten, und sie wollten ihn einfach nicht nehmen.«

»Immerhin gibst du damit ehrlich zu, dass Bestechung und Einflussnahme für deinen Vater ganz normal waren.«

Er seufzte, als ob es ihm leidtäte, zu weit gegangen zu sein. Mir fuhr durch den Kopf, dass ich jetzt aufstehen und gehen sollte. Aber ich blieb sitzen, starrte bloss auf meinen Kaffee und wusste nicht, was ich sagen sollte. Er hatte den Wortwechsel gewonnen, obwohl ich recht hatte und obwohl ich die Wahrheit sagte.

Er nahm meine Hand. »Tut mir leid, Nadschwa.«

Ich gab keine Antwort.

»Schau mich an«, sagte er.

Es gefiel mir, dass er meine Hand hielt. Ich wollte nicht, dass er sie losliess. Wir sollten nicht über meinen Vater sprechen, nie mehr.

»Nadschwa ...«

Ich sollte mich anstrengen, damit es zwischen uns wieder gut würde. »Erzähl mir von dir.« Meine Stimme klang hell und vernünftig. »Du hast mir noch nichts erzählt.«

Er liess meine Hand los. »Nach meinem Abschluss hab ich die Aufnahmeprüfung fürs Aussenministerium gemacht und wurde genommen.«

»Grossartig!«

»Ja, aber als die neue Regierung ans Ruder kam, haben sie mich rausgeworfen. Alle Linken wurden entlassen.«

Ich wollte etwas Mitfühlendes sagen. Aber meinem Vater war noch Schlimmeres widerfahren, als Anwars Regierung die Macht übernommen hatte. Ein Sesseltanz. Ich nippte an meinem Kaffee. Er war herb und bitter ohne Zucker.

»Du hast in deinem Brief erwähnt, dass du für eine englischsprachige Zeitung geschrieben hattest?«

»Ja, das hab ich in meiner Freizeit getan. Sie haben sie geschlossen – keine Pressefreiheit. Das Schreiben hat mir gefallen. Aber mein Englisch ist mässig …«

»Nein, nein, es ist sehr gut. Ich habe doch deine Abschlussarbeit gelesen.«

Er sah erfreut und geschmeichelt aus. »Aber ich arbeite an meinem Englisch. Ich lese die Zeitungen hier. Und wenn ich ein Wort nicht verstehe, schlage ich es im Wörterbuch nach.«

Das konnte ich mir gut vorstellen. Er würde rasch lernen, weil er klug und fokussiert war.

Er sprach weiter. »Ich will einen Artikel über die gegenwärtige Lage im Sudan schreiben und ihn an eine britische Zeitung schicken. Ich werde ihn dir vorlegen, wenn ich ihn geschrieben habe.«

»Gern.«

Er lächelte. »Du kannst mein Englisch korrigieren.« Das war kein Sarkasmus. Und er hänselte mich nicht wegen der Privatschulen, die ich besucht hatte.

Einundzwanzig

Ich hatte nicht gewusst, dass es an der Notting Hill Gate ein äthiopisches Restaurant gab. Ich sass auf einem niedrigen Hocker und ass ein pikantes Hühnchen an einem Tisch, der nur ein paar Fuss hoch war. Ich benutzte die Gabel, während Anwar mit den Händen ass. Er neckte mich, weil ich in einem Haus aufgewachsen war, wo nur die Dienstboten mit den Händen assen, aber seine Stimme klang zärtlich, er wollte mich nicht verletzen. Das Essen war köstlich. »Wir hatten eine Äthiopierin, die so scharfes *zigni* gemacht hat wie das hier, aber sie hat gekochte Eier dazugegeben. Ihr Name war Donna Summer.« Er lächelte sein »Interessiert mich nicht, aber erzähl schon«-Lächeln, und ich erklärte ausführlich, warum unser Dienstmädchen Donna Summer hiess. Ich fragte mich, ob sein Bein ihn auf diesen niedrigen Hockern nicht schmerzte, aber er wirkte entspannt und gelöst. So gefiel er mir.

Es waren viele Afrikaner im Restaurant. Die Musik, die Wandteppiche, die dunklen, schweren Möbel und die Tatsache, dass Anwar nicht als Einziger mit den Händen ass, trugen dazu bei, dass er sich wohl fühlen konnte. Ich versuchte mir Omars Reaktion auf diesen Ort und meinen Besuch hier vorzustellen. Er würde nicht viel davon halten, weil er die »Ethnoszene« verachtete. Er würde sagen, ich sei tief gesunken.

Nachdem wir gegessen hatten, tranken wir Tee, und Anwar zündete sich eine Zigarette an. Ich begann seinen

Artikel durchzusehen, wie ich es versprochen hatte. »Das Licht ist schwach.«

»Dann lass es sein«, sagte er.

»Nein, ich will ihn wirklich lesen. So schlecht ist das Licht auch wieder nicht.« Ich musste sorgfältig vorgehen. Ich sollte sein Englisch korrigieren, aber gleichzeitig reagierte er auf Kritik empfindlich. Ich zuckte zusammen, als ich »die korrupte postkoloniale Regierung« las. Dabei hatte er an meinen Vater gedacht, aber gnädigerweise kam sein Name, mein Nachname, nicht vor.

»Deine Handschrift ist klar und leserlich.«

»Ich sollte alles abtippen. Aber ich habe keine Schreibmaschine.«

Ich dachte: Ich werde ihm eine elektrische Schreibmaschine kaufen oder noch besser einen Computer, etwas Besonderes, das ihn überrascht. Ich hatte ein Bankkonto und konnte damit anfangen, was ich wollte. Onkel Sâlich war weit weg, und es brauchte mich nicht zu kümmern, dass er sagen würde: »Leb bloss von den Zinsen, versuch das Ersparte nicht anzurühren.« Ich würde Anwar einen Computer kaufen.

»Lass das Tagträumen, Nadschwa. Lies.«

Ich machte ein paar Bemerkungen: zur Verwendung des bestimmten statt des unbestimmten Artikels, zu ein paar kleineren Rechtschreibfehlern. »Und ich glaube nicht, dass man sagen kann: ›Das war der Grund für den Misserfolg dessen.‹«

»Warum nicht?« Er wurde gereizt.

»Ich weiss auch nicht. Es klingt einfach nicht richtig.« Das überzeugte ihn schwerlich. »Und es heisst nicht ›interessiert sein in‹, sondern ›interessiert sein an‹.«

»Sonst noch was?« Er griff nach seinen Blättern, als wollte er sie beschützen.

»Nein, nichts weiter, der Rest ist tadellos.« Ich log.

Er seufzte erleichtert, nahm den Artikel, faltete ihn und steckte ihn ein.

Ich wollte die Stimmung auflockern. »Findest du es denn klug, ein dummes Mädchen, das sein Studium abgebrochen hat, deine Arbeit beurteilen zu lassen?«

Er lachte, und ich entspannte mich wieder. »Ich hab ja keine andere Wahl«, neckte er mich.

»Darum lädst du mich also ein und rufst mich an – weil du keine andere Wahl hast?«

»Meine Gefühle für dich lassen mir keine andere Wahl.«

»Clevere Antwort.« Aber ich sagte es sanft. Seine Blicke liessen mich nicht kalt. Er gab mir Hoffnung, dass ich nicht mehr allzu lange schmoren und eine Familie entbehren musste. Aber es lagen auch Minenfelder zwischen uns, und es gab Dinge, die ich ihm nicht sagen konnte. Seine Ansichten waren so glasklar, da war kein Raum für trübe Gedanken und die Fragen, die ich mir stellte: Was tue ich überhaupt hier, was ist mit Omar geschehen, werde ich je in den Sudan zurückkehren, und wie wird es dort sein ohne meine Eltern? Würde Anwar je seine Meinung über meinen Vater ändern? Ich hoffte es. In mancher Hinsicht veränderte er sich tatsächlich. Er blätterte ehrfürchtig im *Guardian* und verpasste keine Ausgabe von *Question Time*.[34] Er benutzte immer mehr englische Wörter und kritisierte den Westen weniger scharf. Und das war derselbe Anwar, der Studentenproteste gegen den Weltwährungsfonds angeführt und die amerikanische Flagge verbrannt hatte. Ich wagte nicht, ihn zu fragen, ob er keinen Widerspruch zwischen seinen antiimperialistischen Überzeugungen und seinem Asylantrag in London sehe. Vielleicht gab auch er nach, nun, da die Berliner Mauer gefallen war.

Letzte Woche machte ich einen Fehler und erzählte ihm von Omar – wie er beim Drogendealen erwischt worden war. Aber ich ging nicht ins Detail und liess ihn im Glauben, dass Omar bloss eine kurze Haftstrafe verbüsse und bald entlassen werde. »Was kann man von einem verwöhnten Playboy anderes erwarten?«, kommentierte Anwar. Ich nahm ihm das Versprechen ab, es keinem der anderen Sudanesen zu erzählen, aber selbst nachdem er es mir gegeben hatte, schloss ich nicht aus, dass er sein Versprechen eines Tages brechen könnte, um einen Sachverhalt zu beweisen oder ein Argument zu untermauern. Seitdem sah ich mich vor, was ich zu ihm sagte. Doch ich hatte Mühe mit dieser Zurückhaltung. Wir sollten doch wahre Freunde sein, offen und ohne Scham.

Ich sah ihn über den Tisch hinweg an – in seine intelligenten Augen, auf seinen Schnurrbart. Er sprach von den Menschenrechten im Sudan und von der neuen Militärregierung. Er sagte, dies müsse aufhören und jenes. Er sagte, der Sudan habe den weltweit höchsten Anteil an intern Vertriebenen.

»Du und ich sind auch Vertriebene«, sagte ich.

»Wir sitzen nicht im selben Boot. Du bist ein Glückspilz, Nadschwa. Was weisst du schon von Gefängnis und

Folter oder einfach nur Armut? Du kannst dich nicht mit anderen gewöhnlichen Leuten vergleichen.«

»Ich wollte mich ja auch nicht vergleichen.« Ich würde immer weniger gelten als seine »Massen«, und meine Probleme waren banaler und weniger achtbar. Aber manchmal sehnte ich mich mehr nach seinem Mitleid als nach seiner Liebe. »Warum machst du mich immer herunter?«

»Das wollte ich nicht. Du bist das Beste, was mir in London passiert ist. Es wäre unerträglich ohne dich.«

»Ich fürchte, was in Khartum geschehen ist, wird uns immer belasten«, stiess ich hervor. Aber es waren eigentlich nicht die Geschehnisse, sondern wer ich war, wessen Tochter ich war. Ich suchte nach den richtigen Worten. Ich wollte nicht meinen Vater erwähnen und Gefahr laufen, rührselig zu werden.

»Schau«, sagte er lächelnd, »hier kennt keiner unseren Hintergrund, keiner weiss, wessen Tochter du bist, oder kennt meine politischen Ansichten. Wir sind beide Nigger und somit gleich.«

Ich lachte, wie eigenwillig er das Schimpfwort auslegte. Ich wollte dicht neben ihm sitzen, so wie wir manchmal im Bus sassen. Jedes Mal, wenn er mich berührte, vergass ich das Minenfeld zwischen uns, vergass, dass er vor den Augen meiner Eltern zu ihren Lebzeiten nie Gnade gefunden hätte.

»Du hättest gestern mitkommen sollen.« Ich hatte das Grab meiner Mutter besucht.

»Ich gehe nicht gern auf Friedhöfe.« Er lehnte sich zurück und nahm die Ellbogen vom Tisch. »Was hat das für einen Zweck?«

»Ich weiss auch nicht. Ich wollte einfach etwas tun, weil es ihr Geburtstag war.«

»Hast du lange gebraucht bis dorthin?« Er versuchte Interesse vorzutäuschen.

»Ja, es ist am Ende der U-Bahn-Linie. Es war schön – das Wetter war besser als heute.« Der Friedhof war bunt mit all dem Gras und den Blumen. Ich musste noch ein gutes Stück zu Fuss gehen, eine Gasse hinunter und vorbei an offenen Feldern. Auch Familien hatten auf dem Friedhofsparkplatz geparkt. Die Kinder spielten zwischen den Gräbern, unschuldig und glücklich. Ich setzte mich auf eine Bank und schaute ihnen zu. Ihr Anblick liess mich wünschen, ich wäre wieder ein Kind. Ein Mann stand neben einem Grab und bewegte murmelnd oder betend die Lippen. Er hatte viel zu sagen, und ich fragte mich, was. Er trug eine Kappe, was mich auf den Gedanken brachte, er sei religiös. Ich fragte mich, ob gläubige Menschen sich auf Friedhöfen wohl fühlten. Er wirkte gläubig, als er betend die Hände hob. Es gab keine Hinweise darauf, ob die verstorbene Person aus der Familie ein Mann oder eine Frau gewesen war. Da machte man ein Leben lang Unterschiede – Toiletten für Männer, Toiletten für Frauen, Kleidung für Männer und Kleidung für Frauen –, und am Ende sahen die Gräber alle gleich aus.

Ich wollte mit meiner Mutter sprechen, aber ich spürte ihre Gegenwart nicht. Ich konnte sie mir nicht vorstellen unter der Erde, obwohl sie zweifellos da war. Es war, wie todsicher zu wissen, dass ich einmal sterben musste, ohne es mir vorstellen zu können. Schliesslich hatte ich mein Leben lang gelebt. Wie sollte ich mir da einen anderen Zustand vorstellen können? Was fühlte meine Mutter jetzt? Wusste sie, dass ich hier war? Ich könnte den gläubigen Mann dort fragen. Er wusste es vielleicht, aber man sprach nicht einfach Leute an und stellte ihnen solche Fragen. Meine Mutter war lebhaft und lebendig in meinen Träumen. Sie war immer in Khartum, ausgehbereit im schönen Tob, und Mûssa öffnete ihr die Autotür. Oder sie war in ihrem Zimmer, ich sass auf ihrem Bett – wie ich das Elternbett liebte –, und sie stand vor dem Spiegel, kämmte ihr Haar, besprühte sich mit Parfum, plauderte mit meinem Vater, zog die Brauen hoch und warf mir im Spiegel einen Blick zu. Dann lachten wir zusammen nachsichtig über meinen Vater: über sein Getue mit seinen Kleidern, seine Freude am adretten Schnurrbart und seinen Stolz auf den topmodischen Anzug, den er von seiner letzten Reise mitgebracht hatte – Pierre Cardin, sagte er, nicht einfach irgendwas, sondern Pierre Cardin.

Gebete waren in die Bank eingraviert. Die Schrift war verwischt, aber ich kniff die Augen zusammen und entzifferte sie mit Mühe. Ich suchte nach den Worten, derentwegen ich Wafâa angerufen hatte, und da waren sie: *Wasche meine Sünden mit Eis.* Ich hätte Wafâa nicht anzurufen brauchen.

Bevor ich zum Friedhof ging, hatte ich Wafâas Nummer gewählt. Ich hatte den Zettel behalten und weder verloren noch weggeworfen. Ein Kind war am Telefon und brabbelte. Der Junge liess den Hörer fallen und nahm ihn wieder. Ich verstand nicht, was er sagte. »Ruf deine Mutter – wo ist deine Mutter?«, wiederholte ich, aber es war zwecklos. Ich gab schon beinahe auf, als ein Mann sich meldete. »*Salam alaikum*«, sagte er, sprach aber mit einem Londoner Akzent. Dann war sie mit einem Konvertiten verheiratet? Ich war neugierig. Wafâa sei nicht da, sagte er und fragte mich, ob er ihr etwas ausrichten könne.

Ich sagte zu Anwar: »Interessant, diese Konvertiten, nicht wahr? Warum sollte ein Westler Muslim werden wollen?«

Er verzog das Gesicht.

»Ich finde das mutig von ihnen.«

»Das sagst du bloss, weil unsere Selbstachtung als Muslime so schwach ist, dass wir nach Anerkennung lechzen. Und was für ein besseres Gütesiegel gibt es als das eines Weissen?«

Er hatte feste Vorstellungen von der Religion. Die islamistische Regierung in Khartum war sein Feind. Er wurde es nicht müde, ihre Fehler und Widersprüche zu benennen. Ich war überrascht, als er fragte: »Hat sie zurückgerufen?«

»Jawohl.«

»Und was wollte sie?«

»Ich hatte sie angerufen. Wafâa hat bloss zurückgerufen.«

»Bestimmt solltest du sie zu einer religiösen Unterweisung begleiten, oder sie wollte dir Bücher leihen – die sind alle gleich.«

Er hatte richtig geraten, und ich blieb stumm. Ich wollte nicht, dass er sich über sie lustig machte. Sie hatte meine Mutter gewaschen und eingekleidet; ich würde mich ihr immer verbunden fühlen und war irgendwie dankbar. »Mein Mann und ich können dich abholen, wenn wir zur Moschee fahren«, hatte sie gesagt. »Morgen Abend findet eine Unterweisung für Frauen statt. Du wohnst nicht weit weg von der Moschee, du Glückspilz! Ruf mich an, wenn wir dich abholen sollen – hab keine Hemmungen.«

Ihr Vorschlag begeisterte mich nicht; er machte mich bloss etwas traurig.

»Betest du, Nadschwa?«, fragte sie.

»Nein ... nein, ich bete nicht.« Ich hatte es zwar als Kind gelernt. Ich hatte im Ramadan gebetet, als ich vor allem fastete, um abzunehmen und weil es mir gefiel. Ich betete während Prüfungen in der Schule, für bessere Noten. Ich trug gerne den weissen Tob meiner Mutter und fühlte den Stoff mich umfliessen. Ich fühlte mich geschützt und behaglich. Aber ich hatte auch oft ungeduldig herumgezappelt, verstand nicht, was ich sagte, und konnte das Ende nicht erwarten.

»Aber du solltest beten, Nadschwa«, hatte Wafâa gesagt, »damit Allah dich segnet. Es wird das Erste sein, was man uns am Tag des Gerichts fragen wird. Man wird uns nach unseren Gebeten fragen.« Es gefiel mir nicht, dass sie den Jüngsten Tag erwähnte. Es machte mich nervös und missmutig. Aber ihre Stimme war so einschmeichelnd und sanft, als ob sie mit einem Kind sprechen würde oder mit einer Kranken. Sie liess das Beten einfach und möglich erscheinen und Allahs Segen als etwas, was in Reichweite lag und zugänglich war. Ich wünschte, ich könnte glauben, dass jeder Mensch an Allah gelangen konnte und es möglich war, unschuldig und rein zu werden. Ich hätte Mühe damit, zu beten und mir die Gebetszeiten zu merken, mich zu waschen und mit einem sauberen Tuch zu bedecken. Es wäre anstrengend. Ich hatte Gewissensbisse, weil ich so faul war, aber ich schob sie einfach beiseite. Ausserdem würde Anwar mich auslachen, wenn ich anfangen würde zu beten, er würde schallend lachen.

Zweiundzwanzig

Er erzählte mir, was mit seinem Bein passiert war. Sie hatten es einen ganzen Tag lang in einen Kübel Eis gesteckt, um ihn zu quälen, bloss um ihn zu quälen. Er sollte die Aktivitäten der Kommunistischen Partei ausspionieren, sie boten ihm Geld und ein Auto dafür, und als er sich weigerte, führten sie ihn ab und steckten sein Bein in einen Kübel Eis. »Das ist das Folterwerkzeug im ärmsten Land der Welt.« Er lachte sarkastisch. »Nichts Ausgeklügeltes, keine eigens gebauten Folterkammern und keine teuren Geräte, nur ein Kübel Eis.« Ich fing an zu weinen, und er sagte: »Weine nicht. Andere sind noch schlimmer dran.« Einer hatte sich das Bein amputieren lassen müssen, andere wurden erschossen, und wieder andere hatten nicht wie er eine Schwester bei der Polizei als Fluchthelferin. Aber ich kannte die andern nicht, ich sorgte mich nur um ihn. Er sagte, er wäre nicht überrascht, wenn seine Schwester inzwischen ihren Job verloren hätte oder noch Schlimmeres. Er sagte, er habe sich nicht von seiner Mutter verabschiedet. »Ich will nicht trübsinnig werden. Rede über etwas anderes mit mir, Nadschwa.«

Ich kaufte ihm eine Jacke. Ich wollte, dass er cool aussah, wir waren schliesslich in London. Sie gefiel ihm. Ich sah es daran, wie er sie aus der Tasche nahm und anprobierte, langsam, als brenne er nicht darauf und sei ganz unbeteiligt. Er sah fast umwerfend gut aus. »Danke«, sagte er obenhin und war eine Weile distanziert. Es verletzte vielleicht seinen Stolz, ein Geschenk von mir anzunehmen.

Er arbeitete nicht. Das durfte er erst nach sechs Monaten tun, und dann nur als Gelegenheitsarbeiter. »Was für eine Gelegenheit?«, fragte er mich. Er rauchte zu viel; weil er nichts zu tun habe, sagte er. Er war immer aktiv gewesen und immer engagiert. »Aber du tust doch was«, sagte ich zu ihm, »du schreibst.« Er schrieb Artikel für die arabischen Zeitungen in London. Aber manchmal kam es auch vor, dass er über sich selbst schrieb, über seine Kindheit und seinen Vater. »Ich hab früher nie was Persönliches geschrieben«, sagte er, »aber jetzt wache ich morgens mit so lebhaften Erinnerungen an Khartum auf, dass ich sie gleich zu Papier bringe.« Er schrieb glatt und mühelos auf Arabisch, zu kämpfen hatte er mit dem Englischen, und dafür brauchte er mich. »Ich will Berichte für Amnesty International schreiben«, sagte er.

Er schlug vor, wir sollten die ganze Zeit englisch sprechen, damit er seine Aussprache verbessern könne. Er liebte manche Wörter, wie »frustriert«, »unausweichlich« und »sexy«. Es machte uns Spass, die beiden Sprachen zu mischen und arabische Substantive mit englischen Verben zu verbinden, woraus neue Wörter entstanden, die ein Mix aus beidem waren. Mit Befriedigung stellte er fest, dass er in der öffentlichen Bibliothek alle Zeitungen gratis lesen konnte. Dort war es auch warm, er mochte die Kälte nicht.

Aber manchmal verhöhnte er mich aus heiterem Himmel. Ich konnte mich bei ihm nie ganz sicher fühlen. Wir schwatzten vergnügt, und plötzlich kippte das Gespräch. »Du und deine Familie müssen für das Innenministerium die idealen Asylbewerber sein – eine Wohnung in London und dicke Bankkonten mit dem Geld, das dein Vater ergaunert hat.« Stimmt, die Wohnung hatten wir, aber auf den Bankkonten war nicht viel Geld. Er sagte: »Erzähl mir keine Märchen, ich bin nicht dumm.« Wir stritten uns. Ich hasste es, mit ihm zu streiten und endlos erklären zu müssen, und doch glaubte er mir nie. Und er verstand es, Streitgespräche zu gewinnen, selbst wenn ich im Recht war und die Wahrheit sagte. »Dann muss dein Vater noch ein weiteres Konto gehabt haben, offshore, irgendwo sonst – in der Schweiz. Ironischerweise kommst du nicht an das Geld ran, aber glaub mir, es ist da.«

Ich wollte, dass er auch einmal nachgab, aber er focht jeden Streit aus. Er gab nicht klein bei. Ich sah ein, dass es für seine Launen Gründe gab – schlechte Nachrichten von seinen Kameraden und seiner Familie in Khartum, die Demütigung, beweisen zu müssen, dass er ein echter Asylsuchender war. »Du bist zu empfindlich«, sagte ich zu ihm, »das sind blosse Routinefragen, am Ende bekommst du schon Asyl.« Dann lächelte er und drückte meine Hand, nur um sie wieder loszulassen und sich zu ereifern. »›Wenn das Regime heute stürzt, kehre ich schon morgen zurück‹, hab ich zu ihnen gesagt, ›ich will nicht hier leben‹, aber das glauben sie mir nicht.« Wie oft sagte er doch: »Die bittere Realität des Sudan«, bis die Worte in meinem Kopf schwammen und ich mich fragte, wie man damit leben, wie man damit glücklich sein konnte. Er sprach vom Wandel und von der Revolution. Aber mir hatte der Wandel geschadet, und die Revolution, die meinen Vater getötet hatte, erwies ihm nicht einmal die Ehre, mehr als fünf Jahre Bestand zu haben.

Anwar mochte es, wenn ich ihm von meiner Arbeit bei Tante Eva berichtete. Ich erzählte ihm, dass sie mich das ganze Wochenende brauchte, wenn ihre Söhne samt Kindern kamen. Sie brauchte mich am Montag, um aufzuräumen, wenn sie gegangen waren, und ab Donnerstag wieder, um den Besuch vorzubereiten. Darum waren Dienstag und Mittwoch meine freien Tage. Er sagte: »Wenn meine sechs Monate um sind, werde ich mich um eine Stelle im Sicherheitsdienst bewerben – viele Sudanesen haben Arbeit auf arabischen Botschaften gefunden.« Er sagte: »Wir sind jetzt wie die eritreischen Flüchtlinge im Sudan«, und ich erinnerte mich an den Bademeister im American Club, der mich immer so angestarrt hatte, wenn ich aus dem Pool kam. Vielleicht hatte auch er eine höhere Bildung und wollte nicht als Bademeister arbeiten. Der Gedanke war mir noch nie gekommen. Es gab auch einige eritreische Rausschmeisser, die an einem Tisch beim Clubeingang sassen und dafür sorgten, dass nur Mitglieder reinkamen. Ich weiss noch, dass sie lasen. Mein Blick blieb überrascht an ihren Büchern hängen – »Seit wann lesen denn Dienstboten!« –, und dann vergass ich sie wieder.

»Was ist nur mit uns Afrikanern los?«, fragte ich Anwar, und er wusste es. Er kannte die Tatsachen und geschichtlichen Fakten, aber nichts von dem, was er sagte, konnte mir Trost oder Hoffnung schenken. Je länger er redete, desto verwirrter war ich und wollte mich an etwas Einfaches halten, aber er sagte, nichts sei einfach, sondern alles komplex und habe historische und ökonomische Gründe. Am Queensway und in der Kensington High Street beobachteten wir die Engländer, die Golfaraber, die

Spanier, Japaner, Malaysier, Amerikaner und fragten uns, wie es wohl wäre, wie sie ein sicheres Land zu haben. Ein Land, in dem wir Pläne schmieden konnten, egal wer am Ruder war – man würde sich nicht in unseren Alltag einmischen. Ein Land, das eine vertraute, verlässliche Kulisse war, eine unverrückbare Landschaft, auf die sich Träume malen liessen. Ein Land, das wir jederzeit verlassen und jederzeit wieder aufsuchen konnten und das unerschütterlich auf uns warten würde. »Gott sei Dank haben sich meine Eltern nicht scheiden lassen«, sagte ich zu ihm. »Wenigstens hatte ich eine intakte Familie – ein zerrissenes Land, aber keine zerrütteten Verhältnisse.« – »Du dummes Kind«, sagte er und lachte, als hätte ich ihn seine Sorgen vergessen lassen. »Was hat denn eine Scheidung damit zu tun?«

Er legte den Arm um mich, weil wir nicht in Khartum, sondern im Hyde Park waren und die wenigen Passanten uns nicht anstarrten. Es war ihnen egal, was wir taten, und es erstaunte sie nicht. Wir waren frei. Das konnte ich noch immer nicht fassen. Die Freiheit fesselte mich, ob ich mit ihm zusammen war oder allein. Sie war ein Wagnis, und ich hielt den Atem an und wartete.

»Ich habe dich vermisst.«

»Lass uns nach Hause gehen. Es ist kalt und unangenehm hier. Komm mit mir nach Hause. Wir können mehr für uns sein zu Hause.«

»Deine Mitbewohner würden mich sehen.« Aber ich konnte ihn zu mir einladen. Da war niemand. Ich wagte nicht, es zu sagen. Mein Herz klopfte.

Er sagte: »Amîn und Kamâl sind um diese Zeit nicht da.«

»Sie könnten zurückkommen. Was würden sie von mir denken?«

»Sie sind sehr aufgeschlossen. Mach dir keine Sorgen ihretwegen.«

»Es sind Sudanesen.«

»Ich auch.«

»Warum musst du immer recht behalten?«

Statt einer Antwort küsste er mich.

»Liebst du mich?«

»Ja.«

»Warum?«

Er sah mir in die Augen. »Wegen der engen Röcke, die du an der Uni getragen hast. Du weisst ja gar nicht, was du bei mir damit angerichtet hast.«

Ich lachte. Wenn ich mit zu ihm ging, würde er mich seinen Mitbewohnern als seine Verlobte vorstellen? Ich konnte ihn nicht fragen. Aber ich konnte gehen; ich konnte mit ihm gehen und es herausfinden. Ich würde sein Zimmer sehen, mich darin aufhalten und darin atmen. Das schwindelerregende Wissen darum, dass es leicht getan war und niemand mich aufhalten konnte, war wie ein Balancieren am Abgrund, der mich lockte. Ich stand auf und sagte: »Okay, gehen wir.« Ich bezähmte meine Stimme und meine Augen, damit er nicht erraten sollte, dass ich nur spielte. Er war entzückt und konnte sein Glück kaum fassen.

Wir verliessen den Park. »Zur U-Bahn geht's hier lang.« Er nahm mich am Ellbogen.

»Nein, hier lang.« Ich lächelte.

Er fragte misstrauisch: »Wohin willst du denn?«

»Zu Selfridges.« Ich lachte über seinen Gesichtsausdruck; es dämmerte ihm, dass ich ihn hereingelegt hatte. Er lachte auch, denn er war gutgelaunt heute. Es machte Spass, seine Stimmung zu erraten und auszuloten, wie viel Neckerei er ertrug.

Wir kamen an ein paar Araberinnen vorbei, die von Kopf bis Fuss in Schwarz gekleidet waren; ihre Gesichter waren verschleiert. Anwar verzog das Gesicht, und als sie ausser Hörweite waren, sagte er: »Es ist widerlich, was für ein deprimierender Anblick!«

Ich musste über seine Miene lachen. »Bist du denn nicht neugierig auf all die Schönheit, die sie verbergen?«

»Ich bin nur darauf neugierig«, sagte er. Er legte den Arm um mich und drückte meine Taille. Ich musste kichern vom Druck seiner Finger.

Wir betraten Selfridges durch die Tür, die zur Herrenabteilung führte. Mein Vater hatte gern seine Kleider hier eingekauft. Christian-Dior-Hemden und eine Burberry-Jacke, die er nur in London trug, rote Boxershorts. Wenn ich meinen Vater jetzt erwähnte, würde Anwar schnauben und die bourgeoise Konsumwut verdammen, und das Einvernehmen zwischen uns wäre dahin.

»Willst du etwas anprobieren?«, fragte ich ihn. »Du musst es nicht kaufen.«

»Was hat es dann für einen Sinn?« Er wirkte beklommen und von der Grösse des Geschäfts eingeschüchtert.

Ich zuckte die Achseln. »Es macht einfach Spass.«

In der Parfumabteilung probierte ich ein neues Parfum aus, hielt innere Zwiesprache darüber mit meiner Mutter und hörte sie sagen: »Kauf es nicht hier, das bekommen wir günstiger im Duty-free-Shop.« Ich streckte die Hand aus, damit Anwar daran riechen konnte. Er würde nie glauben, dass meiner Mutter einst am Sparen gelegen war. Er dachte, die Reichen geben ihr Geld gedankenlos aus. Seine Nase streifte mein Handgelenk. Die Verkäuferin machte ihn verlegen; er fühlte sich unter den Blicken von Weissen immer unwohl.

Ich überredete ihn, auch Düfte auszuprobieren. »Es reicht«, sagte er, als wir nach Chanel und Paco Rabanne bei Calvin Klein angelangt waren. Er glaubte immer noch nicht, dass es in Ordnung war, gar nichts zu kaufen, die Verkäuferinnen würde das nicht kümmern.

Oben in der Damenabteilung probierte ich ein Abendkleid an. Es sass perfekt, war tief ausgeschnitten und ärmellos. Mit Satin auf der Haut und glänzenden Augen war ich nicht in London, sondern im Begriff, auf eine Hochzeit im Khartum Hilton zu gehen. Meine Mutter klagte, das Kleid sei zu freizügig, aber mein Vater war nachsichtig und entschied: »Lass sie, sie soll das tragen, was ihr gefällt.« Ich trat aus der Umkleidekabine, und einige Kunden drehten sich nach mir um. Die ältere Verkäuferin setzte sich ihre Brille auf und sagte: »Es steht Ihnen ausgezeichnet.« Ihre Stimme war leise, als wüsste sie aus langer Erfahrung, dass ich das Kleid nicht kaufen würde. Ich lachte, als ich Anwars Gesicht sah; er vergass, wegen der Verkäuferin nervös zu sein, und machte grosse Augen. Eine Minute lang war ich vollkommen glücklich und erfüllt. Seine Bewunderung war wie ein Hauptgewinn.

Auf dem Weg nach draussen kaufte ich eine Packung Millie's Cookies. Wir assen sie im Bus unterwegs zum Victoria and Albert Museum, das Anwar besuchen wollte. Wir sassen im Oberdeck, weil er rauchen wollte, obwohl ihn das Bein auf der Treppe schmerzte. »Wir könnten in London glücklich sein«, sagte ich. »Wir könnten die ganzen Probleme im Sudan vergessen.« Er gab keine Antwort. Für ihn war London vorläufig und exotisch, mehr als für mich. Sein Leben war auf Eis gelegt, er wartete andauernd darauf, zurückzukehren und den Platz einzunehmen, der ihm zustand. Wenn die Regierung stürzte (er erlaubte mir nicht zu sagen »falls« – sie müsse stürzen, sagte er, unweigerlich), würden wir nach Khartum zurückkehren und heiraten.

»Wie hast du mich deinen Mitbewohnern beschrieben?« Er sollte sagen: »Als meine Verlobte.«

»Ich hab ihnen erzählt, dass wir zusammen an der Uni waren. Ich habe ihnen gesagt, dass du hübsch bist.«

»Hübsch? Jedes zweite Mädchen an der Uni war hübsch.«

Er lächelte. »Wenn sie dich sehen, werden sie begreifen, wie umwerfend du bist.«

»Und was hast du sonst noch gesagt?« Ich biss in meinen Keks mit Schokoladensplittern. Er war so, wie ich ihn am liebsten mochte, und schmolz im Mund.

»Dass dein Englisch hervorragend ist.«

»Und sonst?«

»Nichts.«

Ich zog die Brauen hoch.

»Sonst nichts, wirklich«, sagte er und wischte mit dem Daumen einen Schokoladenfleck aus meinem Mundwinkel.

Ich glaubte ihm nicht. Bestimmt hatte er von meinem Vater gesprochen.

Dreiundzwanzig

Ich kaufte ihm den besten und modernsten Computer, und am Tag, als er geliefert wurde, ging ich zum ersten Mal zu ihm. Wir stellten ihn in seinem Zimmer auf, das klein war und nach Zigaretten roch. Ich machte das Fenster auf, um frische Luft hereinzulassen, was er anscheinend nie tat, weil er die Kälte nicht mochte. Neben der zum Wohnzimmer offenen Küche gab es zwei weitere Zimmer. Im grössten wohnte Amîn, dessen Vater die Wohnung gehörte. Ich mochte ihn auf Anhieb. Er war schwabbelig und liebenswürdig, und sein Benehmen war freundlich und diplomatisch. Er machte seinen Doktor in Chemie am Imperial College ganz in der Nähe, nahm sein Studium aber anscheinend stets auf die leichte Schulter. Vermutlich wollte Anwar, dass ich wie Amîn war: aus der Oberschicht, aber der kommunistischen Sache verpflichtet und bereit, dafür reichlich bourgeoises Geld auszugeben. Kamâl war anders, er studierte mit einem Stipendium und war ehrgeizig. Es gefiel mir nicht, wie er mich musterte, als wäre ich ein Rätsel, dem er auf die Spur kommen musste. Er sah mir nie ins Gesicht. Stets wandte er seinen Blick ab, aber nicht weil er schüchtern war. Es war etwas anderes. Zwischen uns entstand eine Rivalität. Es war albern, aber er nahm sie ernst. Anwar gab damit an, wie gut mein Englisch sei, besser als Kamâls, der das Fach doch studiere. Er machte Witze darüber, aber Kamâl war wohl beleidigt und ergriff jede Gelegenheit, um mich in die Schranken zu weisen. Amîn und Kamâl hatten einen anderen Tagesablauf als Anwar. Sie kamen und gingen, während ich da war, und spazierten in Anwars Zimmer herein, um zu plaudern. Sie klopften nie an – es war nicht nötig, weil die Tür weit offen stand –, und diese Zwanglosigkeit gefiel mir. Sie benahmen sich, als wäre ich eine Cousine oder Schwester und als könnten Anwar und ich nichts Unrechtes tun. Das wiegte mich in Sicherheit.

Der Sommer war weder sonnig noch frisch, sondern stickig und schwül. Ich kannte Anwars Launen inzwischen: seine Wut, als er den Job beim Bewachungsdienst nicht bekam (sie nahmen ihn wegen seines Beins nicht), und danach die wortlose Bitterkeit. Stattdessen arbeitete er jetzt abends in einem Restaurant, demselben äthiopischen Lokal, in das er mich ausgeführt hatte. Oft brachte er Essen mit, und wenn die andern es sich nicht vorher geschnappt hatten, wärmte ich es auf, wenn ich an meinen freien Tagen kam. Dann assen wir zusammen, mit seinen Papieren und dem Computer zwischen uns. Er beherrschte das Zehnfingersystem nicht, ich aber schon. Wir setzten uns mit dem Handbuch hin und brachten uns WordPerfect bei. Manchmal gab er mir handgeschriebene Artikel, und ich tippte sie ab. Oder er hatte mit einem Text begonnen, und ich überarbeitete ihn und überprüfte die Grammatik. Er bestand darauf, dass ich auch Arabisch tippen konnte. Er diktierte mir, und ich schrieb. Es gab uns beiden ein Gefühl von Wichtigkeit.

Eines Tages sagte er, er habe ein Gedicht über mich geschrieben.

»Zeig es mir.«

»Nein, vielleicht gefällt es dir ja nicht.« Er hielt das Papier lächelnd ausserhalb meiner Reichweite.

»Bitte.«

Er schüttelte den Kopf, aber ich konnte es mir schnappen und landete lachend auf seinem Schoss. Das Gedicht war direkt und unverblümt erotisch.

»Bist du mir böse?« Er lächelte, und es kümmerte ihn wenig, ob ich es war.

»Natürlich nicht.« Ich wollte, dass er mich für verwegen hielt.

Amîn steckte den Kopf ins Zimmer, und ich legte das Gedicht beiseite. »Kommt, lasst uns Karten spielen«, sagte er. Es war zwölf, und er war eben erst aufgestanden und sah noch ganz verschwollen aus. »Ich warte auf euch im Wohnzimmer. Wir können ein Glas Tee trinken und etwas essen.« Er meinte damit, es wäre schön, wenn wir Tee machen und zum Frühstück ein paar Eier aufschlagen würden. Weil es seine Wohnung war, wollte er von den andern bedient werden. Der arme Amîn. Wie Tante Eva und so viele von uns fühlte er sich hilflos ohne seine Dienstboten aus Khartum. Es war, als warte er darauf, dass sie wie von Zauberhand wieder auftauchen und hinter ihm aufräumen und die Wohnung in Schuss halten würden. Wir hörten ihn den Fernseher anstellen und das Geplärre der Nachrichten. Anwar machte die Tür zu und küsste mich. Er war anders, und ich war anders, weil ich mich über sein Gedicht nicht geärgert hatte.

Es war unvermeidlich, dass ich eines Tages auf seinem Bett sitzen und er mich umarmen und fragen würde: »Hast du nicht lange genug mit mir gespielt?« Wir hatten einander monatelang umkreist, monatelang geflirtet, im Bewusstsein, dass wir in London, dass wir frei waren. Und ich hatte geahnt, dass ich durchhalten und schliesslich doch jener Seite an mir nachgeben würde, die schwelgerisch und träge war, die gehätschelt und gestreichelt werden musste, und seinetwegen nie mehr dieselbe wäre. Danach, nach dem Spiel und dem Ernst, herrschte diese Stille. Ich konnte das Brummen des Computers hören. Dann das Scharren eines Schlüssels in der Wohnungstür und Amîns aufgeregte Stimme: »Anwar, hast du die Nachrichten gehört? Komm, und hör dir das an.«

Wir fuhren hektisch und schuldbewusst hoch. Ja, schuldig. Und wir waren erleichtert, dass Amîn gleich ins Wohnzimmer eilte, und über das gewohnte Geplärre des Fernsehers, als er die Sender nach den Nachrichten absuchte. Anwar und ich dachten dasselbe: Ein Putsch im Sudan, die Regierung ist gestürzt. Wieder ein Putsch. Ein Sesseltanz, und der Teppich wurde jemand anderem unter den Füssen weggezogen. Anwar stürmte aus dem Zimmer. Wir konnten zurückgehen, dachte ich, und unser Leben wiederaufnehmen. Ich konnte noch mal an die Universität und wieder studieren, und Anwar würde seinen Job zurückbekommen. Wir würden heiraten.

Ich ging ins Bad und machte jeden Schritt bewusst, etwas betäubt, als hätte ich lange gefiebert und jetzt nicht mehr. Ich ging langsam, als wäre ich gebrechlich. Meine rechte Hand war zu schwach, um die Toilette zu spülen oder den Wasserhahn aufzudrehen – ich brauchte beide Hände dazu. Mein Gesicht im Spiegel sah aus, als ob nichts geschehen wäre. Mein Haar war zerzaust wie nach dem Schlaf. Ich strich es mit Wasser glatt und räusperte mich. Würde meine Stimme normal klingen? Gelb steht mir, dachte ich, und die Erinnerung an einen anderen Badezimmerspiegel stieg auf, in dem ich mich bewundert hatte, während Baba packte und Mama sich um ihn Sorgen machte. Ich bewunderte mich im gelben Pyjama, während Baba das Haus zum letzten Mal verliess. Ich hätte bei ihm sein sollen. Als ich mich ins Waschbecken übergab, klebten da Tomatenstückchen wie Blutflecken.

Das Zimmer sah verkehrt, unordentlich und wie eine Studentenbude aus und roch nach Anwars Zigaretten. So sollte es nicht sein. Es sollte ein Zimmer im besten Hotel von Khartum sein, wo mein Hochzeitskleid im Schrank hing und die Laken weiss und frisch waren. Mit Aussicht auf den Nil und Henna an meinen Händen. Ich würde durch die Ärmel eines neuen Morgenrocks schlüpfen, der zu meinem Nachthemd passte. Mama hätte mir die Garnitur bei Selfridges gekauft, pfirsichfarben und teuer. Und sie hätte der Verkäuferin erzählt, ihre Tochter heirate, und sie hätten das Lächeln aufgesetzt, das sie für betuchte Ausländer aufheben. Ich sollte nicht meine gewöhnlichen Jeans und ein gelbes T-Shirt anhaben. Meine Mutter wäre nur einen Anruf entfernt und würde gespannt darauf warten, fragen zu können: »Geht es dir gut?«

Anwar kam lächelnd herein, schüttelte den Kopf und tippte mit dem Finger an die Stirn. »Amîn ist verrückt. Er ist ganz aufgeregt, dabei hat die Nachricht mit dem Sudan gar nichts zu tun.«

»Was ist denn passiert?«

»Saddam Hussain ist in Kuwait einmarschiert.«

Die Regierung in Khartum war also nicht gestürzt, und wir würden nicht zurückgehen.

»Was bist du so bedrückt? Geht es dir gut?« Er wollte freundlich sein, aber er hatte die Nachrichten im Kopf.

Ich sagte: »Ich muss nach Hause, ich bin nicht in der Stimmung für Amîn.« Er begriff und drängte mich nicht zu bleiben.

Ich ging die Gloucester Road hinunter und dachte, was auch immer mir geschah, was auch immer auf der Welt geschah, London blieb gleich und unverändert: U-Bahnen, die pausenlos verkehrten, Kioske, die Cadbury-Schokolade verkauften, und die eiligen Schritte der Leute, die von der Arbeit heimkehrten. Darum waren wir hier: Regierungen stürzten, und Staatsstreiche fanden statt, und darum waren wir hier. Zum ersten Mal im Leben missfiel mir London, und ich beneidete die Engländer, weil sie so ungerührt und geerdet waren und nie verpflanzt und nie verunsichert worden waren. Zum ersten Mal war ich mir meiner beschissenfarbigen Haut bewusst, neben ihrer vornehmen Blässe. Was war bloss mit mir los heute? Ich nahm ein heisses Bad, als ich nach Hause kam. Wärmte eine Dose Suppe auf. Mein Widerwille gegen London schwand, und dann fühlte ich mich krank.

Er sagte: »Ich liebe dich noch mehr als vorher.« Ich war nicht sicher, ob ich ihn mehr oder weniger oder immer noch gleich liebte. Ich gehörte jetzt mehr zu ihm, und er kannte mich jetzt besser als sonst jemand und besser, als meine Familie mich je gekannt hatte. Es war seltsam, dass mir jemand so nahe kommen konnte. Seine Stimme verklang, als ich nachrechnete, wann meine nächste Periode fällig war.

Wen würde es kümmern, wenn ich schwanger wurde, wer fände es einen Skandal? Tante Eva und Anwars Mitbewohner. Omar würde es nie erfahren, wenn ich es ihm nicht schrieb. Onkel Sâlich war am anderen Ende der Welt. Noch vor wenigen Jahren hätte eine Schwangerschaft Khartums feine Gesellschaft schockiert, mein Vater hätte einen Herzinfarkt gehabt, der Ruf meiner Mutter hätte gelitten, und der sanfte, moderne Omar hätte mich zwar nicht geschlagen, aber mich eine Schlampe genannt. Und jetzt war da nichts und niemand. Diese Leere nannte man Freiheit.

»Sprich mit mir, Nadschwa, hör auf zu träumen.« Aber konnte man Anwar von einem pfirsichfarbenen Satinnachthemd erzählen und von speziell für die Flitterwochen gekauften Kleidern? Er sagte, das Brennen würde verschwinden. Er sagte, das Schuldgefühl würde vergehen. »Man hat dir bloss eingeimpft, wie wichtig Jungfräulichkeit sei«, sagte er, »wie jedem arabischen Mädchen.«

Was das Brennen betraf, hatte er recht, aber das Schuldgefühl verging nicht. Seine Geschichten von sudanesischen Bräuten, die für Operationen zahlten, die ihre Jungfräulichkeit wiederherstellen sollten, bedrückten mich. Er habe einen Freund, einen Arzt, sagte er, der mit illegalen Abtreibungen an unverheirateten Mädchen gutes Geld verdiene. »Man würde sie für sittsam halten, wie sie ihr Haar bedecken und tun wie scheue Rehe, aber das ist alles bloss Heuchelei und sozialer Druck. Erinnerst du dich an die vermissten Mädchen, deren Fotos man im Fernsehen zeigte? Sie waren nicht verloren, diese Mädchen, und auch nicht vermisst – ihre Brüder oder Väter brachten sie um und warfen sie dann in den Nil.«

Er holte immer weiter aus, als wäre ich ein Kind, dem man die Tatsachen des Lebens beibringen müsse; als lebte ich in einer glücklichen, unschuldigen Welt und müsste wachgerüttelt werden. »Die arabische Gesellschaft ist heuchlerisch«, sagte er, »und legt an Männer und Frauen unterschiedliche Massstäbe an.« Ich dachte daran, dass Omar rauchen und Bier trinken durfte und ich nicht. Und an die dubiosen Partys, auf die er ohne mich gegangen war. Ich hatte diese Dinge als selbstverständlich betrachtet und nicht hinterfragt. Anwar erzählte mir, dass die meisten Studenten Bordelle besuchten. Aber ihre Schwester würden sie zusammenschlagen, wenn sie sie auch nur bei einem Gespräch mit einem Jungen ertappten.

»Bist du auch im Bordell gewesen?«, fragte ich ihn und wusste, dass er ja sagen würde.

»Eins der Mädchen hat sich sogar in mich verliebt.« Er lachte leise. Sie war ein äthiopischer Flüchtling, wie viele dort. Er schien überrascht, dass eine junge Prostituierte Gefühle für ihn haben könnte. Es störte mich, dass er von ihr redete wie von einem Hündchen.

»Warum sollte sie dich nicht lieben? Du bist sicher nett zu ihr gewesen.«

Er lachte und sagte: »Bist du eifersüchtig, Nadschwa?« Ich warf ein Kissen nach ihm, und er duckte sich.

Er versuchte es mit neuen Argumenten und sprach vom Westen und von den Magazinen, die ich las – *Cosmo* und *Marie Claire.* »Sag mir, wie viele fünfundzwanzigjährige Mädchen in London sind noch Jungfrau?«, fragte er. Da musste ich lachen und fühlte mich ein wenig besser. Es wurde ein Spiel für uns, wenn wir ausgingen, dass wir die

Mädchen musterten. »Ist sie? Oder ist sie nicht?« Er hatte recht, ich gehörte jetzt zur Mehrheit, ich war jetzt eine richtige Londonerin. Ich konnte mitmachen beim Quiz im Heft: »Wie heiss ist dein Liebesleben?« oder »Bewerte deinen Lover!«. Ich konnte Antworten ankreuzen, die auf Erfahrung beruhten und nicht auf Einbildung. »Ich weiss, du bist verwestlicht, ich weiss, du bist modern«, sagte er, »und das gefällt mir gerade – deine Unabhängigkeit.«

Aber ich hätte eine atemberaubende Hochzeit und ihre positive Ausstrahlung seinem Zimmer vorgezogen, das nach Zigaretten stank, und den Laken, die er nur selten wechselte, und dem Grinsen seiner Mitbewohner und den wissenden Blicken, die sie mir jetzt zuwarfen. Manchmal gab es einen Moment der Klarheit, einen stillen Moment ohne Berührungen, und ich starrte auf eine Haarsträhne von mir, die da an seinem Kissen klebte, und fragte mich, was ich da tat und wie es so weit mit mir gekommen war. Wachte auch Omar je auf und sah Gefängnismauern und Gefängnislaken und wunderte sich eine Sekunde lang, was er da tat?

Anwar sagte: »Du kannst dich nicht mehr schuldig fühlen, dafür geniesst du es zu sehr.« Lachend setzte er hinzu: »Wenn dich dein Gewissen plagen würde, wärst du jetzt nicht so scharf darauf.« Darum behielt ich meine Gedanken für mich. Sie schwirrten mir im Kopf herum, in meinem regen, ungebildeten Geist, meine einsamen Gedanken. »Du bist still geworden«, sagte er, »still und verträumt.« Ich träumte von nichts, hatte keine glücklichen Träume und keine unglücklichen. Ich lag wach in meinem Bett und lauschte auf die Geräusche der Strasse, bei weit offenen Fenstern wegen der Hitze. Mir fielen Dinge ein, die ich in Khartum zurückgelassen hatte: ein Paar beige Sandalen, ein Poster von Boney M., meine Bücher und Fotos. Wo waren diese Dinge jetzt – in wessen Hände waren sie gefallen? Unser Haus war geplündert worden. Es war wegen der Fernseher, Videorecorder, des Tafelsilbers, der Tiefkühlschränke, Autos, der Stereoanlage und der Kameras geplündert worden. Selbst die Klimaanlagen waren aus den Wänden gerissen und die Ventilatoren von den Zimmerdecken abgehängt worden. Es wurde geplündert, weil mein Vater, noch mehr als der Präsident, das Symbol einer Ordnung war, die man nun an sich riss. Sein Brieföffner aus Elfenbein, das Porzellan und die Kristallgläser meiner Mutter – gingen sie im Chaos in die Brüche, oder wurden sie sorgsam abtransportiert? Ich würde es nie erfahren. Ich sollte vergessen und loslassen. Aber ich fühlte noch einen zerfetzten Enid-Blyton-Roman in der Hand, roch das Chlor, das meinem Badeanzug anhaftete, sah die *Cosmopolitan,* die ich von Randa ausgeliehen und nie zurückgegeben hatte.

Ich rief sie an in Edinburgh, um mich wegen des Magazins zu entschuldigen. Sie lachte. »Ich glaub's ja nicht! Das ist fünf Jahre her – und du denkst noch daran?«

»Da war auch noch ein Roman – den hab ich dir auch nie zurückgegeben«, sagte ich. »Von Danielle Steel.«

»Ach, die lese ich jetzt nicht mehr. Darüber bin ich hinaus.« Ihre Stimme klang belustigt, und ich fühlte mich alt und pedantisch.

Ich konnte den ganzen Tag im Bett liegen. Ich rief Tante Eva an, sagte, ich fühlte mich unwohl, und hüpfte wieder ins Bett und starrte an die Decke, und wenn ich dann wieder auf meine Uhr blickte, waren seltsamerweise eine oder zwei oder drei Stunden einfach so vergangen. Ich war zufrieden, wenn ich meine Tage hatte und Anwar sich von mir fernhielt. Die Schuld verlor dann ihren Stachel. Ich war auch zufrieden, dass er keinen besonderen Wert darauf legte, sich bei mir zu treffen. Dort lastete die Aura meiner Eltern auf mir. Tante Eva entrümpelte ihre Wohnung und gab mir ganze Stapel von alten Heften. Ich schnitt die Bilder von exilierten Prinzessinnen aus: die Töchter des Schahs, die Töchter des verstorbenen Königs von Ägypten, die Nachfahrinnen des osmanischen Sultans. Sie geisterten alle durch Europa und wussten um ihr königliches Geblüt, aber es spielte keine Rolle, gar keine Rolle mehr. Islamische Länder hatten genug vom Pomp der Könige und wollten jetzt Revolutionen. Nach Kaiser Haile Selassies Sturz hielt man seine Tochter jahrelang in einer kleinen Zelle gefangen. »Na, ich weiss mit Sicherheit, auf wessen Seite ich bin«, sagte Anwar dann, »auf der Seite des Volkes.« Er wäre glücklich, wenn Grossbritannien eine Republik würde, und ich wäre traurig. Onkel Nabîl kaufte sich die neue Biographie von Prinz Charles, und als er sie gelesen hatte, verschlang ich sie von Anfang bis Ende. »Das ist Zeitverschwendung«, meinte Anwar, aber die Bücher, die er mir zu lesen gab, verstörten mich immer.

Aus heiterem Himmel rief Wafâa mich an. Nein, eigentlich nicht aus heiterem Himmel. Sie hatte alle zwei, drei Monate mit mir telefoniert und das Übliche gesagt, wie: Komm mit mir zur Moschee, komm zum Id-Fest der Frauen, und hast du jetzt begonnen zu beten, wie du es versprochen hast? Doch dieses Mal schien ihre Stimme von einem anderen Planeten zu kommen: »Wie ist es, Nadschwa, hast du angefangen zu beten?« Ich hätte beinahe laut herausgelacht. Ich war weiter weg, als sie dachte; ich war jetzt draussen. Sie hatte ja keine Ahnung. Hätte ich ein weiches Herz gehabt, wäre ich jetzt in Tränen ausgebrochen und hätte gefragt, wie ich Busse tun könne. Aber ich hatte kein weiches Herz. Ich sah Wafâa durch Anwars Augen: eine rückständige Fundamentalistin, auf die man herabblicken konnte. Meine Stimme war kalt, als ich ihre Fragen beantwortete, ja, nein, tut mir leid, bin beschäftigt, muss jetzt los. Wenn sie nicht völlig dickfellig war, würde sie mich nie wieder anrufen. Ja, ich wollte beten. Aber ebenso gut könnte ich wollen, dass mir Flügel wachsen und ich fliegen könnte. Es hatte doch keinen Zweck, sich danach zu sehnen, nicht wahr? Alles Ausstrecken war sinnlos. Auf meine eigene Art, in meiner eigenen Weise rutschte ich ab. Zuerst mein Bruder, und jetzt war es an mir, tief zu sinken.

Vierter Teil

2003/04

Vierundzwanzig

Ich habe Hemmungen, vor einer grossen Versammlung zu sprechen. Es müssen mehr als hundert Frauen zu diesem Id-Fest gekommen sein. Sie schwatzen und lachen, und ihre Kinder rennen kreischend herum. Sie werden schon leiser werden, wenn ich das Gebet zu sprechen beginne. Mai zupft an meinem Kleid. Ihre Mutter hatte mir keinen freien Tag erlaubt, und Mai will sich von keiner meiner Freundinnen auf den Schoss nehmen lassen. Sie bleibt argwöhnisch dicht an meiner Seite, weil sie es nicht gewohnt ist, unter so vielen Leuten zu sein. Die Stimmung um uns herum ist einschmeichelnd, wuschelig, diffus; da sind dieses helle Gelächter, die Farben, diese Mischung aus Feingefühl und Eigensinn, die umso stärker wahrnehmbar ist, weil keine Männer da sind. Meine Stimme klingt seltsam am Mikrofon. Die Kinder laufen immer noch herum, und ein Baby wimmert. Ich habe nur ja gesagt, weil Umm Walîd mich drängte. Sie fand es nichts als recht, dass mehrere Schwestern die Gelegenheit zur Mitwirkung bekommen sollten. »Es ist nur ein kurzes Gebet«, liess sie nicht locker. »Du bist so beliebt, alle werden über deinen Auftritt erfreut sein.« Ich ermahne mich, nicht zu nuscheln. Mit der Zeit wird es einfacher. »O Herr, wir haben an Deinen Gesandten Muhammad geglaubt, ohne ihn zu sehen, bitte versage es uns nicht, ihn im Jenseits zu sehen.« Alle murmeln: »Friede sei mit ihm.« Ich halte das Blatt dichter vor die Nase, ich sehe nicht mehr so gut wie früher und bin zu eitel, um eine Brille zu tragen. »O Herr, Du bist der Eine, der uns geschaffen hat, Du bist der Eine, der uns leitet, Du bist der Eine, der uns nährt, und wenn wir krank werden, so bist Du der Eine, der uns heilt. O Herr, vergib uns unsere Sünden ...« Meine Stimme bricht, und die Worte verschwimmen. Dabei bin ich nicht traurig, dies ist ein fröhlicher Anlass, und ich bin froh, dass ich hierhergehöre und mich nicht länger trotzig abseitshalte. Noch eine Zeile. »O Herr, lass uns Dein Erbarmen und Deinen Segen zuteilwerden, damit wir das lieben können, was Du liebst, und damit wir all jene Taten und Worte lieben können, die uns näher bringen zu Dir.«

Ich lege das Mikrofon auf den Tisch und nehme Mai in die Arme. Auf dem Rückweg zu meinem Platz grüsse ich die Freundinnen, die ich noch nicht gesehen habe, die wenigen, die gestern nicht beim Id-Gebet waren. Wir sind erfreut, einander ohne Hidschab und für das Fest zurechtgemacht zu sehen, entzückt vom seltenen Anblick unserer Haare, der blossen Haut im Ausschnitt, der von Schminke zum Leuchten gebrachten Gesichter. Wir mustern einander und lächeln überrascht. Es sind nicht nur die Festkleider; manche von uns wirken ohne Hidschab wie verwandelt. Für einen Sekundenbruchteil bringe ich den engen Hosenanzug, das geometrisch geschnittene Blondhaar und das perfekt aufgetragene Make-up nicht mit der jungen Frau zusammen, die sonst in düsteres Schwarz gehüllt ist und ihr hyperaktives Kleinkind im Sportwagen herumschiebt. Heute ist sie so glamourös wie der Gast einer Fernsehtalkshow. Sie lächelt mir zu, und ich entdecke eine neue Seite an ihr: dass sie schick und kess sein kann. Sogar ihre Nägel sind heute angemalt. Jetzt ist Umm Walîd an der Reihe.

Sie spricht von der besonderen Zeit des Ramadan, die jetzt vorbei ist. Während des Ramadan habe Allah das Paradies für die Fastenden geschmückt. »Stellt euch vor«, sagt sie und gestikuliert dazu, »das ist, wie wenn ihr Gäste erwartet und alles für sie hübsch macht und vorbereitet.« Ohne ihren Hidschab, im engen hochroten Kleid, mit gefärbtem Haar und üppig geschminktem Gesicht, wirkt sie so arabisch, so unverblümt, dass ich denke: So ist sie, das ist ihr verborgenes Selbst. Sie ist nicht von Natur aus sittenstreng, reserviert oder asketisch. Es ist nur ihr Glaube, der sie zur fast unbezahlten Koranlehrerin macht, die uns zum Lernen und zur Umkehr ermahnt. Es ist nicht ihr Charakter, der sie dazu bringt, ihren weichen, üppigen Körper in eine unförmige Abaja[35] zu stecken. Und ihre besorgten Augen drücken nicht wirklich Sorge aus – sondern ihre ureigene Begeisterung über das Leben.

Sie spricht über das Id und wie die Engel uns ihre Gaben zuteilen. Dann ermahnt sie uns, den hohen Ansprüchen des Ramadan zu genügen und nicht nachzulassen wie meist. Noch mehr Gebete und noch mehr Almosen, tägliche Koranlektüre, kein Lästern und Tratschen, kein Neid und keine Lüge – daran sollten wir uns festhalten wollen das ganze Jahr. »Und vergesst nicht das freiwillige sechstägige Fasten im Schawwâl.[36] Es können auch fünf oder vier Tage sein, wenn ihr keine sechs schafft. Sogar ein einziger Fastentag ist besser als gar keiner.« Ihre Worte werden mir im Gedächtnis bleiben – wie immer. Sonderbar, dass sie nicht meine Freundin ist, ich kann mich ihr nicht anvertrauen, und wenn wir allein sind, stockt das Gespräch. Wir sind grundverschieden, wir bewegen uns in unterschiedlichen Sphären. Aber dann fährt sie fort und vergisst mich, wenn sie von Allah redet und sagt: »Er spricht mit uns, ist das nicht ein Glück? Wir können den Koran aufschlagen, und Er spricht uns unmittelbar an«, und es fällt mir wie Schuppen von den Augen, und das Erkennen durchzuckt mich wie ein Blitz. Und als sie »*Ya habîbi ya Rassûl Allâh*« sagt, spüre ich, dass ich den Propheten ebenso liebe wie sie.

In der Pause zwischen Umm Walîds Ansprache und dem nächsten Programmpunkt gibt es noch mehr Begrüssungen und Erinnerungen an die Schwestern, die früher mit uns Id-Feste feierten, aber inzwischen weggezogen sind. Es gibt noch mehr herausgeputzte Kinder zu küssen und zu bewundern und die Überraschung – ich kreische beinahe –, eine Freundin zum ersten Mal ohne ihren Hidschab zu sehen. Die hier ist ganz cremeweiss und pfirsichrosa, und die könnte ein Model sein, die hier hat etwas Mütterliches, ob mit oder ohne Hidschab, und die mit der modischen Jacke sieht aus, als wolle sie eine Vorstandssitzung leiten. Die mit der Brille und dem widerspenstigen Haar sieht wie eine Studentin aus und ist auch eine, aber die ähnelt einer Bauchtänzerin und ist definitiv keine. Sie ist die gesetzte Ehefrau eines glücklich zu preisenden Arztes mit vier wohlerzogenen Töchtern. Und die sieht wie ein Wildfang aus, und ich kann mir gut vorstellen, dass sie in ihrer Jugend mit ihren Brüdern Fussball spielte; inzwischen ist sie Kindergärtnerin geworden. Diese sieht indisch aus, was ich eigentlich schon wusste, bloss hatte ich es wegen ihres Hidschabs vergessen – im Sari mit wallendem Haar und viel Schmuck wirkt sie entspannt und traditionsbewusst. Und die, die einem Model ähnlich sieht, raunt mir zu, sag es niemandem, Nadschwa, bitte, aber sie war tatsächlich einmal Miss Djibouti gewesen, lange bevor sie nach Grossbritannien kam, Mutter wurde und ihr Haar mit einem Kopftuch bedeckte.

Von mir heisst es: »Du siehst wie eine Zigeunerin aus«, und ich muss lachen. Es müssen meine Ohrringe sein und das lockige Haar und mein Rock. Oder vielleicht sehe ich auch rätselhaft aus, voller Geheimnisse, die ich nicht teilen will. Dies ist kein Kostümball. Doch es ist, als wäre der Hidschab eine Uniform: die offizielle, strassentaugliche Version von uns. Ohne ihn wird unsere Wesensart enthüllt.

Weiter im Programm singt ein Kinderchor. Dann gibt es einen Sketch, unbeholfen und schlecht inszeniert, trotzdem erntet er ein paar Lacher. Und jetzt tanzt Schahinâs. Sie hat wochenlang geübt und wollte alles haargenau richtig machen, bis es vollkommen war. Ich halte Mai in die Höhe, damit sie besser sehen kann. »Schau dir Tantchen an, sieht sie nicht wie eine Prinzessin aus?« Ein Trommelwirbel, und ich betrachte ihre Füsse, den Reif um den Knöchel und wie sie ihre Hände bewegt.

Niemand von uns kann den Blick von ihr wenden. Nur den kleinen Achmad kümmert es nicht, er ist rundlich und prächtig in seinem neuen Matrosenanzug, komplett mit Hut. Als seine Grossmutter ihn rüberbringt und sie sich neben mich setzen, nehme ich ihn ihr ab und liebkose ihn. Ich küsse seine glatten Wangen und die Hände mit Grübchen. Nicht alle Babys wecken in mir solche Gefühle. »Wirst du einmal so gut tanzen wie deine Mama, ja?«, flüstere ich ihm ins Ohr. Er lacht, und ich blicke zur anmutigen und geübten Schahinâs auf – es ist, als würden wir eine richtige Aufführung sehen, einen Film. Mein Blick fällt auf ihre älteste Tochter, die ihr fasziniert zusieht, als fände sie es kaum vorstellbar, dass diese ätherische Gestalt ihre Mum ist.

Im Vergleich dazu ist es ein einziges Gelächter und Durcheinander, wenn wir Araberinnen tanzen: Nichts ist geordnet, nichts wurde eingeübt. Aber selbst Schahinâs hat Mühe damit, uns nachzuahmen, obwohl ich weiss, dass sie oft zu Hause geübt hat. Ich bin erhitzt vom Tanzen. Es bringt mich zum Lachen, aber Mai hat Mühe damit, mich so anders zu sehen. Ich nehme sie auf den Schoss, bis es Zeit zum Essen ist.

Während wir mit den Papptellern und den Kindern jonglieren, erzählt mir Schahinâs, dass sie sich für einen Erwachsenenlehrgang in Sozialarbeit eingeschrieben hat. Ich beglückwünsche sie, und sie spricht vom nächsten Jahr: dass ihre Schwiegermutter sich um die Kinder kümmern wolle und wie viel sie zu tun haben werde. »Du bist diesmal am Id nicht bei mir gewesen«, sagt sie und lädt mich für den Rest des Tages zu sich ein.

»Ich würde gern mitkommen, aber ich muss Mai nach Hause bringen.«

Sie steht auf, um mich zum Abschied zu küssen. »Wir haben einander jeden Abend beim *Tarawîh*-Gebet[37] gesehen, und jetzt gehen alle wieder ihrer Wege.«

Ich weiss, was sie meint. Der Ramadan hatte uns einander nahe gebracht. Einen Monat lang war die Moschee voller Menschen gewesen. Wir gaben uns Mühe, streiften unsere Verfehlungen ab und wurden vom Hungern sanft. In den letzten zehn Nächten war es noch voller, und es wurde noch kraftvoller vorgebetet; alle lauschten wir denselben Versen und kosteten dieselbe Stimmung aus. Einmal bemerkte eine Frau neben mir: »Heute habe ich mich beinahe wie in Mekka gefühlt. Es ist dasselbe Gefühl: all diese Leute, die zusammenströmen, und die geistige Hochstimmung.«

Jetzt, da der Ramadan vorüber ist, frage ich mich, wo ich all meine Energie hernahm – den ganzen Tag fasten bei der Arbeit und dann statt nach Hause geradewegs zur Moschee gehen. Dort brach ich mein Fasten, eingezwängt in der Menge, manchmal gab es kaum einen Sitzplatz mehr, und dann standen wir alle zum Beten auf, und auf einmal gab es wieder mehr Raum, und der Imam begann vorzubeten.

Im Ramadan wurde ich jeden Abend im Wagen mit Chauffeur nach Hause gebracht. Das Wunder nahm die Gestalt der Ehefrau des senegalesischen Botschafters an, eine der vielen Frauen, die die Moschee nur im Ramadan besuchen. Sie betete neben mir, Schulter an Schulter, jeden Abend, bloss weil wir zufällig dasselbe Plätzchen mochten: etwas entfernt vom Heizkörper und dicht am Fenster, wo die Nachtluft von der Strasse hereindrang. Ich erzählte ihr nicht, dass früher Diplomaten wie ihr Gatte und selbst der Präsident des Sudan regelmässige Gäste im Haus meines Vaters gewesen waren. Nur meinen Namen verriet ich ihr und was ich tat im Leben. Mehr war auch gar nicht nötig – wir waren zur Anbetung zusammengekommen, und das war genug. Unsere Bewegungen ergänzten sich;

sie zappelte nicht herum beim Stehen, und das gefiel mir; sie stand dicht neben mir und irritierte mich nicht durch einen Abstand zwischen uns. Abend um Abend, drei Wochen lang, standen und knieten wir nebeneinander. Dann hatten wir gleichzeitig die Periode. Einmal betete ich, und sie war nicht da. Am anderen Tag fehlte auch ich.

Auf dem Rückweg sprachen wir kaum, und sie trug ihrem Chauffeur auf, sie zuerst aussteigen zu lassen. Das gefiel mir an ihr. Sie war freundlich, ohne herablassend zu sein. In ihrem komfortablen, luxuriösen Wagen nickte ich ein vom Geräusch des Blinkers und ihrer Stimme, die auf Senegalesisch in ein Handy sprach. Ich tauchte in Träume ab, um wieder klein und von meinen Eltern umsorgt zu werden. Sie liebten mich, und ich war sicher bei ihnen und etwas Besonderes. Ich brachte sie zum Lachen. Das übrige Jahr habe ich Hoffnung, aber im Ramadan habe ich Zuversicht und die Gewissheit, dass Allah mir, wenn ich mich treu bemühe auf meinem Weg, jenes Glück wiedergeben und die Vergangenheit durch etwas Grösseres ersetzen wird, das noch mächtiger ist und nobler.

Tâmer ist da, als wir in die Wohnung zurückkehren. Ich sehe seine Schuhe im Flur, aber er ist in seinem Zimmer, und die Tür ist zu. Ich gebe Mai ihr Abendessen. Sie ist hungrig, weil sie auf dem Id-Fest nichts essen wollte. Selbst die Tüte voller Süssigkeiten, Ballone und Buntstifte, die jedes Kind bekam, hielt sie bloss ungeöffnet fest in der Hand. Zurück in der vertrauten Umgebung, beginnt sie sich zu entspannen. Die Küche ist noch so, wie wir sie am Morgen verlassen hatten: Ihr Hochstuhl steht da und das Essen, das ich in aller Eile zubereitet hatte, weil ich wusste, dass ich abends nicht genug Zeit hätte. Mai singt und plappert und klopft mit ihrem Löffel auf den Tisch. »Du weckst noch deinen Onkel«, sage ich. »Vielleicht schläft er ja.«

Er hatte die letzten zehn Tage des Ramadan in Klausur in der Moschee verbracht. Lamja missbilligte es, wie sie mir in einem seltenen Moment der Vertrautheit gestand. »Er verpasst tagelang die Vorlesungen, wie soll er das jemals aufholen! Es ist so unnötig, ich weiss nicht, warum er diese absonderlichen Dinge tut.« Am letzten Abend des Ramadan kehrte er mit einem vollen Wäschebeutel und einem struppigen Bart zurück. Er blickte völlig durch mich hindurch, mit klaren, leuchtenden Augen, als könnte er wirklich andere Dinge damit sehen und als hätte er eine läuternde Erfahrung gemacht, die ihn Demut lehrte. Ich kann es nicht erwarten, ihn erzählen zu hören, wie es ist, tagelang alles hinter sich zu lassen und nur zu fasten und zu beten und den Koran zu lesen.

Er kommt in die Küche und hält etwas in den Händen; es sieht wie eine Dose in einer Plastiktüte aus. Das sei für mich, sagt er, zum Id. Er lächelt, und obwohl wir tagelang nicht miteinander gesprochen haben, scheinen wir ohne weiteres an unsere Freundschaft anknüpfen zu können. Ich wische die Hände an meiner Schürze ab und öffne die Dose. Es sind zuckerige Butterkekse. Ich danke ihm, aber er tut so, als höre er es nicht, fährt Mai durchs Haar und hebt sie aus ihrem Stuhl. Sie zeigt ihm ihre Tüte voller Schätze, und ich erzähle ihm vom Fest.

Er lächelt nicht mehr und sagt: »Lamja hätte dir freigeben sollen.«

»Kein Problem. Es ist sehr gut gegangen mit Mai.«

»Aber es war trotzdem nicht richtig von Lamja. Ich hätte sie darauf angesprochen, wenn ich es gewusst hätte.«

»Sie hat vermutlich wichtige Vorlesungen, die sie besuchen muss.«

»Sie hat keine Vorlesungen. Sie ist Doktorandin.«

Ich zucke die Achseln. »Ach, vorbei ist vorbei. Du brauchst dich nicht aufzuregen.«

Er blickt mir direkt ins Gesicht, und seine hellen Augen sind noch strahlender seit der Retraite. »Es ist schön für Mai, dass sie mit dir mitgehen konnte. Was hat ihre Mutter für sie getan? Gar nichts. Kein neues Kleid, kein Spielzeug, kein Ausflug.«

Ich verteidige sie automatisch: »Sie ist eben sehr beschäftigt mit ihrem Studium ...«

Er unterbricht mich: »Studium, Studium, diese Familie ist regelrecht besessen davon! Dabei ist das Feiern eine religiöse Pflicht. Wir sollen uns freuen und Zeit haben dafür.«

Ich biete ihm einen der Festtagskekse an, um das Thema zu wechseln. Er schüttelt den Kopf. »Nein, die sind für dich.«

»Bitte nimm. Wir können Tee dazu trinken.«

Er setzt sich, und ich hole Teller aus dem Schrank und setze den Wasserkessel auf.

Er sagt: »Statt mich zu beschweren, dass Lamja nichts für Mai getan hat, sollte ich etwas tun.« Ich lächle, und er fährt fort: »Wenn du möchtest, könnten wir morgen mit ihr in den Zoo gehen, also wenn du willst ...« Es klingt vage, denn er ist verlegen.

»Morgen habe ich frei.« Ich besuche Omar.

»Dann übermorgen.«

Ich nicke, eine Pause entsteht, und ich sage: »Erzähl mir von deiner Klausur in der Moschee. Wie war es?«

»Die ersten beiden Tage fand ich schwierig, aber am Ende wollte ich gar nicht mehr gehen. Es war seltsam am Anfang, kein Fernsehen zu schauen und nicht an die Uni zu gehen. Die Zeit verging langsam. Ich vermisste mein eigenes Bad und das Schlafen in einem Bett. Wir waren ziemlich viele, und wenn ich mal schlief, unterhielten sie sich laut oder rezitierten den Koran. Ich schlief nicht gut. Aber nach dem zweiten Tag gewöhnte ich mich daran und hatte mich sozusagen ergeben. Das fehlende Bad störte mich nicht mehr und nicht mal das Curry, das sie uns um drei Uhr morgens als *suhûr*[38] gaben. Stell dir mal vor!«

Ich lache. »Ich bringe so früh am Morgen bloss Getreideflocken oder Toast runter, keine ganze Mahlzeit.«

»Ich auch, aber Flocken gab es nicht genug.«

»Nächstes Jahr musst du im Ramadan daran denken, alles dabeizuhaben.«

»Mmmh«, sagt er, als sei nächstes Jahr zu weit weg, um schon daran zu denken. Das ging mir auch so, als ich jung war und fand, die Zeit gehe langsam und träge vorbei. Jetzt hüpfen sie, diese entspannten Momente, da ich mich an seinem Lächeln freuen kann.

»Du hast wie verwandelt gewirkt am Tag nach dem Ende deiner Klausur. Als ob ein Licht aus deinem Gesicht leuchten würde.«

»Habe ich es denn inzwischen verloren?« Er ist fast mädchenhaft an sich selbst interessiert.

Ich zögere. »Nein.«

Er zieht ein Gesicht und glaubt mir nicht.

»Das verlierst du nicht so schnell.«

Was er jetzt sagt, hat er noch keinem gesagt, das entnehme ich seiner Stimme und seinen suchenden Worten. »Ich fühlte mich wirklich geistig stark. Ich erreichte eine Art Abgeklärtheit, als zählten die Dinge nicht mehr; nicht ablehnend oder verächtlich, sondern als wäre ich ihnen gewachsen. Egal, wenn mir nicht gefiel, was ich studierte, es wären ja bloss drei Jahre, und die würden schnell vergehen. Aber das Gefühl war nicht von Dauer. Ich konnte es nicht festhalten. Doch als ich dort war und es noch konnte, da war ich glücklich.«

Ich nehme meinen ersten Bissen von den Keksen, geniesse die Süsse und das klebrige Gefühl an den Zähnen. Ich schaue ihn über den Tisch an und spüre, ich bin in Feierlaune; ich faste nicht mehr. Am Nachmittag habe ich getanzt, und am Abend habe ich dieses Geschenk bekommen. Das Glück macht mich kühn genug, um zu sagen: »Kann ich dich etwas fragen, aber du musst ehrlich antworten, versprochen?«

»Ja.« Er sagt es ernst und umklammert mit beiden Händen seine Teetasse.

»Hat Lamja dich gebeten, diese Kekse für mich zu besorgen?«

Er schüttelt den Kopf. »Nein, hat sie nicht.«

»Sie hat nicht zu dir gesagt: ›Tâmer, tu mir doch den Gefallen, und kauf der Nanny etwas zum Id‹?«

Er lächelt. »Nein, hat sie nicht.«

»Warum lächelst du dann?«

»Ich lächle einfach.«

»Es klingt, als würdest du nicht die Wahrheit sagen.«

Er lächelt. »Das tu ich aber. Wahr und wahrhaftig. Soll ich es schwören?«

Fünfundzwanzig

Ich versuche, Omar die Id-Freude zu bringen, aber das Gefängnis ernüchtert mich. Es schrumpft mich ebenso ein wie ihn. Ich wünschte, es würde ihn reinigen und läutern und ihn mir wiederhergestellt zurückgeben. Stattdessen schliesst es ihn nur ein und trainiert ihn. Er hatte Kurse zu besuchen, in denen er sich »seinem Verbrechen stellen« und »seine Schuld anerkennen« sollte. Aber es findet keine Katharsis statt, keine Reinigung. Es gibt Dinge, die sind unsagbar, und Gedanken, die nie ans Licht kommen. Ich wünschte, man hätte ihn gleich beim allerersten Drogenkonsum bestraft. Nach der Scharia bestraft – mit hundert Peitschenhieben. Es ist ein bitterer, zweckloser Wunsch, aber es hätte ihn abgeschreckt und vor sich selber geschützt.

»Hast du gewusst«, sagt er, »dass ich nach meiner Ankunft hier zuerst auf die Krankenstation gekommen bin? Das machen sie mit jedem, der mehr als vier Jahre kriegt. Sie wollen sicher sein, dass wir uns nicht umzubringen versuchen.«

»Wie grässlich.«

»Was ist so grässlich daran? Dass wir uns umbringen oder dass sie uns daran hindern wollen?«

»Es ist alles grässlich.«

Seine Stimme ist sanft. »Du solltest mich nicht besuchen, Nadschwa. Es verstört dich. So viele Jahre kommst du nun schon.«

»Sei nicht albern. Ich muss ...«

»Soso, aus Pflichtgefühl kommst du?« Wenn er so spricht, ist er kein Sudanese mehr und hat vergessen, dass Pflicht, Liebe und Notwendigkeit eins sind. Ich kann ihn unmöglich nicht besuchen gehen. Solange er im Gefängnis ist, bin auch ich gestraft.

»Ich habe Onkel Sâlich angerufen, um ihm *Id mubârak*[39] zu wünschen. Er lässt dich grüssen und fragt, warum du nicht mehr schreibst.«

Omar zuckt die Schultern. »Es ist nicht einfach zu schreiben. Ich habe ihn schon jahrelang nicht mehr gesehen.« Er nimmt seine Brille ab und reibt sie am Hemdzipfel blank.

»Ja, ich hab ihn gefragt, ob er mal herkommt oder in den Sudan fliegt. Er sagte, er reise nicht mehr gern, vor allem nicht mehr so weit. Es mache ihn müde.«

Omar setzt sich die Brille wieder auf. »Wie geht's bei der Arbeit?«

Ich erzähle ihm von Tâmers Klausur in der Moschee. Es amüsiert ihn. Er lacht und nennt Tâmer einen Fanatiker. Ich komme mir treulos vor, aber es freut mich, dass er lacht und mir zuhört. Doch ich kann sein Interesse nicht lange wachhalten. Wir gleiten ab, und ich denke an Tâmer und Omar an irgendwas. Ich weiss nicht, was in seinem Kopf vorgeht.

»Ich komme bald raus«, sagt er und rutscht auf seinem Stuhl herum. »Spätestens in einem Jahr, vielleicht schon in einem halben.«

Er hätte schon vor sieben Jahren entlassen werden können. Aber er wurde mit Drogen erwischt kurz vor der Freilassung auf Bewährung und verlor seine Chance. Jetzt zwinge ich mich, optimistisch zu klingen und so, als würde ich an ihn glauben. »Das ist ja wunderbar! Und was hast du vor?«

»Zu Burger King gehen.« Er lacht leise und wendet den Blick von mir ab.

»Ich hab gemeint von wegen Arbeit. Suchst du dir einen Job, machst du eine Ausbildung?«

Er verschränkt die Arme. »Ja, ich bekomme einen Bewährungshelfer. Der wird mich beraten.« Er wischt sich die Stirn ab, und ich spüre, dass ihm die Entlassung Sorge, ja sogar Angst macht. Es wird vielleicht schmerzen, so wie das Licht schmerzt, wenn man zu lange im Dunkeln gewesen ist.

»Wenn ich genug Geld hätte, könntest du in den Sudan zurückkehren«, platze ich heraus. »Dort kannst du neu anfangen. Keiner weiss, was du getan hast oder wo du die letzten fünfzehn Jahre gewesen bist.«

Er schüttelt den Kopf. »Ich würde höchstens auf Besuch zurückgehen«, sagt er, »um Babas Unschuld zu beweisen. Sie hatten nie wirklich etwas gegen ihn in der Hand, und das kann ich beweisen.«

Ich erinnere mich an die Auseinandersetzungen zwischen Omar und meinem Vater, und jetzt verteidigt er ihn auf Biegen und Brechen. »Ich will seinen Namen reinwaschen«, sagt er.

Und was will ich für meinen Vater tun? Jeden Tag bete ich, dass Allah ihm vergeben möge; jeden Tag flehe ich um Gnade für seine Seele. Aber ich habe nicht den Drang, ihn reinzuwaschen. Es ist ein Urteil ergangen, und wir müssen mit den Folgen leben.

»Was soll es ihm helfen, wenn sein Name reingewaschen wird?«, frage ich Omar.

»Es wird *uns* helfen. Wir bekommen vielleicht etwas von unserm Erbe zurück, das uns die Regierung gestohlen hat – das Haus oder die Farm.«

»Vielleicht.« Ich stelle mir einen langen und zähen Kampf vor, ohne viel Aussicht auf Erfolg.

Omar lässt nicht locker. »Und sei es nur, um zu beweisen, dass man ihn verleumdet hat, alles nur bösartige Lügen und politische Intrigen.«

»Aber für ihn ist es dort, wo er jetzt ist, besser, wenn wir beten und die Not der Armen lindern. Darauf kommt es an, wenn man tot ist.«

»Wenn man tot ist, dann ist man tot, Nadschwa, und es kommt auf gar nichts mehr an.« Er lehnt sich in seinem Stuhl zurück, und trotz aller Verwandtschaft und Liebe liegen Welten zwischen uns.

»Stimmt nicht, es ist nicht alles so, wie es scheint. Warum bist du hier?«

»Wovon redest du eigentlich? Du weisst doch, warum ich hier bin.«

Jetzt ist er aufgebracht. Ich darf ihn nicht gegen mich aufbringen, sonst will er nicht mehr, dass ich ihn besuche, und dann sehe ich ihn nie wieder. Aber das schlage ich diesmal in den Wind und sage: »Du bist hier, weil du Mama das Herz gebrochen hast. Ein Sohn sollte seiner Mutter nicht weh tun. Sie hat dich verwünscht, und Allah hört auf das Gebet einer Mutter.«

Er blickt zu Boden. »Ich habe ihr nicht weh getan.«

»Du hast sie gestossen. Sie war krank, und du hast sie gestossen.«

»Das wollte ich nicht. Sie wollte mir ihren Geldbeutel

nicht geben. Dabei war es mein Geld. Sie hat mich so wütend gemacht!«

Als Tâmer mich fragt: »Warum ist dein Bruder im Gefängnis?«, sage ich: »Weil er auf jemanden eingestochen und ihn beinahe umgebracht hat.«

Wir sind auf dem Heimweg vom Zoo. Die eingesperrten exotischen Tiere bedrückten mich, und nur Tâmers Gesellschaft und Mais Freude retteten den Ausflug.

»Es war einer der Polizisten, die ihn verhaften wollten. Sie haben ihn wegen Drogenhandels verhaftet.«

»Wie, wie hat er es denn getan?« Die Gewalt erregt ihn, ich höre es an seiner Stimme. Er sieht besonders gut aus heute, die Kälte belebt seine Haut. Es schmerzt, ihn anzuschauen.

»Mit einem Messer.«

»Einem Taschenmesser?«

»Mit einem Teppichmesser.«

Er japst, als hätte er »wow« sagen wollen, doch dann kommt er zur Vernunft und besinnt sich. »Das ist ja furchtbar.«

»Omar hat nicht gewusst, dass der Mann Polizist war. Er trug keine Uniform.«

»Zivilstreife«, sagt er, »so nennen sie die.«

»Ja, sie waren zu zweit. Sie beschatteten ihn, um ihn zu verhaften, und er hat sich gewehrt.« Jahrelang habe ich geschwiegen, und jetzt plaudere ich vor diesem Kind alles aus. Ich merke, dass ich mir die Gewalt, die ich beschreibe, nie vorstellen konnte. Ich reihe Worte aneinander, aber keine Bilder stellen sich dazu ein. Das ist Verdrängung.

Verdrängung des Bösen, das er getan hat, wir sind doch vom selben Fleisch und Blut. Wir verlassen die Strasse und nehmen den Weg den Kanal entlang. Abseits des Verkehrs fällt das Reden leichter, ist entspannter. Mai dreht den Kopf und bestaunt das Wasser.

»Kann ich nächstes Mal mitkommen, wenn du ihn im Gefängnis besuchst?«

Ich lache. »Warum denn?«

Er zuckt die Schultern. »Um zu sehen, wie das ist.«

Ich erkläre ihm, warum es nicht geht. Er ist lauter und sollte sich nicht von der Sünde versuchen lassen. Ich erkläre ihm, dass es eine Besuchsaufforderung braucht, und er wendet seinen Blick nicht von mir ab. »Du tust mir leid«, sagt er. Das brauche ich jetzt. Es fühlt sich richtig und stärkend an. Dann fragt er, ob Omar je einen Fluchtversuch unternommen habe, wie die Häftlinge im Film. Er schwankt zwischen seelenvollem Tiefsinn und Unreife. Dieses Schwanken ist anziehend, es nimmt mich gefangen.

Sechsundzwanzig

»Warum bist du eigentlich nicht verheiratet?« Er ist verlegen und weicht meinem Blick aus, weil er wohl weiss, dass er sich auf unbekanntes Gebiet vorwagt.

»Ich weiss nicht.«

Er runzelt die Stirn.

»Okay, ich versuch's noch mal: Schicksal.«

»Das sagt mir auch nichts.«

Ich zucke die Schultern. »Als ich so alt war wie du, dachte ich schon, ich würde mal heiraten und Kinder haben, das Übliche. Ich konnte mir nichts anderes vorstellen. Ich hatte Freundinnen, die Ärztin oder Diplomatin werden wollten, aber ich hatte nie diesen Ehrgeiz.«

Er schaut mich an und sagt nichts. Mai dreht sich vom Fernseher um und will Chips haben. Ich hole ihr eine Tüte aus der Küche, und als ich mich wieder setze, nutze ich die Gelegenheit, das Thema zu wechseln. »Als du weg warst, hat Hischâm, Lamjas Mann, angerufen.«

»Er hat wohl mit der Zeitverschiebung Probleme.«

»Ich hab ihn gefragt, ob er mit Mai sprechen wolle, aber er fand es nicht nötig.«

Tâmer zieht ein Gesicht. »Typisch.«

Hischâms Stimme hatte nicht sympathisch geklungen. Ich dachte nicht: Der arme Mann, seine Frau lässt ihn für ihre Promotion im Stich. Er wirkte beherrscht und abgebrüht. »Er ist überhaupt nicht wie du.«

»Natürlich nicht.« Seine Worte kommen zäh. »Ich hab Lamja gewarnt, ihn zu heiraten, weil er trinkt. Aber es macht ihr nichts aus. Und Mum und Dad wollten auch nicht auf mich hören. Ich war doch noch ein Kind, fanden sie.«

Ich stelle ihn mir mit zwölf oder dreizehn vor, wie er eine Meinung äussert, die für seine Zuhörer nicht zählt. Er ist nicht glücklich heute, er ist nicht er selbst. Ich frage ihn, warum.

»Ich habe das Morgengebet verpasst«, sagt er. »Ich konnte einfach nicht aufstehen. Als der Wecker klingelte, hab ich ihn abgestellt und bin wieder eingeschlafen. Jetzt fühlt es sich an, als sei der ganze Tag aus den Fugen geraten.«

»Na, du hast den Wecker immerhin gestellt. Du kannst dir nicht vorwerfen, es nicht versucht zu haben.«

»Ich weiss. Es ist einfach das Gefühl, versagt zu haben.« Er hält inne und sagt: »Wenn ich verheiratet wäre, hätte meine Frau dafür gesorgt, dass ich aufstehe, um zu beten.«

Ich lächle. »Na, das hängt davon ab, was für eine Art Mädchen du mal heiratest.«

»Oh, ich würde nur eine fromme Frau heiraten. Und sie müsste den Hidschab tragen.« Sein Eifer hat etwas jugendlich Beschwingtes.

Ich wechsle das Thema. »Wie geht's mit dem Studium?« Das hätte ich nicht fragen sollen, denn er versinkt wieder in Trübsinn.

»Es kümmert mich inzwischen nicht mehr. Vielleicht geht die Welt bald unter, und dann ist es egal, was ich studiere.«

»Und vielleicht auch nicht.«

»Vielleicht«, sagt er teilnahmslos und streckt sich auf dem Sofa aus.

Mir fällt ein, dass Lamja das nicht gefallen würde. Sie würde sagen, das Sofa sei als Sitzgelegenheit für Gäste da. Er starrt an die Decke, sein Gesicht ist müde und etwas abgespannt. Er hat abgenommen im Ramadan und noch nicht wieder zugelegt. Er trägt eine Last, weil er ein ungeliebtes Fach studieren muss, und versucht, sie mit Hilfe eines starken Glaubens leichter zu machen. Ich habe ihn gestern am Telefon seinen Vater beknien hören, er möge ihm doch erlauben, an eine andere Universität zu wechseln, wo er islamische Geschichte statt Wirtschaft studieren könne. Danach sperrte er sich in seinem Zimmer ein. Als ich mit Kaffee und Kuchen auf meinem Tablett klopfte, sagte er: »Lass mich in Ruhe, ich brauche nichts.« Ich sollte nicht sehen, dass er weinte.

»Ich hab gestern mit meinem Dad gesprochen«, sagt er, als ob er Gedanken lesen könnte. »Er sagte, es sei noch zu früh und ich würde mich bald an das Studium gewöhnen und es anfangen zu mögen.«

»Vielleicht hat er ja recht.« Ich wünschte, der Fernseher würde nicht laufen, aber es ist die einzige Möglichkeit, Mai ruhig zu halten.

»Ich glaube nicht, dass er mir zugehört hat. Er wird seine Meinung nie ändern.« Er äfft Stimme und Akzent seines Vaters nach: »Wenn du Wirtschaft studierst, wirst du einen guten Job bekommen. Islamische Geschichte ist ein Studium für Verlierer. Was willst du damit anfangen?«

»Du könntest unterrichten.« Ich schliesse die Augen und stelle ihn mir älter vor, als Lehrer.

»Damit ist auch nicht viel Geld zu machen – sagt er.«

»Vielleicht kannst du beides studieren?«

»Nein.« Er hält inne und sagt dann: »Meine Mum kommt bald – bloss ein paar Tage, für einen Zwischenhalt auf dem Weg zu einer Konferenz in den USA.«

»Schön«, sage ich und meine es auch. »Du wirst dich freuen, deine Mutter zu sehen.«

»Es wird nichts ändern, sie ist auf seiner Seite.«

»Aber sie haben doch schon die Studiengebühren bezahlt. Wie kannst du da einfach aussteigen? Und an einer anderen Universität müsstest du auch wieder zahlen. Vernünftiger wäre es, dein erstes Jahr hier zu beenden und dann zu wechseln.«

»Und wenn ich durch die Prüfungen falle?«

»Warum solltest du?«

Er ist irritiert. »Weil der Stoff schwierig ist.«

»Du solltest um Hilfe bitten und mit jemandem darüber reden.«

»Ich soll meiner Tutorin sagen, ich sei in der Moschee in Klausur gewesen und hätte viel Lernstoff verpasst? Da wird sie aber Verständnis haben!« Er lacht und wird zum ersten Mal, seit ich ihn kenne, sarkastisch. Es passt nicht zu ihm.

»Trotzdem sollte sie wissen, dass du Mühe hast.«

»Ich kann mit niemandem reden. Nur mit dir kann ich reden.« Groll liegt in seiner Stimme, als spreche er nur widerwillig mit mir.

»Ich bin nicht die Richtige, um dich zu beraten. Was weiss ich schon von Universitäten und Karrieremöglichkeiten?«

Er schwingt die Beine über den Rand und setzt sich auf. »Es ärgert mich, wenn du dich so runtermachst. Du bist besser als viele andere Leute, du hast einfach Pech gehabt.

Sicher wollten dich ganz viele Männer heiraten!« Dieser Satz trifft ins Schwarze und erschüttert den Raum. Er bohrt weiter: »Ich habe doch recht, nicht wahr?«

Ich starre ihn an, und er wiederholt: »Nicht wahr?«

Unerhört, dass Anwar immer noch da ist, nur ein paar U-Bahn-Stationen entfernt, und immer noch auf den Sturz der Regierung in Khartum wartet. Er hat schliesslich doch seine Cousine geheiratet; er hat sie kommen lassen, als seine Karriere angelaufen war.

»Es gab da jemanden, ja.« Meine Stimme klingt belegt. »Er war Atheist, darum habe ich ihn nicht geheiratet.« Ich starre auf den Teppich, um Tâmers Reaktion nicht zu sehen. Ich weiss nicht, warum ich es so formuliert habe – es stimmt, aber nicht hundertprozentig. Ich hätte es auch noch ganz anders ausdrücken können. Anwar wollte meine Gene nicht; er wollte nicht, dass das Blut meines Vaters in den Adern seiner Kinder floss.

Tâmers Stimme ist barsch, und so sieht er auch aus. »Wie konntest du nur?«

»Ich hab anderes an ihm geliebt und nicht, dass er Atheist war.«

Er zuckt bei dem Wort »Liebe« zusammen und bestraft mich dafür. »Na, das war nicht sehr klug von dir, was? Erkennst du einen Ungläubigen nicht gleich, sobald er den Mund aufmacht?«

Ich blicke schulterzuckend zu Boden. »Ich bedaure das Ganze. Ich wünsche mir oft, ich könnte das Rad zurückdrehen und ungeschehen machen, was ich getan habe. Aber es spielt keine Rolle, ob ich mir selber vergebe oder nicht. Ich möchte nur, dass Allah mir vergibt.«

»Es tut mir leid«, sagt er.

»Ist schon gut.«

»Nein, ich habe dich verstört. Tut mir leid. Wirklich.« Seine grossen Augen sind ganz besorgt, und er sagt mit einem Blick auf mich: »Du bist nicht verstört, nein?«, als wollte er mir gut zureden.

Nein, ich bin nicht verstört, gar nicht verstört, denn ich sehe einen Schimmer Eifersucht in seinen Augen und spüre etwas Besitzergreifendes.

Siebenundzwanzig

Ich komme an Lamjas geschlossener Schlafzimmertür vorbei und höre sie sagen: »Er kann jetzt – drei Monate nach Semesterbeginn – nicht sagen, es funktioniert nicht.« Ich spitze die Ohren, um Doktorin Sainabs Antwort zu hören, aber ich bekomme nur den besänftigenden, begütigenden Ton mit. Dann wieder Lamja: »Er hat versprochen, mich zu besuchen – und hat es nie getan. Er ruft sogar zur falschen Zeit an.« Sie sprechen nicht von Tâmer. Ich verliere das Interesse und gehe weiter zur Küche, Lamjas Stimme im Ohr. »Hischâm war doch einverstanden, dass ich hierherkomme und meinen Doktor mache, jetzt kann er sich nicht plötzlich beklagen ...« Ich vermisse Tâmer. Er war schon gegangen, bevor ich kam. Vielleicht hat ihn die Ankunft seiner Mutter gestern dazu veranlasst, sein Studium ernster zu nehmen.

Die Küche ist nicht das übliche Schlachtfeld. Der Tisch ist abgeräumt, das Geschirr ist gewaschen, und ein Topf voll Seifenwasser steht in der Spüle. Bloss das Frühstücksgeschirr muss noch abgewaschen werden. Doktorin Sainabs Anwesenheit ist unverkennbar. Sie hatte ganze Bleche voll *baklâwa* und *basbûssa*,[40] grüne Oliven im Glas, *fûl*[41] in Dosen und sogar eingefrorene gefüllte Weinblätter und *muluchîja*[42] mitgebracht. All das gibt es auch in London, aber in Kairo ist es vermutlich billiger. Für Mai hatte sie eine Puppe und einen Plüschhasen dabei. Sie tappt gerade herein und hält beide fest in den Händen. Ich mache ihr Frühstück und gebe acht, das neue Spielzeug nicht mit den Flocken zu bekleckern. Die Tür schlägt zu, was heisst, dass Lamja gegangen ist und vergessen hat, ihrer Tochter einen Abschiedskuss zu geben.

Doktorin Sainab lächelt, als sie in die Küche kommt. Ich mag sie – ihr volles kastanienbraunes Haar, ihr strahlendes Lächeln für Mai und wie sie, die Hände auf die Hüften gestützt, dasteht und wartet, bis das Wasser siedet, ohne sich um ihr Bäuchlein zu kümmern. Ich bin immer eitel und auf der Hut gewesen. Selbst wenn ich ganz allein bin, achte ich auf meine Haltung und allfällige Essensreste zwischen den Zähnen und streiche meine Brauen glatt. Aber wenn ich Frauen wie Doktorin Sainab begegne, die ganz unverkrampft mollig sind, bewundere ich sie.

Sie redet, und von ihrem Akzent wird mir warm ums Herz. »Ich bin froh, dass es Lamja und Tâmer gutgeht. *Alhamdulillâh,* das ist eine gute Einrichtung. So habe ich es mir vorgestellt, als ich es für sie plante. Schön, dass sie zusammen sind, in einem richtigen Zuhause und nicht in einem Studentenheim. Ich hätte Mai bei mir in Kairo behalten können – vielleicht hätte Lamja das sogar vorgezogen –, aber es ist besser für sie, nicht voneinander getrennt zu sein. Und Hischâm kann sie hier besuchen kommen. Die Gattin in London, die Tochter in Kairo – das wäre unvernünftig gewesen.«

Ich nicke, verberge mein Erstaunen und besinne mich auf meine Hausmädchenrolle. Tâmer hat mich nachlässig werden lassen. Es verblüfft mich, dass sie das alles sagt, wo Lamja doch Probleme hat mit ihrem Gatten und Tâmer sein Studium hasst. Vielleicht nimmt sie das Gejammer ja nicht ernst, was für mich beruhigend wäre. Was soll schliesslich aus mir werden, wenn sie ihr Studium aufgeben und London verlassen?

Sie plaudert. »Ich wünschte, ich könnte länger bleiben, aber übermorgen muss ich nach New York weiterreisen. Und auf dem Rückweg kann ich auch nicht vorbeischauen – ich habe einen Direktflug von New York nach Kairo.«

»Es muss ermüdend sein, so viel Zeit im Flugzeug zu verbringen.« Ich stopfe Wäsche in die Maschine, ein Hemd von ihm und Unterwäsche.

»Ach, ich nehme einfach eine Schlaftablette und weiss gar nichts mehr, bis mich die Stewardess weckt und sagt, wir sind da.« Sie lacht.

Ich habe stets einen Bogen um Schlaftabletten gemacht, als könnte ich ihnen nicht trauen. Wie könnte das Leben sein, wenn ich wäre wie sie: professionell, tüchtig, mobil und nicht festgefahren? »Der Neid verzehrt deine guten Taten wie Feuer das Holz«, hat der Prophet, Friede sei mit ihm, gesagt. Ich weiss, aber ich tu's immer noch und sehne mich nach dem, was die anderen haben.

Am Nachmittag schlage ich vor, in der Church Street einkaufen zu gehen. Der Tesco dort ist günstiger als der Europa-Laden um die Ecke. Dieser Vorsatz trägt mir ein zustimmendes Lächeln ein, und Doktorin Sainab sagt, dass sie mich mit Mai begleiten werde. Ich trage Mai in ihrem Sportwagen die steilen Stufen hinunter, die zum Kanal führen. Es zwickt in meinem Rücken – manchmal vergeht es von selbst wieder, und manchmal tut es tagelang weh. Es ist nett, den Kanal entlangzuspazieren und über die Hausboote zu staunen und ihre Bewohner. Noch eine

Treppe, und wir sind mitten im Gewimmel der Church Street, in einer ganz anderen Welt als St John's Wood. Der Strassenmarkt samt allem, was es dort zu sehen und zu hören gibt, gefällt uns. »Sie haben alles«, sagt Doktorin Sainab, »sogar frische Okra.« Der Supermarkt ist nicht gross, aber wir füllen einen Einkaufswagen, und dieses Beladen bis zum Überfluss gefällt ihr. Im Taxi, das uns nach Hause bringt, sagt sie: »Lamja und Tâmer brauchen gar nicht mehr einzukaufen, bis sie über Weihnachten nach Hause fliegen.« Lamja fliegt zu ihrem Mann in den Oman und Tâmer mit seinem Vater nach Khartum.

Nachdem ich die Einkäufe verstaut habe, mache ich sein Zimmer. Es ist anders, weil seine Mutter da ist – zwei Betten sind ungemacht statt nur seins, es riecht nach ihrem Parfum, und ihre Koffer stehen auf dem Fussboden. Von seinem Buch *Von der Liebe und den Liebenden*[43] ist nichts zu sehen. Er hat es vor ihr versteckt. Die Tür geht auf, und sie ist bestürzt, als sie mich sein Kissen glattstreichen sieht. »Warum hast du das Zimmer nicht am Morgen gemacht, als du beim Putzen warst?« Ich werde rot und bringe keine richtige Antwort heraus, nur ein schuldbewusstes Gestammel. Sie seufzt über meine Dummheit. »Komm jetzt, und fang mit Kochen an.«

Ich nehme gerade das Hühnchen aus dem Kühlschrank, als er in die Küche spaziert kommt. Er tritt zu mir und flüstert: »Du warst nicht im Park heute.«

Ich bin geschmeichelt und sage voll Stolz: »Ich bin mit deiner Mum einkaufen gewesen.« Ich nehme das Hühnchen aus der Tesco-Verpackung.

Er blickt auf meine Hand und spricht vor Erstaunen lauter: »Was machst du da? Warum hast du dieses Hühnchen gekauft? Du nimmst sie doch sonst nur, wenn sie halal sind.«

»Deine Mutter hat es gekauft.« Ich werfe die Plastikfolie in den Müll.

»Warum hast du sie gelassen?«

Stellt er sich etwa vor, dass seine Mutter und ich gleichgestellt sind? »Sie hat gesagt, der Metzger in der Finchley Road ist zu weit weg.«

»Es ist genau, wie ich dir neulich gesagt habe«, zischt er. »Sie kann manchmal so nachlässig sein, es nervt mich.«

»Pst, sie wird dich noch hören!« Ich wasche das Hühnchen unter dem laufenden Wasserhahn. Ein Säckchen mit den Innereien ist drin – was die Hühnchen vom Halal-Metzger nie haben. Ich mag es, wenn er neben mir steht.

»Na, ich werde jedenfalls nicht davon essen.« So muss er als Kind ausgesehen haben, wenn er ärgerlich war: gerunzelte Stirn und blitzende Augen. Er tritt ein paar Schritte zurück und zerrt an der Schranktür. Er nimmt einen Riesenpack Tortillas heraus und reisst ihn auf.

Ich will ihn ein wenig necken, um ihn sanfter zu stimmen. »Ich dachte, du wolltest nicht mehr im Stehen essen?«

Er nimmt sich einen Stuhl. Ich reiche ihm ein Glas Salsa-Dip, und er nimmt es wortlos, dreht am Schraubverschluss und tunkt eine Tortilla in die dickflüssige Sauce. Ich gebe ihm gern Essen und sehe zu, wie er es verzehrt. Er sagt mampfend: »Ich kann ja kaum glauben, dass du dieses Hühnchen kochen willst.«

»Tu ich aber.« Ich nehme ein Messer und schneide die Flügel ab.

»Ich werde nicht davon essen.«

»Ich auch nicht.«

»Dann soll ich heute also verhungern?« Er sagt es mit vollem Mund, und ich muss lachen.

Er schluckt. »Was ist daran so lustig?«

Ich schaue ihn an und weiss, dass er hungrig und verwöhnt ist. »Du wirst nicht verhungern. Du kannst Reis und Salat essen.«

»Es ist nicht dein Fehler.« Er legt die Tortillas ab, geht hinaus und ruft nach seiner Mutter. Ich höre sie im Nebenzimmer reden. Er nörgelt wie ein Kind. Sie wischt seine Argumente beiseite, nennt ihn albern und sagt, er mache ein grosses Tamtam um rein gar nichts. Das ist ein Fehler; er wird wütend und lauter. Ich erstarre mit dem Küchenmesser in der Hand, und das Echo anderer Streitereien und anderer Mütter dröhnt mir in den Ohren. Aber zwischen Omar und Tâmer liegen Welten, ganze Welten. Ich versuche, zu ihm durchzudringen, und flüstere: »Nimm dich zusammen, nimm dich zusammen, die Sache ist es nicht wert. Du wirst deine Grobheit später bereuen, sie wird dein sensibles Gemüt plagen.«

Achtundzwanzig

Er fragt mich, was ich über Weihnachten und Neujahr getan habe. Er lächelt, frisch und entspannt nach seinem Urlaub. »Hast du viel Fernsehen geschaut?«

Ich erkläre ihm, warum ich kein Fernsehen habe. Tâmer weiss nicht, was eine Rundfunkgebühr ist und wie viel sie kostet. Seine Mutter bezahlt all die Annehmlichkeiten, die er für selbstverständlich hält.

Er erzählt mir von seinen Ferien in Khartum. Er hat stundenlang Satellitenfernsehen geschaut und wurde zum Lunch und zum Dinner in Restaurants eingeladen. Er plaudert vom Essen dort, von seiner neuen Digitalkamera, vom Fussballspielen mit seinen Cousins und wie beschissen es sei, wieder studieren zu müssen. »Manchmal verstehe ich die Vorlesungen einfach nicht, eigentlich verstehe ich die meiste Zeit gar nichts.« Die Geschäftswelt ist bedeutungslos und unwirklich für ihn.

Er sagt: »Ich habe dich vermisst.« Ich hatte ihn auch vermisst: das Glücksgefühl und das Entzücken. Wir holen die verlorene Zeit nach und spazieren in Queen Marys Rosengarten, wenn es schön ist, und sitzen in der Cafeteria, wenn es regnet. Die Tage werden immer länger, und das Licht verändert sich. Wir entdecken neue Spielplätze für Mai mitten im Park, die grösser und abenteuerlicher sind. Wir verirren uns nie, weil wir das Minarett der Moschee im Blick haben und auf sie zustreben können auf dem Heimweg. Er sagt: »Du hörst mir wirklich zu, und du redest – die meisten Leute reden nicht, als hätten sie keine Zeit.« Er vermisse den Oman, sagt er. Er vermisst seine Schulfreunde und Lehrer. Er hatte einen Freund aus Bolivien, Carlos, dessen Vater für eine Erdölgesellschaft arbeitete. Carlos war ein frommer Katholik, liebte Fussball und sprach spanisch. Mit zehn hatte Carlos Priester werden wollen, entschied sich dann aber anders und studiert inzwischen Umweltwissenschaften an der Johns-Hopkins-Universität. Sie mailen sich manchmal. Tâmer sagt: »Ich finde hier keine Freunde, ich weiss nicht, warum.«

Nun ist es an mir zu sagen: »Du hörst mir zu, wenn ich rede.« Ich spreche von Omar und von einer Enttäuschung, die nicht vergehen kann. »Bitte bete für ihn«, sage ich, »denn ob sie ihn nun weiter einsperren oder freilassen, macht für ihn keinen Unterschied, ausser Allah vergibt ihm.« Ich hätte gern wegen Omar geweint und geklagt wie die Palästinenserinnen im Fernsehen, wenn einer ihrer Männer ums Leben kommt, aber ich bringe es nicht fertig, weil er nicht unschuldig ist und ein Groll ihm gegenüber bleibt, den ich verberge und zu ersticken versuche, aber vergeblich.

»Am liebsten würde ich auf den Haddsch gehen«, sage ich. »Wenn er Gnade findet, kann ich von Sünden befreit zurückkehren und mein Leben nochmals neu beginnen.«

Er sagt: »Ich möchte auf einem Kamel von Medina nach Mekka reiten, wie der Prophet, Friede sei mit ihm, es getan hat.«

Wir sprechen vom Haddsch, weil es die richtige Zeit ist dafür. In der Moschee werden gerade die glücklichen Pilger vor ihrer Abreise unterwiesen. Jetzt scheinen sie ganz gewöhnliche Leute zu sein, und wenn sie zurückkommen, sind sie wie verwandelt und privilegiert. Jahr für Jahr sehe ich ihre echte Freude und höre von ihren Abenteuern: den Menschenmassen, dem mühseligen Zeltleben, langen Busfahrten, auf denen sie zusammengepfercht waren und durchgeschüttelt wurden.

Er sagt: »Ich schäme mich, dass meine Eltern noch nicht auf den Haddsch gegangen sind. Obwohl sie das Geld hätten, schieben sie ihn immer wieder hinaus.«

»Eines Tages werden sie *inschallah* schon gehen.«

Er verzieht das Gesicht. Es stört mich, wenn er so ungnädig mit seinen Eltern ist. Das ist der einzige Fehler, den ich an ihm finde. Und ich habe monatelang nach Fehlern gesucht.

Auf der Brücke im Park begegnen wir Schahinâs mit ihren Kindern und ihrer Schwiegermutter. Tâmer hält sich abseits bei Mai, während ich mich mit ihnen unterhalte. Ich setze mich auf die Fersen, um mit Achmad zu plaudern. Er sieht prächtig aus in seinem Sportwagen und ertrinkt fast in einem neuen Frühlingsmantel, der viel zu gross für ihn ist. Es dauert ein Weilchen, bis er den Blick auf mich richtet. »*Habîbi ya Achmad,* du hast mich doch nicht etwa vergessen?« Er lächelt ein schiefes, widerwilliges Lächeln, als würde er lieber einschlafen. Ich stehe auf, und Schahinâs fragt: »Wie kommt es, dass *er* dich begleitet?« Sie spricht leise. Ich werfe einen Blick auf Tâmer. Wie jungenhaft er wirkt! Seine Grösse lässt ihn nicht älter aussehen, bloss schlaksig. Er hält die Griffe von Mais Sportwagen umklammert, beugt sich hinunter nach einem Blatt, das an einem der Räder klebt, und wischt sich die Finger an seiner Jeans ab. Ich ignoriere Schahinâs' Frage und bücke mich, um Achmads Köpfchen zu küssen. Aber sie fährt lachend fort: »Was latscht er hinter dir her? Braucht er auch einen Babysitter?«

Ich spüre, dass ich rot werde, und murmle: »Er kann tun und lassen, was er will.« Ich bin unnötig abwehrend, wo sie doch bloss eine witzige Antwort erwartet, über die wir zusammen lachen können.

Sie blickt zu Tâmer hinüber und dann zu mir. Lange.

»Ich bin in einer vertrackten Lage«, sage ich.

Sie legt mir die Hand auf den Arm. »Ich verstehe.«

»Nein, ich glaube kaum – nicht wirklich.« Ihre Schwiegermutter dreht sich neugierig nach mir um.

»Komm zu mir nach Hause, und wir reden«, entgegnet Schahinâs, ohne nachzudenken. »Komm heute Abend zu mir.«

Ich trete wieder zu ihm, und als wir weitergehen, fragt er: »Was ist? Du bist in einer sonderbaren Stimmung, was hat deine Freundin denn gesagt?«

Ich hole tief Luft. »Sie hat etwas über uns gesagt ... dass wir zusammen im Park spazieren.«

»Was meinst du damit?«

Ich zucke die Achseln.

»Sie fand es wohl unangemessen?«, vermutet er. Leute kommen uns entgegen: ein Mann mit seinem Hund und eine Joggerin. Vielleicht war es keine gute Idee, davon anzufangen. Ich versuche die Sache herunterzuspielen. »Sie war einfach etwas erstaunt, weiter nichts.«

»Ich habe mir ähnliche Gedanken gemacht«, sagt er.

Ich zwinge mich zu einem leichten, beiläufigen Ton. »Was für Gedanken?«

»Eine Freundschaft zwischen Mann und Frau ist nicht sehr islamisch.« Er ist gefasst, beinahe als ob er die Zeile einstudiert hätte.

Seine Ruhe jagt mir einen kalten Schreck in die Glieder. Ich habe auf einmal Angst, ihn zu verlieren.

Er sagt: »Es ist wie Schiesspulver und Feuer zueinanderbringen, habe ich einen Scheich einmal sagen hören.«

Ich bleibe stehen, und er muss sich nach mir umdrehen. »Welches von beidem bin ich denn – das Pulver oder das Feuer?«

Er wird rot. »Mach keine Witze darüber – ich bin kein kleiner Junge!«

»Es war kein Witz.« Ich verstumme. »Ich könnte ja kündigen.«

»Nein, kannst du nicht.«

Nein, ich kann nicht, ich weiss.

»Ich schwänze den Unterricht, um bei dir zu sein.«

»Und ich komme jeden Tag arbeiten, deinetwegen.«

»Wir sollten heiraten«, platzt er heraus.

Ich lache vor Schreck. Er ist beleidigt, ich sehe es ihm an. Er verschränkt die Arme vor der Brust und läuft uns davon.

Ich schiebe Mai schneller und hole ihn ein. Ich versuche ihm gut zuzureden und erzähle ihm von einem ägyptischen Film, den ich einmal gesehen habe. Eine Witwe Ende fünfzig heiratet und ist ganz aufgeregt deswegen. Sie besucht einen Schönheitssalon, und dann stirbt sie unter dem Haartrockner, den ganzen Schopf voller Lockenwickler. »Ihr Herz war schwach«, sagt der Friseur, »es konnte das Glück nicht ertragen.«

»Der Friseur ist mein Lieblingsschauspieler«, sage ich. »Achmad Zaki. Magst du ihn?«

»Ja, ich mag ihn. Er ist gut.«

»Er sieht aus wie du.«

»Ach nein.«

»Der gleiche Typ. So schöne Augen und das jungenhaft struppige Aussehen.«

»Du sollst nicht so reden über ... über andere Männer.«

Ich lächle. »Warum nicht?«

»Es macht mich eifersüchtig.«

Mir wird ganz warm davon. Es tut so gut.

Er schlägt einen anderen Ton an: »Es ist mir ernst mit dem, was ich eben gesagt habe. Hier in London kann ich tun, was ich will. Meine Eltern sind ja nicht da.« Auflehnung und Unmut schwelen in ihm. »Diese Prüfungen, die jetzt anstehen: Ich brauche nicht dafür zu lernen, wenn ich nicht will, es ist meine Sache.« Als ich so jung war wie er, hatte ich auch geglaubt, dass mich in London keiner sehen könne und ich deshalb frei sei. Aber man kann sich nicht von sich selbst befreien.

Ich lausche unseren Schritten, dem Räderrattern von Mais Sportwagen, den Geräuschen im Park. »Hast du es dir konkret vorgestellt, als du von Heirat gesprochen hast?«

»Ja.« Er wird rot und hebt die Hand, um den Griff von Mais Sportwagen zu packen, lässt sie jedoch wieder fallen.

»Ich meine, wie hast du dir die Zeremonie vorgestellt?«

»Ach, ich weiss nicht. Ich weiss nicht, wie die Leute es anstellen, wenn sie heiraten wollen. Du hättest nachfragen und es herausfinden können.«

»Ja«, sage ich, »ich kann es herausfinden.«

»Du neckst mich wieder, nicht wahr?« Er ist abweisend geworden, als ob ich zu weit gegangen wäre.

Wir können nicht weiterreden. Wir spulen unser Programm ab und gehen mit Mai auf den Spielplatz. In der Cafeteria schmollt er und will weder Kuchen essen noch Tee trinken.

Neunundzwanzig

»Hat seine Schwester denn keinen Verdacht?« Sie knautscht das Kissen auf ihrem Schoss. Es ist bernsteingelb und rund, abgewetzt von den Kindern und den Übernachtungsgästen, die es als Kopfkissen benutzen.

»Nein, ich glaube nicht. Vielleicht gibt es auch keinen Grund für einen Verdacht. Vielleicht übertreibst du.«

»Nein, nein, er ist in dich verknallt.« Schahinâs hat eine sanfte Stimme, wenn sie zu Hause ist. Sie wird anders, wenn sie die Haustür hinter sich schliesst, ihren Mantel abnimmt und das Kopftuch ablegt. Sie entspannt sich und wird mild und sorglos. Dadurch wirkt sie schöner hier zu Hause als auf dem Id-Fest mit dem ganzen Make-up und den schillernden Kleidern. Genau so sollte es vielleicht sein.

»Es wird sich legen«, sage ich. »Es wird vorübergehen.« Und genau das tue ich: auf den Tag warten, an dem er mir entwachsen wird, und ihm entgegengehen wie dem Tod.

»Und bis es so weit ist?«

»Werde ich auf der Hut sein. Es wird nichts schiefgehen.« Aber ich trete einen Schritt zurück und schaue zu, schaue zu, bis sein Spiel mit mir aus ist.

Sie seufzt und trinkt einen Schluck Tee. Ihre Kinder schlafen, ihr Mann ist im Obergeschoss, und ihre Schwiegermutter macht sich in der Küche zu schaffen. Ich bin gern bei einer Familie, selbst nur so kurz zu Besuch, und mag die flüchtigen Geräusche und Gerüche. »Ich wünschte, wir lebten Jahrhunderte früher, und statt bloss für Tâmers Familie zu arbeiten, könnte ich ihre Sklavin sein.«

Sie verzieht das Gesicht. »Konkubine, meinst du.«

»Ja, das hätte Vorteile.«

Sie schüttelt den Kopf. »Ich traue wohl meinen Ohren nicht. Kein Mensch, der halbwegs bei Trost ist, will ein Sklave sein.«

Also erzähle ich ihr nichts von meinen Phantasien: wie ich ihm zur Hochzeit mit einem passenden jungen Mädchen verhelfe, das ihn weniger kennt als ich. Sie wird Kinder zur Welt bringen, die mehr Zeit mit mir verbringen ...

»Schau«, sagt sie, »ich weiss, dass du ihn als kleinen Bruder betrachtest, aber weiss er das auch? Vielleicht solltest du es ihm sagen.«

»Ich kann nicht, weil es nicht stimmt.«

Ich sehe ihrem Gesicht an, wie die Wahrheit ihr allmählich dämmert. Sie wird rot, und ich schäme mich. Sie sagt: »Wenn ich an einen Mann denke, den ich verehre, müsste er mehr wissen als ich und älter als ich sein. Sonst könnte ich nicht zu ihm aufschauen. Und du kannst keinen Mann heiraten, zu dem du nicht aufschaust. Wie solltest du sonst auf ihn hören können und dich von ihm leiten lassen?«

Ich habe nichts dazu zu sagen und starre bloss auf meine Hände, mein verbogenes Selbst und meine bizarren Wünsche nieder. Ich wäre gern die Konkubine seiner Familie, wie eine aus *Tausendundeiner Nacht,* mit lebenslanger Sicherheit und einem Gefühl der Zugehörigkeit. Aber in diesen modernen Zeiten muss ich mich mit der Freiheit begnügen. Schahinâs beneidet mich manchmal, wenn Mann, Kinder und Schwiegermutter ihr zu viel werden und sie keinen Platz und keine Zeit für sich selbst hat; dann neidet sie mir die leeren Räume.

Sie legt das Kissen auf ihrem Schoss beiseite. »So oft habe ich dir einen möglichen Zukünftigen vorgestellt, und jedes Mal hast du gesagt: ›Ich kann nichts für ihn empfinden.‹ Und jetzt bist du wie verwandelt!«

Sie äfft mich nach, und der Ärger in ihrer Stimme lässt mich verstummen. Ich spüre, wie ich mich allmählich verschliesse.

»Da wird nichts draus, Nadschwa«, sagt sie. »Seine Eltern werden niemals einwilligen.«

Ich hole tief Luft. Mir kommt das Zimmer auf einmal zu klein und zu stickig vor.

Es ist an der Zeit, das Thema zu wechseln und von ihr zu sprechen und nach dem Studium zu fragen, für das sie sich beworben hat. Das ist die richtige Taktik, denn sie sagt strahlend: »Ja, ich habe von ihnen gehört. Sie haben mich genommen.« Sie steht auf, tritt zum Kaminsims und öffnet eine Schublade. Dann streckt sie mir stolz die schriftliche Zusage entgegen. Sie ist von derselben Universität, die auch Tâmer besucht. Ich denke daran, wie schwer es ihm fällt, ein ungeliebtes Fach zu studieren, und an sie in ihrer Begeisterung. Sie wird eine Spätstudierende sein, täglich die Vorlesungen besuchen und nach drei Jahren abschliessen. Es ist ein alter Wunsch von ihr, eine Sehnsucht, die sie schon seit der Hochzeit hatte, und dann kam ein Baby nach dem anderen, dämpfte ihre Hoffnungen und verbannte sie ins Haus. »Suhail unterstützt mich«, sagt sie. »Er will, dass ich studiere. Er hat die Bewerbung für mich ausgefüllt.«

Ich bin von ihrem Leben berührt, wie es vorwärtsdrängt, pulsiert und springt. Da ist keine Zerstückelung, nichts Verkümmertes oder Verkeiltes. Ich gehe im Kreis, bewege mich rückwärts; die Vergangenheit lässt mich nicht los. Es kommt mir vor wie ein Stottern, eine Endlosschlaufe, eine zerkratzte Schallplatte, die hängenbleibt.

Dreissig

Der Tag darauf zieht sich endlos hin, nach dem unruhigen Schlaf in der Nacht hat er Risse. Lamja gibt eine Party. Vielleicht hat sie Geburtstag, sie verrät es mir nicht. Stattdessen sagt sie, sie gehe jetzt zum Friseur, und zählt alles auf, was ich zu tun habe, vom Bereitstellen der Schüsselchen mit Nüssen und Chips bis zum Ausleihen zusätzlicher Stühle von den Nachbarn. Tâmer missfällt die Party, und er ist mürrisch, als ich ihn bitte, mir mit den Stühlen zu helfen. »Ich kann ihre Freundinnen nicht ausstehen«, sagt er und sieht mich beleidigt an. Ich bitte ihn um Entschuldigung für die Neckerei gestern im Park. Das tue ich, während wir das Sofa von einer Seite des Zimmers zur anderen wuchten. Meine Entschuldigung klingt salopp, als möchte ich sie möglichst schnell erledigt haben. »Schon in Ordnung«, sagt er, aber er sieht mich nicht an. Er ist mir immer noch böse. Er schiebt den Sessel gegen die Wand, er hat kleine Räder, und wir hätten ihn nicht tragen müssen. Da stolpere ich fast über Mai, die von all der Betriebsamkeit ganz aufgeregt ist und »Saft, Saft!« schreit. Ihr Tag muss wie immer verlaufen, und sie muss bekommen, was sie braucht.

Tâmer schliesst sich den Morgen über in seinem Zimmer ein und büffelt für seine Prüfungen. Ich bedaure, dass er nicht öfter rausgekommen ist und mir geholfen hat, mich um Mai zu kümmern. Am Mittag bringe ich ihm Kaffee und Sandwiches. Er ist jetzt freundlicher und sagt: »Tut mir leid, dass ich schlechte Laune habe – es ist wegen dieser blöden Party!« Ich schlage ihm vor, ihr aus dem

Weg zu gehen. »Ja, das sollte ich vielleicht«, antwortet er, aber ich weiss schon, dass er nicht ausgehen wird, teils weil er sich nicht aufraffen mag, teils weil er sich in seiner Missbilligung seiner Schwester und ihrer Freundinnen gefällt.

Am Nachmittag kehrt Lamja mit frischer Föhnfrisur und einer Tüte von Knightsbridge mit der Aufschrift einer Designermarke zurück. Sie zieht ein Kleid hervor und schüttelt das weisse Seidenpapier ab, in das es gehüllt ist. Es ist ein wunderschönes Kleid, aus steifem rotem Taft. Aufgeregt stürzt sie in Tâmers Zimmer, um es ihm zu zeigen. Ich bücke mich nach dem Seidenpapier auf dem Boden und entdecke die Quittung; der Preis verschlägt mir den Atem. Ich werde ihn nicht los, diesen Japser, diesen Stich im Magen.

Jetzt liefert der Partyservice eines libanesischen Restaurants: grosse, längliche Platten, mit Alufolie bedeckt. In der Küche entferne ich die Folie, und das Wasser läuft mir im Mund zusammen beim Anblick der *kabîba*,[44] vom Geruch der gefüllten Weinblätter, Samosas und des Blätterteiggebäcks mit Feta. Tâmer beginnt zuzugreifen, aber Lamja sagt: »Lass die Finger davon«, während er beteuert, sich nur ganz diskret und unauffällig zu bedienen. »Diese Freundinnen von dir essen ja sowieso nichts, wetten?«, sagt er mit vollem Mund.

»Das geht dich nichts an.« Sie kniet sich hin und sucht etwas hinten im Schrank. »Es gehört sich nicht. Man bietet seinen Gästen kein Essen an, von dem sich schon jemand bedient hat.«

»Ist doch egal!« Er greift nach dem Ketchup. Unsere Blicke treffen sich, und er lächelt. Er denkt nicht mehr an gestern, und wir sind wieder Freunde.

»Du bist immer so schlampig gewesen«, sagt sie. »Bestimmt hast du heute noch nicht geduscht.« Er trägt noch die Pyjamahose und das Shirt, in dem er schläft.

Er verzieht das Gesicht. »Tatsächlich nicht.«

Sie nimmt ein Silbertablett aus dem Schrank. »Dann geh jetzt duschen. Ich will nicht, dass du noch unter der Dusche steckst, wenn die Gäste kommen. Beide Badezimmer sollen sauber und trocken sein, bevor sie da sind.« Dabei sieht sie mich an, und ich nicke.

Mai kommt in die Küche getappt und umarmt ihre Mutter. Ich reibe die restlichen Gläser trocken. Sie reden, als ob ich nicht da wäre. Das ganze Leben lang haben sie Dienstboten gehabt, und meine Anwesenheit stört sie nicht. Ich weiss, wie es sich anfühlt, wenn im Hintergrund stets stumme Gestalten herumhuschen, es beruhigt, und alle Arbeit wird immer getan.

Er sagt: »Es ist schon schlimm genug, dass ich mich den ganzen Abend im Zimmer einsperren muss, und jetzt sagst du auch noch, dass ich das Bad nicht benutzen darf.«

Sie gibt ihm einen bösen Blick und löst Mais Arme von ihrem Hals. Das Kind klammert heute, von all dem Trubel verunsichert. Es bleibt keine Zeit, mit ihr in den Park zu gehen. Ich reibe das Tablett blank und arrangiere die Gläser darauf. Mein weisses Kopftuch spiegelt sich darin und meine dunklen, schmachtenden Augen, die weit aufgerissen sind, weil er mit mir im selben Zimmer ist.

»Wo ist die Thermosflasche geblieben?« Sie wendet sich vom Schrank ab in meine Richtung, und ich erstarre. Mir gefällt ihre Stimme nicht, wenn sie mir solche Fragen stellt, als werfe sie mir etwas vor. Vielleicht leide ich unter

Verfolgungswahn. Bevor ich antworten kann, nimmt sie sich Tâmer vor: »Du hast sie mitgenommen in die Moschee, als du dort im Ramadan zur Klausur warst.«

»Ja«, sagt er, »ich hab sie dort gelassen.«

»Was soll das heissen, du hast sie dort gelassen?« Sie schlägt die Schranktür zu.

Er weicht aus und wendet mir seinen Blick zu. »Es ist einfach passiert.«

»Du hast sie weggegeben, nicht wahr?«

Ich kann in seinem Gesicht lesen, dass sie richtig geraten hat. Sie ist schlau.

Er zuckt die Schultern. »Es ist doch nur eine Thermosflasche. Wir können wieder eine besorgen.«

»Dafür ist es jetzt zu spät, schau mal auf die Uhr! Ich wollte sie statt der Teekanne benutzen. Ich weiss nicht, wie du es fertigbringst, die Dinge einfach so wegzugeben. Vermutlich haben sie dich in der Moschee bloss ausgenutzt – ein reicher Idiot, das bist du für sie!«

»Lamja ...« Sein Gesicht ist gerötet, und ich schlüpfe hinaus, weil er nicht wollen würde, dass ich ihn stottern sehe. Aus dem Wohnzimmer höre ich ihr Gezänk. Die Stimmen sind nicht laut, aber ich höre ihre Angriffslust und seine Auflehnung heraus. Diese Rebellion ist halbherzig und unausgegoren; es fehlt ihr ein Ziel und eine Mitte.

Die Vorhänge sind zugezogen, an der Wohnungstür klingelt es, und die Party kann beginnen. Die Gäste sind sudanesische und arabische Mädchen in den Zwanzigern, die ähnliche Kleider wie Lamja tragen und das gleiche Makeup. Tâmer hat vermutlich recht, sie werden das Essen bloss anknabbern. Sie bringen das Kunststück fertig, zugleich schlank und übersättigt zu wirken. Trotzdem ist es unfair von ihm, die Mädchen nicht zu mögen. Sie kommen anscheinend aus guter Familie. Alle studieren, demnach müssen sie auch klug sein, und manche sind auch abgesehen von den Designerkleidern und den Frisuren richtig hübsch. Ich mache mit einem Tablett Cola- und Orangenlimo die Runde. Eines der Mädchen mit Bubikopf erwähnt den Boykott[45] und fragt mich nach der Getränkemarke. Sie beugt sich vor, um meine Antwort zu verstehen, denn ich spreche leise, und rundum wird viel geschnattert und auch einmal gekreischt vor Lachen. Sie schenkt mir ein knappes Lächeln, nimmt die Orangenlimo und lehnt sich zurück. Ich mag es, wie sie den besten Sessel mit Beschlag belegt und sich entspannt zurücklehnt, während andere kerzengerade auf den Essstühlen sitzen. Warum kann sich Tâmer nicht in ein solches Mädchen verlieben? Ich muss ihm von ihr erzählen. Unterwegs zur Tür, schnappe ich ihren Namen auf: Buschra. Ja, eine Buschra wird eine gute Wahl sein. Weitere glamouröse Gäste strömen herein, diesmal etwas älter und unter ihnen eine junge Mutter, die Mai küsst, ihr Kleidchen bewundert und ihr erzählt, sie habe eine Tochter genau in ihrem Alter.

Musik plärrt, ein frenetisches Trommeln; moderne arabische Lieder sind laut und nervtötend monoton, der Takt irritiert und peinigt. Ruckartige Rhythmen treffen auf Texte voller Vorwürfe und Verlust. Vermittelt wird eine Vergeblichkeit; wir sollen unser Versagen laut und klar besingen und dazu trotzdem klatschen und die Hüften schwingen. Ich muss dafür sorgen, dass jeder Gast mindestens einen Drink bekommt. Ich muss die leeren Gläser einsammeln und wohlbehalten in die Küche zurückbringen. Wenn eins davon in die Brüche geht, wird Lamja wütend, nicht wegen des Verlusts, sondern wegen des unangenehmen Scherbelns und der Störung. Sie tanzt jetzt und sieht blendend aus in ihrem neuen Kleid, mit hochgestecktem Haar. Ihre Figur und ihr kontrollierter Hüftschwung haben etwas geometrisch Klassisches. Etwas fehlt ihren Bewegungen, aber ich kann es nicht festmachen. Sie bückt sich lächelnd zu den beiden Engländerinnen, die Seite an Seite dasitzen. Sie tragen dunkle Miniröcke und umklammern ihre Gläser. Sie sehen leicht konsterniert und vom Kulturschock gebeutelt aus, tuscheln aber nicht miteinander, sondern bleiben für sich, als müssten sie diesen Abend allein bestehen. Eine von ihnen hat glattes rotes Haar – sie erinnert mich an die Herzogin von York.

Die Dame mit der Tochter in Mais Alter bittet mich um eine Tasse Tee. Sie spricht mich auf Englisch an, und ich vermute, dass sie ein philippinisches Hausmädchen hat und es gewohnt ist, mit Hausmädchen englisch zu reden. Das Teekochen ist lästig, eine Thermosflasche wäre nützlich gewesen, wie Lamja gesagt hat. Jetzt muss ich mich sputen, um die beste Teekanne zu finden und die Zuckerdose zu füllen. In der Küche kann ich den Songs immer noch folgen. Sie muntern mich auf, aber es ist eine prickelnde, oberflächliche Freude. Lamja kommt hereingestürmt. »Wir brauchen mehr Stühle!« Sie packt zwei der Küchenstühle, trägt sie davon und sagt dazu: »Bring die anderen zwei, und wenn wir später noch mehr brauchen, können wir den Stuhl in Tâmers Zimmer nehmen.« Er wird sich sträuben; es wird ihm nicht gefallen, wenn wir ihm den Stuhl wegnehmen, auf dem er sitzt. Ob er wohl die Musik hört und das verlockende Lachen? Ich folge ihr mit den beiden Küchenstühlen und mache noch mal kehrt, um das Teetablett zu holen.

Ich muss ein Auge auf Mai haben. Sie hat das Interesse am Tanzen verloren und beginnt sich zu langweilen. Sie macht sich hinter ein Schüsselchen Pistazien und wirft es zu Boden. Es fällt auf den Teppich, ohne Schaden zu nehmen. Sie sitzt inmitten der zerstreuten Nüsse. Ich bin schleunigst zur Stelle und schimpfe mit ihr, aber sie spaziert bloss unbeeindruckt davon. Als Buschra die Hand nach ihr ausstreckt, geht sie lächelnd zu ihr. Hübsch sehen sie aus, so zusammengerollt im Sessel, wo Mai mit den Riemen von Buschras Handtasche spielt und sie die Köpfe zusammenstecken. Ihr Haar hat dieselbe Farbe, doch bei der einen lockt es sich, bei der anderen ist es glatt. Buschra blickt auf, als der neuste Song von Amr Diâb erklingt. Sie klatscht und singt den Text mit. So sollte Tâmer sie sehen.

Es klingelt an der Tür, und Lamja macht dem späten Gast persönlich die Tür auf, ich bin zu weit weg. Ich höre sie kreischen vor Lachen und dann die anderen Anwesenden auch. Ich blicke auf und sehe ein Mädchen im Hidschab. Sie trägt genau das Gleiche wie ich, wenn ich ausgehe: ein beiges Kopftuch, einen bodenlangen Rock und einen Kurzmantel bis knapp zu den Knien. Ich begreife nicht, warum alle lachen. Das Mädchen kommt mir bekannt vor, wie eine meiner Freundinnen von der Moschee. Langsam legt sie den Mantel ab, löst das Kopftuch und schüttelt ihre Locken. Als sie das Kopftuch durchs Zimmer wirft und alle kreischen, weiss ich, dass etwas nicht stimmt. Ihr Lächeln und ihre Gesten sind theatralisch, alle Augen sind auf sie gerichtet. Sie beginnt zu tanzen, und die Musik passt haargenau zu ihrem herausfordernden Lächeln und ihren glitzernden Augen. Sie herrscht nun uneingeschränkt über die Mitte des Raums und bewegt sich langsam wie eine Stripperin, sie knöpft unter Gelächter ihre Bluse auf und löst ihren Wickelrock. Ich lache auch, als ob Lachen ansteckend wäre. Sie klatschen ihr im Takt der Musik zu. Jetzt steht sie im ärmellosen schwarzen Kleid da, das seidig glänzt wie ein Négligé. Man wirft ihr eine rote Schärpe zu. Sie schlingt sie sich um die Hüften und tanzt triumphierend durchs Zimmer. Es ist *der* Partyknüller. Lamja lacht entzückt über das ganze Gesicht und beugt sich zur Herzogin von York. »Wir machen uns ja sonst nicht über unsere Religion lustig, aber heute schon, ausnahmsweise.«

Ich muss es ihm sagen. Ich muss bei ihm sein. Die Dame hat ihren Tee ausgetrunken und bedeutet mir, ihre Tasse wegzuräumen, aber ich ignoriere sie. Es klingelt an der Tür, und ich ignoriere es. Die paar Schritte durch den Flur zu seinem Zimmer sind wie ein Übergang von grellgelber Ausgelassenheit zu milder Ruhe und Kühle, wie in den ersten Momenten des Schlafs. Ich stosse die Tür auf, und da sitzt er an seinem Pult und wühlt in seinem Haar. Er dreht sich lächelnd um, und ich lache auch und erzähle ihm, wie die Gäste alle von Anfang an in die Posse eingeweiht waren, sobald die Frau im Hidschab hereinspaziert kam, und nur ich, die gebückt die Pistazien vom Boden auflas, war die Dumme, weil ich beim Aufblicken eine vertraute Gestalt sah und sie für eine meiner Freundinnen von der Moschee hielt. Lachend sage ich: »Ob du es glaubst oder nicht: Für sie ist der Hidschab eine Verkleidung!«

Er lacht nicht mit. Er steht von seinem Schreibtisch auf und sagt: »Das ist furchtbar. Das ist unrecht, sie dürfen das nicht tun. Es tut mir leid, Nadschwa. Du musst ganz durcheinander sein und gekränkt.«

»Ach, nein«, sage ich, »es sind ja bloss junge Mädchen. Junge Mädchen beim Spielen, sie sind ganz arglos, ich kann sogar besser tanzen als sie. Sie haben nichts gegen mich persönlich. Ich zähle nicht für sie, überhaupt nicht. Ich bin bedeutungslos …«

»Hör auf.« Er legt mir die Hände auf die Schultern und schüttelt mich ein wenig. Seine Augen sind ernst und klar, und ich sehe Güte darin. Ich habe Güte immer vermisst, ich habe stets daran geglaubt, und hier ist sie. Sanft sagt er: »Hör auf damit, hör auf damit, dich herabzusetzen.« Er sollte mir nicht zu nahe kommen, aber er tut es, und ich halte ihn fest, ich halte ihn fest, weil ich so säuerlich bin und er so süss. Er küsst mich und weiss nicht, wie. Ich sollte ihn wegschieben, damit er es nicht lernt, aber er riecht so gut, und ich kann nicht. Plötzlich steht Lamja unter der Tür, halb drin und halb draussen. Ihr pompöses Kleid und ihr offen feindseliges Gesicht kommen mir grotesk vor. Ich sollte mich von ihm lösen, aber ich bin wie betäubt.

»Was ist das!« Wie kannst du, wie kannst du, wie kannst du es wagen, schreit alles an ihr. Sie ist entsetzter als wir. Ich weiche von ihm zurück, die Hand noch an seinem T-Shirt, und in Lamja reisst etwas entzwei. Sie macht einen Schritt auf mich zu, hebt den Arm und schlägt mich ins Gesicht. Es brennt, und ich keuche, als ihre Ringe und Armreife meine Haut aufschürfen. Es wird dunkel, als ich meine Augen schliesse. Es ist Tâmer, der schäumt vor Wut, während das Blut in meinen Ohren hämmert. Es ist Tâmer, der sie anschreit, nicht ich.

Fünfter Teil

1991

Einunddreissig

Sie sagte, sie rufe die Polizei, wenn ich ihr das Geld nicht gäbe. Ich hatte hundert Pfund. Ich war sicher, ich hatte viel Geld – hundert Pfund –, aber meine Geldbörse war voller Bankauszüge auf rosa Papier. Ich blätterte sie durch, aber da war kein Geld. Sie wollte einen Ausweis, und ich suchte fieberhaft, aber mein Pass war nicht da und meine Bibliothekskarte auch nicht. Ich kannte diese Frau nicht. Sie sprach arabisch, hatte einen dunklen Teint und trug ein Abendkleid. Sie blickte auf mich nieder und sagte, sie werde die Polizei rufen. Sie sprach ruhig, aber beim Wort »Polizei« gefror mir das Blut ...

»Nadschwa!«

Ich schlug die Augen auf. Nach dem Albtraum war alles ruhig und still.

»Du hast gemurmelt im Schlaf«, sagte Anwar.

Ich setzte mich auf und atmete durch. Ich sollte nicht mitten am Tag eindösen, es ist nicht erholsam. »Warum kommst du nicht mehr zu mir rüber? Warum muss ich immer hierherkommen?«

Er blickte auf von dem Brief, den er gelesen hatte. »Weil es vernünftiger ist, dass wir uns dort treffen, wo der Computer ist.« Er warf mir den Brief zu und drehte sich wieder zum Bildschirm um.

Der Brief war von seiner Schwester in Khartum und war lang und geschwätzig. Ich suchte nach meinem Namen beim Lesen. Inzwischen musste er mich gegenüber seiner Familie doch erwähnt haben. »Wer ist Ibtissâm?«

»Meine Cousine.«

»Und warum erwähnt deine Schwester sie so oft?«

Er war am Tippen und hörte nicht auf. »Sie sind befreundet.«

»Ist das alles?«

»Ziemlich.«

»Ist da etwas zwischen euch?«

»Nichts Offizielles.«

Sollte ich mir Sorgen machen oder nicht? »Nichts Offizielles heisst, es gibt etwas Inoffizielles.«

Er wandte sich nach mir um. »Nein, das heisst es nicht. Ihre Mutter und meine Mutter schwatzen miteinander und haben da ihre Vorstellungen. Sie schmieden schon Pläne seit unserer Kindheit, aber es ist bloss Gerede. Ich fühle mich nicht speziell zu ihr hingezogen.«

Ich faltete den Brief zusammen. Wenn er doch zu mir käme und mich umarmen und sagen würde: »Lass dich nicht verunsichern, du brauchst dir keine Sorgen zu machen.« Aber das würde er nicht tun, als ob es da ein Gesetz gäbe: Anwar darf kein Mitleid mit Nadschwa haben.

»Komm und sieh das durch«, sagte er. Ich ging zum Computer hinüber, zog mir einen Stuhl heran und begann einiges zu kommentieren und zu korrigieren. Ich spürte, wie er immer nervöser wurde, je mehr Fehler ich fand.

»Aber alles in allem ist es sehr gut. Als hättest du das aus einer Zeitung.«

»Aus was für einer Zeitung?«

»Ich wollte bloss sagen, es ist scharfsinnig und professionell.«

»Wenn du mir schon vorwirfst, ich schreibe ab, könntest du mir wenigstens sagen, wo.«

Ich wusste, warum er so empfindlich war. Kaum einer der englischen Artikel, die er schrieb, wurde veröffentlicht, und jeden zweiten Tag bekam er eine Jobabsage. Ich kannte die tröstlichen Worte, die dann von mir erwartet wurden, aber heute traute ich meiner Stimme nicht. Ich würde das Falsche sagen und einen Streit provozieren. Nach einem Streit musste man sich zu lange zusammenraufen und um ihn herumscharwenzeln; es brauchte stundenlange Schmeicheleien und Geduld.

Es war eine Erleichterung, Amîn rufen zu hören: »Zeit für die Nachrichten. Kamâl, wo bist du? Anwar?«

Wir liessen uns vom plärrenden Fernsehgerät anziehen wie von einem Magneten. Ich mochte mit der Zeit die vertrauten ernsten Gesichter der Moderatoren nicht mehr missen. Ich gewann sie lieb wie die Figuren einer Soap. Wir liessen uns auf das Sofa und die Sessel plumpsen. Gerade waren wir etwas ernüchtert, weil der Krieg vorbei und die Nachrichten nicht mehr so ergiebig waren.

Das Golfkriegsdrama im Fernsehen hatte uns zusammengeschweisst. Nun da es vorüber war und die Nachrichten uns nicht mehr befriedigten, spielten wir stattdessen Karten. Oft gewann Amîn, was Kamâl ärgerte. Weder er noch Anwar gaben sich Amîn gern geschlagen. Es störte ihr Gerechtigkeitsempfinden, dass er, der bourgeoise Besitzer dieses Gloucester-Road-Apartments, auch noch ein wie angeborenes Glück haben sollte. Um Anwar eine Chance zu geben, hielt ich manchmal meine guten Karten zurück und hinderte mich am Gewinnen, aber es klappte nicht immer. Wir spielten *cooncan*[46] um ganz kleine Wetteinsätze: fünfzig Pence, die letzten der Einpfundnoten.[47] Diese Partien hatten ihre ganz eigene Atmosphäre: metallisch wegen des Kriegs, drückend wegen des Zigarettenrauchs und des Whiskys. Vom Trinken bekamen sie Lust auf eine bestimmte Art Essen. Ich machte Favabohnen heiss und vermischte sie mit Feta und Tomaten. Oft briet ich auch Spiegeleier, Auberginen und *taamîja* und toastete pausenlos Brot. Ich ass ungern mit ihnen, aber das konzentrierte Spielen gefiel mir. Die glatten und hübschen Karten hielten mich auf angenehme Weise in Atem.

Noch hatte keiner von uns Karten abgelegt, doch seit dem Lunch hatten wir mehrere Runden gespielt. Jeden Moment musste jemand von uns die nötigen vierundfünfzig Punkte erreichen. »Es ist schon fast fünf«, sagte Amîn, »ich sollte bald gehen.« Er nahm eine neue Karte vom Stapel und legte drei Könige und drei Damen ab. »Ich bin zum Frühstück eingeladen.«

»Frühstück um fünf!« Ich lachte und Kamâl auch. Ich sah Anwar an. Er lächelte, aber sein Blick war auf die Karten gesenkt. Amîn legte sein Blatt auf den Tisch: Herzsechs bis Herzbube in einer Reihe und mittendrin ein Joker.

Er warf seine letzte Karte ab, zog an seiner Zigarette und strich seinen Gewinn ein. Er lächelte. »Es ist das Ramadan-Frühstück, ihr Heiden!« Es verschlug mir den Atem. »O nein!« Sie lachten über meine Reaktion. Kamâl sagte, er habe gewusst, dass der Ramadan begonnen habe, es aber wieder vergessen. Warum sollte ein vernünftiger

Mensch in London fasten? »Oder sonst irgendwo?«, sagte Anwar. »Der Durst, den die Leute im heissen Sudan leiden mussten, war überhaupt nicht gesund.«

»Meine Verwandten hier fasten normal und lassen täglich bei Sonnenuntergang den Frühstückstisch decken«, rief Amîn aus seinem Zimmer. Es erschütterte mich, dass es Ramadan geben, dass er schon da sein sollte, ohne dass ich es gewusst hatte. Ich sah Anwar an, aber er war so ruhig und normal, als ob nichts Unnatürliches geschehen wäre. »Warum hast du es mir nicht gesagt?«

»Warum sollte ich?«, meinte Anwar und brachte Kamâl aus unerfindlichen Gründen zum Lachen.

»Was soll das heissen, warum? Weil es wichtig ist. Es ist Ramadan, und das sollte ich wissen. Es sollte nicht Ramadan werden, ohne dass ich es weiss. Wenn wir noch in Khartum wären, hätten wir es gewusst, und es hätte unseren Alltag verändert.«

»Dann weisst du es jetzt. Und wirst du jetzt fasten?«

»Ja, ich faste immer.«

»Was für ein Fasten?« Er zog mich jetzt auf, als er die Karten mischte, und hatte Kamâl auf seiner Seite. Sie amüsierten sich oft darüber, wie verwestlicht ich sei und weit entfernt von sudanesischen Sitten.

»Das ganz gewöhnliche Fasten.«

»Um abzunehmen?« Anwar lächelte. Er fand meine Diätversuche rührend. Und Kamâl musterte mich auf jene Weise, die mir missfiel.

»Ja, zum Teil«, sagte ich.

»Warum fastest du dann nicht irgendwann sonst im Jahr, sondern ausgerechnet in diesem Monat?«

»Weil es eben der Fastenmonat ist, darum. Alle fasten dann.«

»Aber wir sind jetzt in London«, wandte Kamâl ein. »In London fastet man nicht.«

»Wir haben immer gefastet.«

»Wirklich, deine ganze Familie?« Anwar und Kamâl wechselten ein Lächeln.

»Ja«, sagte ich, »in Khartum hat für gewöhnlich meine ganze Familie gefastet.«

»Ich nicht. Und du, Kamâl?«

»Nein, aber Amîn.«

»Gut, ich sehe keinen Grund, warum ich es aufgeben sollte, nur weil ich hier bin.«

Anwar lehnte sich zurück und betrachtete das Blatt in seinen Händen. »Aber was hat es für einen Sinn, wenn es ein gemeinschaftliches Tun ist?«

»Es ist Teil unserer Religion.«

Er sah mich an. »Solltest du derartige Dinge nicht trotzdem hinterfragen? Solltest du nicht für dich ausmachen, ob es für jede Zeit und jeden Ort taugt? Unter dem Fasten leidet deine Produktivität, und du kannst dein Potential nicht ausschöpfen.«

»Aber wir arbeiten ja heute gar nicht. Wir spielen bloss Karten.«

»Wann wirst du je lernen, richtig zu diskutieren?« Das hatte er schon mal gesagt, aber ich wusste nicht mehr, wann. Ein Gefühl des Déjà-vu – »wann wirst du je lernen?« – macht sich wieder breit.

»Ich diskutiere doch richtig.« Ich fühlte mich elend, nicht weil er auf mir herumhackte, sondern weil ich ganz allein war und mich um etwas sorgte, was ihn nicht kümmerte. War es Wahnsinn, etwas ganz für sich zu erkennen und zu wissen, dass es für alle anderen keine Rolle spielte?

»Geh jetzt«, sagte er und verlor auf einmal das Interesse, »geh mir mehr Eis holen.«

Ich ging in die Küche und machte den Kühlschrank auf. Ich starrte auf den Inhalt und roch das kalte Essen. Ich hatte Lunch im Magen, der dort nicht sein sollte, und Colageschmack im Mund. Ich vermisste das leichte Gefühl beim Fasten: den reinen Körper, den trockenen Mund und dann die Köstlichkeiten bei Sonnenuntergang, die Krüge voller Getränke mit Eis – purpurroter *helû mur*,[48] orangefarbener *kamar al-dîn*,[49] ein rosa Grapefruitdrink – und dann die Gäste, all die Autos, die vor unserem Haus parkten, und das Gastgeberlächeln meiner Mutter, die sagte, trinkt nicht zu viel, füllt eure Mägen nicht mit Wasser, sonst könnt ihr später nichts essen.

Anstatt das Eis zu besorgen, sperrte ich mich im Badezimmer ein. Ich fühlte mich aus dem Lot. Beinahe erwartete ich, mein Spiegelbild mit schiefem Kopf zu sehen. Ich hatte den Ramadan immer befolgt, selbst als Mama im Krankenhaus lag. Die Schwestern in der Humana kannten sich mit dem Ramadan aus, weil viele ihrer Patienten Araber waren. Eine von ihnen hatte früher bei den Saudis gearbeitet und »ordentlich was gespart«, wie sie sagte. Fasten war das einzige religiöse Gebot, das ich befolgte – wie viele Tage hatte ich schon verpasst? Anwar klopfte an die Tür, und ich dachte: Er weiss, dass ich verstört bin, er kommt nach mir schauen. Aber er musste bloss aufs Klo.

Wir standen zusammen im Bad und redeten, und der Spülkasten füllte sich wieder. Ich würde diesen Tag nie vergessen. Wie wir uns da in ein stinkiges Bad zwängten, statt an einem reinen Ort zu sein.

»Was ist los mit dir in letzter Zeit?«

Ich zuckte die Achseln.

»Bist du depressiv?« Er lächelte. Und ich hatte immer gelacht, wenn er die Augen so weit öffnete.

»Mir liegt etwas auf dem Gemüt.«

»Was denn?«

Ich sass auf dem Badewannenrand; es war unbequem. Ich legte meinen Kopf in die Hände und sprach langsam, ohne ihn anzusehen. »Onkel Sâlich fliegt nächste Woche nach Khartum. Ich denke, es wäre eine gute Idee, wenn dein Vater mit ihm sprechen würde, damit wir uns offiziell verloben können.«

Er klang auf der Hut, als hätte er sich auch schon darüber Gedanken gemacht. »Das ist keine gute Idee.«

»Warum nicht?«

»Weil ich keine Pläne mache, bis diese Regierung fällt.«

»Eine Verlobung heisst ja nicht Pläne machen. Sie wird nichts ändern.«

»Genau. Warum sollten wir uns dann darum kümmern?« Dieser Punkt ging an ihn.

»Damit die Leute wissen, dass wir heiraten wollen.« Es war nicht das, was ich hatte sagen wollen. Ich hatte etwas anderes sagen wollen, aber ich konnte es nicht in Worte fassen: es war zu vage und kompliziert.

»Was für Leute? Meinst du Amîn und Kamâl damit?

Und wer achtet schon auf uns in London? Wer hat Zeit dafür, an unserer Beziehung herumzunörgeln?«

Er hatte auch diese Runde gewonnen, doch ich stand auf und attackierte wieder: »Gestern hast du mich verstört.«

Er stöhnte. »Was habe ich denn getan?«

»Es ist, was du über meinen Vater gesagt hast.«

»Was denn?« Er erinnerte sich nicht. Er wusste es wahrhaftig nicht mehr.

»Du hast gesagt, du wolltest nicht, dass sein Blut in den Adern deiner Kinder fliesst.«

»Das war nur ein Scherz, nicht mehr.«

»Ein Scherz.«

»Ja, können wir denn keine Scherze machen? Müssen wir die ganze Zeit so ernsthaft sein?« Er sah mich wieder aus weit offenen Augen an.

»Ich kann nicht so weitermachen.«

»O Gott.« Er schloss die Tür auf. »Ein Drama! Jetzt willst du daraus ein Drama machen. Werd erwachsen.« Er verliess das Bad.

Ich packte meine Sachen zusammen und ging nach Hause.

Am nächsten Tag versuchte ich zu fasten. Am frühen Nachmittag tanzten schwarze Flecken vor meinen Augen, während ich Tante Evas Küche aufwischte. Ich brach in Schweiss aus und musste mich setzen. Meine Hände waren kalt und feucht; ich liess den Mopp fallen. Tante Eva führte gerade einen Gebäudegutachter durchs Haus, und sein Assistent nahm Mass. Ich konnte die drei im Zimmer nebenan sprechen hören. Ich gab auf und setzte den Kessel auf. Ohne eine Tasse Tee und stärkenden Zucker würde ich nicht durch den Tag kommen.

Als der Gutachter gegangen war, kam Tante Eva in die Küche. Mit Tränen in den Augen erzählte sie, sie wollten das Haus verkaufen und nach Brighton ziehen, um näher bei ihren Söhnen zu sein. Onkel Nabîls Geschäfte liefen nicht gut, und er wollte sich zur Ruhe setzen. Die Nachricht drang in mich ein; ich spürte ihren Eiseshauch auf der Haut. Ich würde diesen Job verlieren, Tante Evas Gesellschaft verlieren, aber ausgerechnet heute fühlte sich alles unwirklich an, und in das Erschrecken mischte sich Hunger. »Ich werde euch in Brighton besuchen«, sagte ich gefasst und erwachsen.

»Aber natürlich, natürlich, jederzeit, ich bin ja inzwischen eine Art Mutter für dich.«

Sie war immer liebenswürdig, immer, und nun sollte ich sie auch noch verlieren.

»Keine Angst, Nadschwa, ich werde herumfragen und versuchen, in unserem Bekanntenkreis für dich Arbeit zu finden. Ich denke da an eine Syrerin. Sie ist schwanger und hat sehr hohen Blutdruck. Der Arzt hat ihr Ruhe verordnet, aber wie könnte man ausruhen in diesem Land? Und sie hat drei unartige kleine Jungs. Sie wird ganz bestimmt Hilfe brauchen. Aber bist du sicher, dass du damit weitermachen willst? Willst du nicht lieber an die Universität gehen und deine Ausbildung beenden? Wenn du einen Abschluss hast, gibt es viele Möglichkeiten für dich.«

Ich schüttelte den Kopf. Anwar war es, der promovieren würde. Er war von der London School of Economics angenommen worden, und ich hatte ihm das Geld geliehen.

Ich sah mich nicht im Hörsaal sitzen und kluge Dinge schreiben. Darin würde ich nicht glänzen. Und Anwar fand auch immer, ich sei keine Intellektuelle.

Wieder versuchte ich zu fasten. Ich stellte den Wecker, um vor dem Morgengrauen zu erwachen und etwas essen zu können. Aber vielleicht ging der Wecker nicht los, oder ich stellte ihn einfach ab und schlief wieder ein. Erneut schwammen schwarze Flecken vor mir wie Quallen, fühlte ich mich flau und musste aufgeben. Mein Versagen verstörte mich, diese Gehorsamsverweigerung meines Körpers. Ich begann die schwarzen Flecken und den Schwindel zu fürchten – und dabei hatte ich in Khartum doch einst fasten und trotzdem vor dem Abendessen bei Sonnenuntergang noch eine Stunde nach Jane Fondas Programm trainieren können. Ich sagte mir, dass das Ende des Ramadan absehbar sei und ich bald erleichtert aufhören könne.

Zum Id rief mich Randa aus Edinburgh an. Sie hatte ihr Bestes getan, trotz ihrer Abschlussprüfungen zu fasten. Das Id hatte sie mit sudanesischen Kommilitonen in Edinburgh gefeiert; sie war eine durchschnittliche junge Sudanesin: nicht zu fromm und nicht zu unkonventionell. Ich war einst wie sie gewesen, und dann wurde alles anders. Sie sagte, sie habe ihr Studium abgeschlossen und gehe jetzt als frischgebackene Ärztin nach Khartum zurück. Ich könnte sie drängen, mich vor ihrem Abflug ein paar Tage besuchen zu kommen, und sie mit den Läden in London locken. Doch es wäre schmerzlich, sie so erfolgreich und glücklich zu sehen, während ihre Eltern und eine Karriere zu Hause auf sie warteten. Ich könnte meine Eifersucht wohl nicht bezähmen. Zudem verband uns einzig die Vergangenheit; es war an der Zeit, weiterzugehen.

Onkel Sâlich rief aus Toronto an, auch wegen des Id. Ich traute mich nicht, ihm zu erzählen, dass ich eine Stelle bei Tante Evas Freundin antreten würde – als offizielle Hausangestellte inzwischen, bezahlt im Stundenlohn. Mit der Illusion, dass ich ja bloss der Freundin meiner Mutter helfe, war es jetzt vorbei. Er hatte recht gehabt, damals im Spaghetti House. Ich hätte mit ihm nach Kanada gehen sollen, er hätte mich beschützt. Aber er war angespannt gewesen wegen seiner Auswanderung, angewidert von Omar und verlegen, weil sein Sohn mich nicht heiraten wollte. Ich mochte ihm nicht auch noch zur Last fallen. Wenn er mich jetzt am Telefon bat, zu ihm zu kommen, sollte ich ja sagen. Aber er plauderte nur und erwähnte nichts dergleichen. Kanada war keine Option mehr für mich.

Anwar rief an, um zu sagen: »Wo steckst du? Wo bist du gewesen? Ich brauche deine Hilfe bei einem Artikel – es ist dringend. Du schmollst doch nicht etwa noch?«

»Nein, nein«, sagte ich, weil man das eben so sagte.

»Kannst du morgen rüberkommen? Dann habe ich den ersten Entwurf fertig, und du kannst ihn dir anschauen.« Ich stellte mir vor, wie ich seinen Artikel korrigieren würde, vorsichtig, damit ich seinen Stolz nicht verletzte. Wenn ich sagen würde: »Dies hier musst du ändern und das da«, müsste ich ihm anschliessend schmeicheln und gut zureden. Er brauchte meine ständige Bestätigung, er sei klug und attraktiv, und dass er hinke, merke man immer weniger, und eines Tages werde er am Ziel seiner Träume sein. Aber auch ich hatte einiges von ihm nötig.

»Verspäte dich nicht«, sagte er noch.

»Bestimmt nicht.« Es fiel leichter, als zu sagen: »Ich komme nicht. Ich kann dir bei deinem Englisch nicht mehr helfen.« Es fiel leichter zu lügen – »Bis morgen« –, als einen Streit anzufangen.

Als ich den Hörer auflegte und barfuss wieder ins Schlafzimmer ging, fühlte ich eine Art Frieden. Ich legte mich ins Bett und versank in Schlaf. Als ich erwachte, nahm ich eine Dusche, doch es war keine gewöhnliche Dusche, es war wie neu anfangen und rein sein wollen, es war wie ein Schrei danach.

Als ich zum ersten Mal die Moschee betrat, sah ich ein Mädchen allein dasitzen, ein Koran lag aufgeschlagen auf ihrem Schoss, und sie rezitierte die Sure *Der Allerbarmer*[50] Ich setzte mich und hörte dem wiederholten Vers zu, der wiederholten Frage: »Welche der Wohltaten eures Herrn wollt ihr denn leugnen?« Es waren noch mehr Frauen im Raum, die älteren lehnten sich mit dem Rücken gegen die Wand, und auch einige lebhafte Mütter mit ihren Babys waren da und schienen sehr erfreut, ihrem Zuhause entronnen zu sein. Es gab Teenager in Jeans und Kopftuch und elegante Damen mittleren Alters, die aussahen, als wären sie eben von der Arbeit gekommen. Doch es war das rezitierende Mädchen, das mich gefangen nahm, und seine beinahe engelhafte Versunkenheit. »Welche der Wohltaten eures Herrn wollt ihr denn leugnen?« Sie musste Unterricht genommen haben, dass sie so gut lesen konnte. Oder vielleicht hatte ihre Mutter sie zu Hause unterwiesen. Sie musste selbstbewusst sein, sonst würde sie nicht laut lesen wollen. Ich wünschte, ich wäre wie sie. Das allein war seltsam. Sie war blass und heiter, ihre Kleidung war unauffällig und ihr Gesicht weder sinnlich noch hübsch. Sie strahlte nicht vor Glück oder Erfolg, was doch sonst meinen Neid weckte. Und doch wünschte ich, ich wäre wie sie, so gut wie sie. Ich wollte gut sein, aber ich war unsicher, ob ich dafür bereit war.

Ich trug, was ich für mein züchtigstes Kleid hielt. Es war langärmlig und fiel mir bis unter die Knie. Doch als ich mich zum Gebet bückte, waren meine Waden und Kniekehlen entblösst. Jemand näherte sich mir von hinten und warf mir einen Mantel über den Rücken. Es war wohl eine der älteren Frauen. Ich spürte die ächzende Mühe, mit der sie sich erhob und auf mich zutrat. Der Mantel rutschte, als ich mich aufrichtete. Ich schämte mich, dass ich ihn brauchte und weil er unweigerlich wegrutschte – wie albern. Ich hörte ein Seufzen hinter mir und ein Getuschel in einer Sprache, die ich nicht verstand – Türkisch vielleicht oder Urdu? Als ich mein Gebet beendet hatte, mochte ich der Mantelbesitzerin nicht ins Auge schauen. Der Mantel lag unordentlich hinter mir. Ich sass zusammengekauert am Boden und wusste, ich war kein guter Mensch, wusste, ich war noch weit davon entfernt, und dass ich den ersten Schritt getan hatte und hierhergekommen war, reichte noch nicht.

Zweiunddreissig

Es wurde allmählich klar, dass ich tief gesunken war. Ich war ausgerutscht und abgestürzt nach der Hinrichtung meines Vaters und während der Krankheit meiner Mutter, als ich das Studium abbrach, und dann nach Omars Verhaftung und durch meine Beziehung mit Anwar. Es war ein langer Prozess, und er war manchmal auch schillernd und gaukelte Besseres vor. Es hatte etwas Glamouröses, nach London zu kommen, und Omar und ich hatten unseren Spass in diesen ersten Wochen vor Babas Prozess. Wir wussten nicht, dass wir im Exil waren, wir wussten nicht, dass wir Asyl suchten. Unsere Ferienwohnung war komfortabel, und meine Mutter gab uns grosszügig Taschengeld. Auch als ich bei Tante Eva arbeitete, war die Freundlichkeit einer vertrauten Stimme da, und ich war von Erinnerungen an Khartum umgeben. Doch jetzt war sie gegangen, und ihre syrische Freundin kannte weder den Sudan noch meine Eltern. Sie beschäftigte mich als Hausangestellte, und ich wurde zu einer. Ich war ein Dienstmädchen wie jene, die meine Eltern angestellt hatten. Es kam mir nicht seltsam vor. Es machte mir fast nichts aus. In der Moschee kannte niemand meine Vergangenheit, und ich sprach nicht davon. Was sie von mir sehen konnten, machte keinen Eindruck: keine religiöse Erziehung, kein Abschluss, kein Gatte, kein Geld. Vielen war ich deshalb sympathisch, und sie redeten von sich und meinten mich mit als eine, die von der Sozialhilfe lebte oder aus einem benachteiligten Elternhaus stammte. Ich fand es nicht seltsam. Und es machte mir fast nichts aus. Das Rutschen und Stürzen kam an ein Ende. Langsam, aber sicher richtete ich mich am Boden ein. Es fühlte sich seltsam behaglich und schmerzlos an: so als ob das Schlimmste überstanden wäre. Und dort in der Tiefe vergraben lag die Wahrheit.

Die mich leiteten, wählten mich, nicht ich wählte sie. Manchmal hielt ich inne und überlegte, was ich denn im Auto dieser Frau tue und was in ihrem Haus und wer mir dieses Buch zu lesen gab. Die Worte waren klar, als hätte ich all dies schon längst gewusst und unterwegs nur irgendwie vergessen. Helft meiner Erinnerung auf die Sprünge. Lehrt mich eine alte Weisheit. Rüttelt mich auf. Tröstet mich. Sagt mir, was einmal geschehen wird und was einst geschah. Erklärt es mir. Erklärt mir, warum ich hier bin und was ich tue. Erklärt mir, warum ich so tief gesunken bin. War es natürlich, war es heilbar?

Wafâa nahm Gestalt an. Die Frau, die meine Mutter ins Leichentuch eingehüllt hatte. Die Frau, die mich ab und zu angerufen und zu mir über einen Abgrund hinweg gesprochen hatte; vor meiner Gleichgültigkeit war ihre Stimme erlahmt, und ihre Bitten waren geschwächt. Ich rief sie an, um die Einladung anzunehmen, die sie zwei Jahre zuvor ausgesprochen hatte, und sie war nicht erstaunt. »Wir werden dich um sieben abholen«, sagte sie. Während ich auf sie wartete, versuchte ich mich zu erinnern, wie sie aussah.

Ein blauer Kleinbus fuhr vor meinem Apartment vor. Ihr Mann sass am Steuer, ein blonder Engländer. Ich hatte noch nie einen wie ihn getroffen, einen Konvertiten. Ich sass neben ihren Kindern: einem langhaarigen Jungen und zwei dünnen Mädchen. Wafâa wirkte lebhafter und jünger, als ich sie in Erinnerung hatte, und trug Hosen und ein braunes Kopftuch. Vielleicht war sie, wenn ihre Familie da war, so aufgeräumt. Ihr Mann sagte nichts zu mir und sah mich auch nicht an, während sie auf dem ganzen Weg zur Moschee arabisch schwatzte. Sie beklagte sich über die Schule der Kinder und die Medienberichterstattung über den Krieg, aber ich bekam den Eindruck, dass sie all dies souverän meisterte. Der Wagen roch nach Terpentin, und ein Fetzen Tapete kringelte sich am Boden. Der Ehemann, Ali, arbeitete als Maler und Tapezierer. Und sie war die Assistentin eines Schneiders in dessen Geschäft in der Nähe der Bond Street. »Ich könnte Kleider für dich entwerfen«, sagte sie, was ich so verstand, dass meine Kleidung unpassend war.

Ali war mir ein Rätsel. Anwar hatte mir den Eindruck vermittelt, dass alle Engländer säkular und liberal seien. Ali war überhaupt nicht so und war doch ganz Engländer und hatte nie einen Fuss auf nichtbritischen Boden gesetzt. Als ich Wafâa besser kennenlernte, erzählte sie mir von seiner Konversion; wie er ein frommer Christ gewesen sei und gefühlt habe, dass die Kirche ihm nicht streng genug war. Je öfter sie mich im Auto mitnahmen, desto besser verstand ich ihn und hörte zu, wie er mit Wafâa über den Verkehr klagte oder eines der Kinder neckte. Es war nicht nur sein Akzent, den ich besonders fand. Er war nicht sehr klug, aber ich war gerührt von seiner Geduld mit den Kindern und seiner Weltanschauung. Ich dachte an Anwar und Ali: dass sie sich wohl nie begegnen würden und wie die Existenz des einen die des anderen irgendwie untergrub.

Ich kannte Anwar gut genug, um seine Reaktion auf das, was ich rundum hörte und sah, zu ermessen. Seine Ansichten über Religion standen fest, und er hasste Fundamentalisten. Er hielt es für altmodisch, an etwas Übernatürliches zu glauben: an Engel oder an Dschinnen, an Himmel und Hölle oder die Auferstehung. Er war für Rationalität und Vernunft und verachtete unweigerlich jene, die Gott oder das Paradies nötig hatten und die Angst vor der Hölle. Er betrachtete es als Schwäche, die zudem keineswegs lässlich oder harmlos sei, fand er. Man sehe sich bloss die Geschehnisse im Sudan an, die Menschenrechte, die Meinungsfreiheit und den Terrorismus. Doch genau da konnte ich nicht mehr folgen. Ich wollte diesen grossen Dingen nicht ins Auge blicken, weil sie mich überwältigten. Es sollte um mich gehen, um meine Gefühle und Träume, meine Angst vor Krankheit, Alter und Hässlichkeit und um meine Schuld, wenn ich bei ihm war. Es waren keine Fundamentalisten gewesen, die meinen Vater umgebracht hatten; und es waren keine Fundamentalisten gewesen, die meinem Bruder Drogen gegeben hatten. Aber ich konnte Anwar nicht widersprechen. Ich hatte weder die Worte noch die Bildung oder den Mut dazu. Ich hatte ihm nachgegeben, aber er hatte sich geirrt, die Schuld ging nie weg. Jetzt wollte ich eine Waschung und Reinigung, eine Wiederherstellung der Unschuld. Ich sehnte mich danach, wieder geborgen zu sein bei Gott. Ich sehnte mich danach, meine Eltern wiederzusehen und wieder mit ihnen zu sein wie in meinen Träumen. Diese Männer, die Anwar als engstirnig und bigott verurteilte, Männer wie Ali, waren zärtlich zu ihren Frauen und beschützten sie. Anwar war klug, aber er würde nie zärtlich und ein Beschützer sein. Einmal erzählte ich ihm, dass Kamâl sich in der Küche von hinten angeschlichen und mich bedrängt hatte, obwohl er es dann rasch ein Versehen nannte. Aber Anwar sagte nur: »Du bist abgeklärt genug, um mit so was umzugehen, Nadschwa. Mach keine grosse Sache daraus. Sei nachsichtig mit ihm; der arme Junge hat viele Komplexe.«

Wafâa sagte: »Es freut mich so, dass du jede Woche mit uns zur Moschee kommst. Es freut mich so, dass dir unsere Zusammenkünfte gefallen.«

Sie gefielen mir wirklich. Ich mochte es, wie zwanglos wir auf dem Boden sassen und dass keine Männer da waren. Dass die Zündfunken, die sie mitbrachten, fehlten, das Knistern und die Zweideutigkeit. Ohne sie war die Atmosphäre ruhig und sanft, mädchenhaft und unschuldig dank all der Kinder um uns, rundliche kleine Mädchen, die dicht neben ihren Müttern sassen, kleine Jungs, die bis zur Wand krochen und sich daran hochzogen, bis sie stolz und wackelig dastanden. Ich mochte die Unterweisungen bei diesen Zusammenkünften, denn sie waren ernsthaft und schlicht, kraftvoll, aber nie intellektuell oder geistreich. Was ich vernahm, würde ich nie draussen hören, würde ich nie im Fernsehen hören oder in einem Magazin lesen. Ich fand ein Echo in mir, ich verstand es. *Gleichgültig wie sehr du jemanden liebst, wird er sterben. Gleichgültig wie gesund du bist oder wie reich, gibt es keine Garantie, dass du diesen Besitz nicht eines Tages verlierst. Uns allen steht ein Ende bevor, dem wir nicht entrinnen können.* Ich hätte gedacht, solches Reden würde mich düster stimmen und bedrücken, aber ich verliess die Moschee erfrischt, hellwach und ruhig, beinahe glücklich. Vielleicht war ich glücklich, weil ich wieder betete – nicht wie in meiner Jugend, als es bloss darum ging, meine Noten aufzupolieren oder den Fastengeboten im Ramadan zu genügen, sondern mit dem Vorsatz, es nie wieder aufzugeben. Ich strebte nach etwas Neuem. Ich strebte nach andächtiger Erbauung und erkannte, dass es das war, worum ich die Studenten damals beneidete, die sich eingefunden hatten, um auf dem Rasen der Universität Khartum zu beten. Darum hatte ich unseren Gärtner beneidet, der den Koran rezitierte, und unsere Dienstboten, die im Morgengrauen erwachten. Wenn ich jetzt die Lesung aus dem Koran hörte, war es in mir nicht mehr öde und taub, sondern ich lauschte den Worten und war hellwach.

Einer der Gefährten des Propheten blieb zum Gebet fast die ganze Nacht stehen. Er betete auf seinem Dach, und ein kleiner Junge blickte auf und hielt ihn für einen Baum. Ein Baum, der auf einem Hausdach wuchs, wie seltsam! Wäre dieser Mann nicht glücklich dabei gewesen, wie hätte er dem Schlaf widerstehen und so lange weiterbeten können? Und glücklich war er, weil er demütig war ...

Anwar rief ab und zu an. Zuerst war er wütend, weil ich ihm nicht bei seinem Artikel geholfen hatte, und dann ratlos. Ich erzählte ihm von meinen neuen Aktivitäten und Freunden. »Das ist doch nur eine Phase«, sagte er. »Du bist nicht wie diese Leute, du gehörst nicht zu ihnen, du bist modern.« Es war sein erster Eindruck von mir, der geblieben war: die Studentin im engen, kurzen Rock mit ihrem Privatschulenglisch, die flirtete und lachte, keck und abenteuerlustig war.

»Ich habe mich verändert, Anwar.«

»Nein, das stimmt doch nicht. Das bildest du dir bloss ein.«

»In der Moschee fühle ich mich wieder wie zu Hause in Khartum. Es ist die Atmosphäre und wie die Leute ...«

»Du irrst dich. Der Sudan besteht nicht nur aus dem Islam.«

Ich wollte nicht mit ihm streiten. Er konnte mir Zahlen und Fakten und wohlbegründete Argumente um die Ohren schlagen. Aber ich folgte meinen Gefühlen und wusste nicht, wie ich sie verteidigen könnte.

Er sagte: »Ich vermisse dich. Vermisst du mich nicht auch?«

»Ja, aber ich halte das, was du über meinen Vater sagst, nicht mehr aus. Ich kann kein Leben führen, in dem ich nicht einmal weiss, dass der Ramadan angefangen hat. Ich kann nicht. Ich bin es satt, ein schlechtes Gewissen zu haben. Es ödet mich an, mich schuldig zu fühlen.«

Wenn er mir jetzt einen Heiratsantrag gemacht hätte, hätte ich ja gesagt und wäre zu ihm zurückgegangen. Aber das Schicksal wollte es, dass er sagte: »Du fühlst dich doch gar nicht schuldig, Nadschwa. Es ist die Gehirnwäsche, die diese Leute mit dir betreiben. Was wir füreinander empfinden, ist Liebe. Das ist kein Grund, sich schuldig zu fühlen.«

Er sprach von etwas ganz anderem, als ob er gar nicht zu mir sprechen würde. Und er verstand sich darauf, mich zu verletzen. »Wenn alles, was du in der Moschee hörst, stimmt, kommt deine geliebte Tante Eva in die Hölle, weil sie keine Muslima ist. Findest du das gerecht, nach all dem Guten, was sie für dich getan hat?«

Ich geriet ins Stottern, brach in Tränen aus und wimmerte in den Telefonhörer. Er versuchte es zwar, aber er konnte ein Lachen nicht unterdrücken.

Sich von etwas Verbotenem abwenden ist in Allahs Augen besser als fünfzigtausend Pilgerfahrten. Wenn wir uns beherrschen und die Grenzen achten, die uns Allah gesetzt hat, belohnt Er uns vielfach. Wir wären keine Menschen, wenn wir nicht Fehler machen würden. Aber wir müssen sie auch bereuen und um Vergebung bitten. Selbst der Prophet Muhammad, Friede sei mit ihm, – der ohne Sünde war – pflegte siebzigmal am Tag um Vergebung zu bitten.

Kann ich auch für jemand anders um Vergebung bitten, für schon Verstorbene?

Ja, das kannst du. Natürlich kannst du das. Und du kannst in ihrem Namen Almosen geben und für sie aus dem Koran lesen. All dies wird sie erreichen, deine Gebete werden Balsam sein für sie in Elend und Einsamkeit ihres Grabs oder werden als strahlende, wunderbare Gaben zu ihnen dringen. Als Gaben zum Öffnen und Geniessen, im Wissen darum, dass sie ein Geschenk von dir sind.

Ich stand vor dem Spiegel und schlang das Tuch über mein Haar. Meine Locken wehrten sich, der Stoff plättete sie. Sie entwischten und hüpften über meine Stirn, um meine Ohren. Ich schob sie zurück und drehte den Kopf, um die Sache von hinten zu sehen, und es war ein steifer Buckel, ein knapp mit Stoff bedecktes Gestrüpp. Das Baumwolltuch war fadenscheinig. Es war alt, meine Mutter hatte es benutzt, wenn sie ihr Haar ölte. Jetzt hing es mir schlapp in die Stirn. Ich sah nicht mehr aus wie ich. Etwas war entfernt worden, stromlinienförmig gemacht, gebändigt worden; etwas war geschrumpft. Und war dies mein wahres Selbst? Ohne die Locken sah ich zahm und ordentlich aus, würdevoll und sanft.

Das Tuch lösen und die Verwandlung beobachten. Wie wirkte ich jünger? Mit oder ohne Kopftuch? Und wie attraktiver? Darauf war die Antwort klar. Ich warf das Tuch auf das Bett. Ich war noch nicht bereit, noch nicht bereit für diesen Schritt. Das Tuch roch nach dem Öl, das meine Mutter für ihr Haar benutzt hatte. Ich stellte sie mir vor, wie sie in Khartum vom Friseur zurückkehrte, mit weichem, geglättetem, ein wenig aufgeladenem Haar, das intensiv nach Spray roch. An solchen Tagen bedeckte ihr Tob kaum das Haar, und sie liess den Stoff ohne Bedauern verrutschen. Als ich ganz klein war, streichelte ich gern ihr gestrecktes Haar und genoss seine vorübergehende Glätte. »Hoffentlich hast du saubere Hände!«, sagte sie dann. Von einem Tropfen Wasser oder Schweiss lockte sich jede Strähne sofort wieder, und an einem solchen Tag würde sie zu einem besonderen Anlass gehen, um dort zu glänzen und Aufsehen zu erregen. Aber in trüben Zeiten, wenn ihr Haar unfrisiert war, schlang sie es zu einem Knoten und liess den Stoff ihres Tob nicht verrutschen. Dann sah sie fast wie voll verschleiert aus. Sie hätte es zwar nicht geglaubt, aber sie war selbst dann noch schön, peinlich sauber und fragil ohne Make-up und mit umso leuchtenderen Augen.

Ich zog einen alten Tob von ihr hervor – meterweise seidiger brauner Stoff. Ich nahm mein Haar mit einem Gummiband zusammen und bändigte die Locken mit Haarnadeln. Ich schlang den Tob um mich und bedeckte mein Haar. Im Ganzkörperspiegel sah ich meine Doppelgängerin, königlich wie meine Mutter und fast geheimnisvoll. Vielleicht war allein dies attraktiv, die Kunst, zu verhüllen statt zu zeigen, zurückzuhalten statt darzubieten.

Wafâa ging mit mir meine ersten Kopftücher kaufen. Ich erstand sie schliesslich bei Tie Rack. Ich wählte die Farben, folgte aber ihrem Rat, sowohl Viereck- wie lange Rechtecktücher zu kaufen. Wieder zu Hause in ihrem Schlafzimmer, sahen ihre Töchter ihr dabei zu, wie sie mich die Tücher knüpfen lehrte, wie ich sie zunächst falten musste und wo die Nadeln hinkamen. »Du siehst sehr hübsch aus«, sagte sie voller Begeisterung. Wo kam sie bloss her, diese Frau? Es war ihre Aufgabe gewesen, meine Mutter für das Grab einzuhüllen, und jetzt lehrte sie mich, mein Haar für den Rest meines Lebens zu verschleiern. Sie war eine Lehrerin, keine Freundin. Eines Tages würde sie sich einer anderen Schülerin zuwenden, und ich würde in eine höhere Klasse aufsteigen. Jetzt sass ich an ihrem Frisiertisch, nahm eine Nadel aus ihrer Hand und musterte ihre Parfums und Salben. Als Ali nach Hause kam, verwehrte sie ihm den Zutritt. Er seufzte ergeben hinter der Tür, und wir kicherten alle. Auf dem Heimweg lächelte ich verlegen über den ungewohnten Stoff um mein Gesicht. Ich kam an einem Schaufenster vorbei und zuckte zusammen über mein Spiegelbild, aber dann dachte ich: nicht schlecht, gar nicht so schlecht. Eine neue Sanftheit umgab mich. Die Bauarbeiter, die von den Gerüsten herab anzüglich gegrinst hatten, konnten mich nicht mehr sehen. Ich war unsichtbar, und sie waren still. Alles Knisternde, Elektrisierende legte sich. Alles beruhigte sich, und ich dachte: Oh, darum ging es also – um mein Aussehen, nur um mein Aussehen, nichts weiter, nichts, was man nicht sah.

Je mehr ich lernte, desto mehr bereute ich und schöpfte gleichzeitig mehr Hoffnung. *Wenn du Allahs Barmherzigkeit begreifst, wenn du sie erfährst, wirst du dich zu sehr schämen, zu tun, was Ihm missfällt. Sein Erbarmen ist an vielen Orten und zuerst im Schoss, im* rahim, *Er gab ihm einen Teil seines Namens, al-Rachmân – der Allerbarmer. Es ist ein Ort, den wir alle erfahren haben. Er schützte uns und gab uns Wärme und Nahrung ... erinnerst du dich ...?*

Manchmal liefen mir die Tränen das Gesicht herunter. Ich schwitzte und spürte ein Brennen auf meiner Haut, in meiner Brust. Das war das Abschrubben, das ich brauchte. Peeling, Klären, porentiefe Reinigung – alles Wörter, die ich von den Schönheitsseiten der Illustrierten und den Ladentischen bei Selfridges kannte. Jetzt dienten sie meiner Seele, nicht meiner Haut.

Es war unvermeidlich, dass Anwar mich ein letztes Mal aufsuchen würde. Er kam zu meinem Apartment und läutete. Statt den Türöffner zu betätigen, rief ich: »Warte, ich komm runter.« Ich schlüpfte in meinen neuen knöchellangen Rock und meine langärmlige Bluse. Ich band mein Kopftuch um. Es war wie an dem Tag bei Selfridges, als ich das knappe schwarze Kleidchen anprobiert hatte und aus der Umkleidekabine spaziert war, um es ihm vorzuführen. Lachlust steckte noch immer in mir und der Wunsch, ihn ein letztes Mal zu reizen. Ich steckte mein Kopftuch mit einer Nadel fest. Dann ging ich langsam die Treppe hinunter, in Erwartung seiner schockierten Miene.

Sechster Teil

2004

Dreiunddreissig

Ich habe keinen Job mehr, ich bin arbeitslos. Zum ersten Mal hat man mir gekündigt und gesagt, ich solle nie wiederkommen. Ich stelle den Wecker nicht, aber ich wache immer noch zur gewohnten Zeit auf. Ich ziehe die Vorhänge auf, und die Sonne blendet mich. Ein Tag, um Mai auf die Schaukel zu setzen. Lamja hatte mir keine Gelegenheit für einen Abschiedskuss gegeben. Stattdessen griff sie nach dem Telefon und bestellte ihre Mutter. Doktorin Sainab kam, um sich um Mai zu kümmern, bis wieder ein Kindermädchen gefunden war oder ein Platz in der Krippe der Universität frei wurde. Sie kam auch, um sich mit ihrem eigensinnigen Sohn zu befassen. Es war nicht nur sein Benehmen in der Partynacht, das ihr Kommen veranlasst hatte, es waren auch seine Prüfungsergebnisse. Er war durchgefallen. Sie waren den ganzen Tag hinter ihm her, Mutter und Schwester, nörgelten und machten ihm Vorwürfe, bis er seine Sachen packte und aus der Wohnung stürmte. Die letzten paar Tage hatte er in der Moschee kampiert. Sicher gibt Lamja mir die Schuld. Sie glaubt, ich hätte ihn verführt und seine Jugend ausgenutzt. Sie glaubt, ich sei hinter ihrem Geld her. Ihre Stimme summt mir im Ohr, wie sie auf ihre Mutter einredet und sie in das Zerrbild einweiht. Vielleicht sitzen sie am Küchentisch mit ihren Kaffeetassen, während Mai Fernsehen schaut, die Waschmaschine rumort und der Müllmann die Aussentreppe hochklettert. Ich werde rot, wenn ich daran denke, was Doktorin Sainab hören wird, und ich mich nicht einmal verteidigen kann. Kein Wunder, dass üble Nachrede eine Sünde ist, sie hat eine solche Macht.

Ich geistere durch die St John's Wood High Street. Ich gehe an ihrer Wohnung vorbei und dem roten Briefkasten davor. Ich gehe am Zeitungskiosk vorbei, der eben aufgemacht hat. Ein Lieferwagen ist auf der Strasse geparkt, Milch- und Fruchtsaftkartons und Eier werden ausgeladen. Die Geschäfte sind noch zu. Ich starre durch die Scheiben auf ein beiges Kostüm mit passender Handtasche und Schuhen. Es gibt keine Preisschilder, und die Auslage ist karg, nur wenige Artikel werden ausgestellt. Ich muss nicht rätseln, wie es ist, hineinzugehen und ein Kleid auszusuchen. Ich weiss es. Ich kenne den exklusiven Empfang, den luxuriösen Umkleideraum, den Geräusche schluckenden dicken Teppich und den Parfumduft. Ich überquere die Strasse zum Oxfam-Laden. Er ist ebenfalls geschlossen. Der Mantel im Schaufenster sieht hübsch und tragbar aus; ich sollte gelegentlich mal reinschauen und ihn anprobieren. Es ist wohl höchste Zeit für mich, meinen Stolz abzulegen und Secondhandkleider zu tragen. Ich habe schon längst bemerkt, dass Frauen der Mittelschicht hier in London Secondhandkleider zum Vergnügen tragen. Aber ich bin keine Frau aus der Mittelschicht, und ich habe keinen Abschluss. Ich gehöre der Oberschicht an und habe kein Geld.

Der Geruch nach frisch gebackenem Brot lockt mich in die Bäckerei. Ich kaufe Croissants und setze mich in den kleinen Park vor der Wohnung. Der Park ist zu dieser Morgenstunde fast leer. Eine ältere Dame macht einen Spaziergang, und ein Mann sitzt auf einer Bank und liest den *Telegraph*. Sie wissen, dass dies die beste Tageszeit ist, die frischeste. Die Dame lächelt im Vorbeigehen und sagt guten Morgen. Die Leute sind freundlich in dieser Gegend, und die älteren unter ihnen haben Stil. Sie erinnern mich an meine Mutter. Ich träume jetzt oft von ihr. Sie ist krank und verstört und sorgt sich um Omar. Ich muss die Sure *Jâ Sîn*[51] für sie lesen, jetzt da ich freie Zeit habe. Ich beobachte Lamja, wie sie das Haus verlässt. Ihre Kleider sind mir vertraut von den vielen Malen, da ich sie gebügelt und in ihren Schrank gehängt habe. Diese Jacke habe ich mal aus der chemischen Reinigung geholt. Ich sehe zu, wie Lamja zu ihrem Auto geht. Sie sieht gut aus, aber sie ist schmächtig und hat keinen Charme. Ein Nachbar geht an ihr vorüber, und sie grüsst ihn ehrerbietig mit einem breiten Lächeln. Ich habe sie noch nie ehrerbietig gesehen; das ist eine neue Seite an ihr. Ich blicke auf und sehe gerade, wie Doktorin Sainab die Vorhänge aufzieht, die Sonne spiegelt sich im Fenster, und ich kann ihren Gesichtsausdruck nicht sehen. Es muss harte Arbeit für sie sein – Mai und die Wohnung. Irgendwie kann ich mir nicht vorstellen, dass Lamja auch nur einen Finger rührt, um ihr zu helfen, aber das ist unrealistisch, sie wird ihren Teil beitragen müssen.

Ich treffe Tâmer in Regent's Park. Es fühlt sich seltsam an, nur wir beide, ohne Mai. Er sieht zerknittert und abgehärmt aus. Er isst und schläft nicht richtig in der Moschee. Zum ersten Mal sieht er schmuddelig aus, aber die Fragen zu seinem Befinden langweilen ihn bald. Er wischt meine Sorge beiseite und gibt nichts auf die Croissants, die ich ihm mitgebracht habe. Er ist abgelenkt von seinen Gedanken und Plänen. »Ich werde die Prüfung nicht wiederholen. Ich will nicht. Ich werde an eine andere Uni ausserhalb von London gehen.«

Ich denke an die Städte ausserhalb Londons. Sie müssen vergleichsweise langweilig und grün sein. »Wie willst du dich ohne Zustimmung deiner Eltern selber durchschlagen? Sie haben schon diese Wohnung hier. Werden sie dir eine Unterkunft woanders bezahlen?«

Er versteift sich. »Ich suche mir einen Job.«

»Als was?«

»Ich weiss doch auch nicht. Ich kann ja Pizza austragen.«

»Das wird gefährlich für dich sein nachts. Es gibt Leute, die dir schaden könnten.«

Er besteht nicht darauf, dass er auf sich aufpassen kann. Stattdessen tritt er einen leeren Fruchtsaftkarton an den Wegrand. »Ich hab versucht, in der Moschee nach Arbeit zu fragen, aber wenn ich davon anfange, wollen alle wissen, warum ich von zu Hause weggelaufen bin und mit meiner Familie gestritten habe. Ich mag das nicht. Ich möchte in Ruhe gelassen werden. Ich mag keine neugierigen Leute. Wir müssen heiraten, dann kann ich mit dir zusammenleben.« Er sieht mich bittend an.

»Deine Eltern werden niemals einwilligen.«

»Sie werden es akzeptieren müssen. Je länger ich von zu Hause wegbleibe, desto eher werden sie begreifen, wie entschlossen ich bin.« Er kommt mir fremd vor, wie irgendein rebellischer Teenager.

Ich nehme einen neuen Anlauf. »Wenn du sie verletzt, wirst du nicht glücklich sein, und ich will, dass du glücklich bist.«

Er gibt noch immer nicht nach. »Ich muss daran denken, zu tun, was Allah gefällt und nicht was andere wollen. Ich will keine Sünde begehen.«

»Du wirst keine Sünde begehen.« Wie kann ich da sicher sein? Ich habe Leute entgleiten und sich wegwerfen sehen; ich habe es bei mir selber gesehen.

Er bleibt stehen und sieht mich an. »Du hast nie ja gesagt. Du hast nie gesagt, du willst mich heiraten.«

Ich lache. »Hab ich das nicht?«

»Nein, hast du nicht. Ich hab es bloss angenommen.« So gefällt er mir, seine Augen leuchten auf.

»Also wenn ich ja sagen soll, musst du mir versprechen, eine zweite Frau zu nehmen.«

»Wie kannst du so was Dummes sagen, Nadschwa!«

»Weil ich vielleicht keine Kinder haben kann.« Das Bedauern in meiner Stimme erschüttert mich.

»Mir liegt nichts an Kindern.«

»Das ist nicht dein Ernst.«

»Doch.« Er will meine volle Aufmerksamkeit, er will mein Kind sein.

»Vielleicht liegt dir jetzt nichts daran, aber wenn du mal älter bist, wirst du eine hübsche junge Frau und eine traditionelle Ehe wollen.«

Er sagt achselzuckend: »Die Zukunft kümmert mich nicht. Mich kümmert bloss das Jetzt.«

Aber für mich ist die Zukunft nahe, bloss um die Ecke, nicht weit weg. »Ich möchte keine Scheidung erleben müssen. Lieber würde ich im Hintergrund deines Lebens bleiben, aber stets ein Teil davon sein und stets wissen, wie es dir geht.«

Leise sagt er: »Ich hab es nicht gerne, wenn du so sprichst. Ich möchte nicht an die Zukunft denken – und an all das dumme Studieren, das man mir abverlangt. Ich will nicht mal meine Prüfungen wiederholen.«

»Wenn du wählen könntest, ganz ohne Einschränkungen, was würdest du denn tun?«

Er lächelt und sieht wieder so jung aus, wie er ist, sanft und verträumt. »Wir beide würden zurückreisen in der Zeit. In eine Zeit der Pferde und Zelte, der Schwerter und Überfälle.«

Ich lächle, und er fährt fort: »Da gäbe es kein ›Business‹, und ich müsste nicht an die Universität gehen.«

Wir sind beide zu einfache Gemüter für diese Zeit und diesen Ort. Manchmal möchte ich sterben; nicht aus Angst oder Verzweiflung, bloss um vom Leben zurückzutreten, im Schatten zu stehen und zuzuschauen, wie es ohne mich weiterzieht, wankelmütig und wild.

Der Park ist angenehm und halb leer. Wir kaufen als Erste Eis an einem verlorenen Wagen, setzen uns auf eine Bank und schauen den Schwänen zu.

»Glaubst du, Mai erinnert sich noch an mich?«, frage ich.

»Sie langweilt sich bestimmt ohne dich.«

»Ich habe von ihr geträumt letzte Nacht.«

Er lächelt. »Ich liebe dich. Das weisst du, nicht wahr?«

Ich nicke. Mitleid überwältigt mich, und Tränen schiessen mir aus den Augen. Um dem Schluchzen ein Ende zu machen, schlecke ich mein Eis und sage: »Lamja schuldet mir Geld. Ich bin am Achtundzwanzigsten gegangen, und sie hat mich für diesen Monat nie bezahlt.«

»Sie ist mühsam.« Er öffnet seine Brieftasche und gibt mir all seine Noten. Steife Zwanzigpfundnoten, sein Taschengeld. Geld ist für ihn selbstverständlich. Das sieht man an der Art, wie er die Noten berührt. Er kann mehr beziehen an der Kasse, vom Bankkonto, das seine Eltern für ihn füttern. Er denkt, sie werden immer da sein, ihn immer bedingungslos unterstützen. In seinem Alter war ich auch so. Ich stecke das Geld ein.

»Du solltest nach Hause gehen, Tâmer.« Ich sage es sanft, aber er versteift sich und schüttelt den Kopf. Er starrt auf das Gras hinunter, statt meinem Blick zu begegnen. Ich versuche es noch mal. »Es ist unrecht. Du weisst, dass es eine Sünde ist, jemanden mehr als drei Tage lang zu ächten, besonders Mutter und Schwester.«

»Ich habe mit meiner Mutter telefoniert. Sie weiss, wo ich bin.« Ein schlechtes Gewissen verbirgt sich hinter dem Trotz in seinen Augen.

»Und Lamja?«

»Hat sie dich angerufen? Hat sie sich entschuldigt?«

Ich schüttle den Kopf. Ich erwarte es auch nicht.

»Das sollte sie aber. Ich hab ihr gesagt, ich werde dich heiraten. Du wirst meine Frau werden, und sie wird dich wie eine Schwester behandeln müssen, ob es ihr passt oder nicht.« Dies ist eine neue Härte. Er ist erwachsen geworden. Und was ich so hinreissend gefunden hatte, dieses Leuchten, der Paradiesesduft, ist beinahe verschwunden. Bald wird er so sein wie wir alle.

»Und deine Mutter – wie hat sie reagiert?« Das hatte ich ihn noch gar nicht gefragt.

»›Ich kann nicht glauben, dass mein Sohn mir das antut‹, hat sie gesagt und angefangen zu weinen. Es war entsetzlich.«

»Da hat sie aber hohe Ansprüche!«, platze ich heraus. »Was du getan hast, ist ja rein gar nichts, wenn man es mit dem vergleicht, was meine Mutter von Omar erdulden musste. Die Leute denken ja, sie starb an Leukämie, aber eigentlich starb sie an ihrem gebrochenen Herzen.« Er weicht ein wenig von mir zurück. Seine Mutter nimmt er in Schutz, sie standen sich immer nahe.

Als er widerwillig zur Uni aufbricht, gehe ich zur Moschee. An der Ecke Wellington Road sehe ich, wie Doktorin Sainab und Mai in ein Taxi einsteigen. Mai erkenne ich zuerst. Doktorin Sainab hat sich verändert. Ihr Gesicht ist aufgedunsen, ihr Haar strähnig, und sie hat dunkle Augenringe. Ungeschickt hilft sie Mai ins Taxi und hievt sich dann selbst hinein. Sie zieht die Taxitür zu, aber zu schwach, und sie muss den Vorgang wiederholen. Sie ist nicht sie selbst. Ihre Zuversicht ist angeschlagen; sie muss einem Sturm trotzen.

In der Moschee erteilt Umm Walîd im Frauengebetsraum Unterricht. Sie scheint besorgt, mich zu Arbeitszeiten zu sehen, aber sorgenvoll sieht sie eigentlich immer aus. Sie bedeutet mir, mich in den Kreis zu setzen. Der Unterricht muss schon länger dauern, denn der Ruf zum Mittagsgebet naht. Umm Walîd reicht mir einen Koran. Es ist ein *Tafsîr*[52]-Kurs, und man diskutiert Verse aus der Sure *Die Höhen*.[53] Ich denke an Wafâa, die mir vor Jahren einen Koran schenkte und sagte: »Den sollst du behalten.« Sie und Ali leben inzwischen in Birmingham. Die Leute ziehen weiter, manche Schwestern gehen, und neue

nehmen ihren Platz ein. Umm Walîd kann alle von ihren persönlichen Problemen ablenken und zum Zuhören bringen. Vielleicht ist es die Dringlichkeit in ihrer Stimme.
»Es gibt verschiedene Auslegungen dazu, warum diese Männer auf den Höhen sind. Die Höhen sind ein Berg, der zwischen dem Paradies und der Hölle steht. Die Männer stecken in der Mitte fest, sie sehnen sich nach dem Paradies, fürchten die Hölle und können beides sehen. Eine Auslegung meint, ihre guten und schlechten Taten hielten sich die Waage. Nach einer anderen Auslegung sind es junge Männer, die von zu Hause weggingen und ohne die Erlaubnis ihrer Mütter und Väter in den Dschihad zogen. Weil sie für Allah starben, ist ihnen die Hölle erspart geblieben, aber weil sie ihren Eltern das Herz brachen, bleibt ihnen das Paradies versagt.«

Vierunddreissig

Jetzt sitzt sie also vor mir, in einem Lehnstuhl in meiner Wohnung. Es ist, als schwebten wir in einem Zustand der Anspannung. Diese füllt den Raum und macht meine Stimme und meine Bewegungen schleppend. Ich glaube, wenn sie gegangen ist, werde ich erschöpft sein und mich hinlegen müssen. Mai ist nicht bei ihr, was heisst, dies ist ein förmlicher Besuch, von dem Lamja weiss. Seit Doktorin Sainabs Anruf habe ich geputzt und aufgeräumt, einen Kuchen gebacken und mir das Haar gewaschen. Ich muss einen guten Eindruck machen, das bin ich nicht nur Tâmer, sondern auch mir schuldig, weil ich sie bewundere und eine Rechtschaffenheit in ihr spüre, nicht im philosophischen Sinn wie bei ihrem Sohn, sondern eine handfeste Redlichkeit, die in nüchternem Pragmatismus gründet. Es fällt mir heute mehr denn je auf, wie sehr Tâmer ihr ähnlich sieht, wie sehr er von ihr ist, von ihrer maskulinen Seite, ihr einziger Sohn. Sie sieht besser und beherrschter aus als an dem Tag, als ich sie ins Taxi einsteigen sah. Ihr Gesicht ist zwar immer noch aufgedunsen, und die Augenringe sind noch da, aber ihr Haar ist frisiert, sie ist sorgfältig geschminkt und elegant in weisser Hose und blassgrüner Jacke. Sie sieht mich zum ersten Mal ohne meinen Hidschab. Ihre Augen huschten über mich, als ich die Tür öffnete, und sie sah meine Wandlung. Aber sie sagte nichts oder verbarg ihre Überraschung gut. Vielleicht hatte sie es erwartet. Ich will ihr zeigen, dass ich attraktiv bin und mehr als nur eine Hausangestellte. Als sie spricht, stelle ich fest, dass sie es weiss.

Wir sondieren allgemeine, unverfängliche Themen – Mai, das Wetter und wie voll London im Sommer wird. Ich biete ihr frischen Orangensaft, Kaffee und Bananencake an. Sie weist meine Gastfreundschaft nicht zurück, und ich bin dankbar dafür. Sie hat gute Manieren und leert ihr Glas, lobt den Kuchen und gestattet sich sogar ein zweites Stück. Vielleicht können wir Freundinnen werden, wenn ich zu alt für die Rolle einer Schwiegertochter bin. Wir können Schwestern werden. Ich entspanne mich und höre mich auf einmal von meiner Mutter reden, ich zeige ihr alte Fotos, die mich unwirklich anmuten. Sie sagt, Tâmer habe ihr von meinem Vater erzählt. Ihre Stimme ist sachlich, wie bei einem Arzt, der eine schwere Krankheit erörtert, und ich darf nicht vergessen, dass sie tatsächlich Ärztin ist. Sie macht deutlich, dass sie mich mit meiner Vergangenheit nicht plagen, sie aber auch nicht ignorieren will. Ich sollte mich nicht wundern, dass Tâmer es ihr erzählt hat. Es ist ein gutes Zeichen, dass er mit ihr spricht, und sei es bloss am Telefon. Aber ich habe mich an Verschwiegenheit gewöhnt, sie ist ein Teil von mir geworden. Und jetzt fühle ich mich verletzlich.

»Mein Mann kennt deinen Vater«, sagt sie.

»Kennt ihn vom Hörensagen, meinen Sie. Wie die meisten Sudanesen.« Ich sage es mit einer gewissen Schärfe, weil es so aussichtslos ist, dass jemand ihn als mein Fleisch und Blut und nicht einfach als Symbol, als öffentliche Person sieht.

Sie blickt mir direkt in die Augen. »Vom Hörensagen, ja. Politik ist ein schwieriges Geschäft in unseren Ländern, bei all diesem Auf und Ab.«

»Ja.« Aber mein Vater war nicht wirklich Politiker. Es kümmerte ihn nicht, welche Politik das Land betrieb, solange seine Karriere vorankam. Es wäre unrecht, ihm die Rolle des verratenen politischen Idealisten oder gefallenen Helden zuzuschreiben, auch wenn es tröstlich wäre. Doch mein Trost ist Allahs Erbarmen und Allahs Gerechtigkeit.

Sie sagt: »Das Klima verändert sich gerade im Sudan. Die Zukunft sieht gut aus.«

»Vielleicht gehen manche Leute bald einmal zurück.« Ich denke an Anwar und seine Frau mit ihren beiden kleinen Söhnen, oder kommt eine Rückkehr für sie zu spät?

Sie spricht ein wenig lauter. »Würdest du denn gern zurückkehren?«

Ihre Frage klingt seltsam, berechnend. Sie schlägt die Augen nieder und rührt in ihrem Kaffee.

»Ja«, sage ich langsam, »es wäre schön zurückzukehren, doch es ist unwahrscheinlich.«

»Aber du verdienst doch eine bessere Stellung, besser als deine Arbeit hier, und nur im eigenen Land können wir uns wirklich respektiert fühlen. Allah erhalte dir deine Gesundheit, aber älter werden wir alle, und eines Tages wirst du andere brauchen, die sich um dich kümmern.«

Ich weiss, wovon sie spricht, sie geht meiner tiefsten Unsicherheit auf den Grund. Wir reden davon in der Moschee, was mit denen geschieht, die keine Kinder haben oder deren Kinder nicht helfen können. Werden wir in Pflegeheimen enden, wo sie uns Schweinehack einlöffeln und wir den Unterschied nicht einmal bemerken?

»Du kannst in Khartum einen anständigen Job bekommen, einfach weil du bist, wer du bist, und Englisch kannst. Du kannst vielleicht eine Kinderkrippe führen oder als Betreuerin in einem Mädchenwohnheim arbeiten.«

Ihre Vorschläge brauchen Kapital und Mut. Sie will auf etwas hinaus, aber ich durchschaue ihre Gedankengänge noch nicht.

»Du kannst selber ein Hausmädchen haben in Khartum«, fährt sie fort. »Anscheinend stellen die Leute jetzt Südsudanesinnen an, nicht mehr Äthiopierinnen wie früher – die sind zu teuer.«

»Es ist immer nett, über Khartum zu plaudern und die Vergangenheit aufleben zu lassen.«

Sie wirkt konsterniert, als ob sie eine andere Antwort erwartet hätte. Es ist seltsam, dass sie nicht von Tâmer spricht. Er ist doch sicher wichtiger als ich. Sie stellt ihre Tasse ab und sagt: »Ich bin eigentlich gekommen, um für Lamjas Verhalten um Verzeihung zu bitten. Sie kann manchmal heftig sein. Sie hat sich sehr ungehörig benommen dir gegenüber, und es tut mir leid ...«

Ich unterbreche sie: »Doktorin Sainab, es genügt mir, dass Sie mich besuchen. Sie brauchen sich nicht zu entschuldigen. Ich betrachte sie als meine Schwester und Mai als meine Tochter. Sie hat die Nerven verloren, und ich habe es ihr nicht übelgenommen.«

Sie sieht mich ernst, fast grüblerisch an. »Lamja ist seit je etwas verbissen. Sie sieht die Dinge schwarzweiss, es gibt keine Kompromisse für sie. Ich hatte mir oft gewünscht, sie wäre der Junge und Tâmer das Mädchen.«

Ich lächle in der Annahme, sie habe gescherzt, aber sie erwidert das Lächeln nicht.

Stattdessen fährt sie fort: »Ich weiss nicht, wie sie mit ihren Schwierigkeiten mit ihrem Mann umgehen will. Ich rate ihr dazu, diplomatisch zu sein, sie muss geben und nehmen. Mai zuliebe wenigstens.«

Ich bin gespannt, mehr von Lamjas Problemen zu hören.

Sie stillt meine Neugier. »Hischâm trifft sich mit einer anderen Frau, und als Lamja ihn zur Rede stellte, sagte er, sie sei schuld, denn schliesslich habe sie ihn verlassen und wolle in London leben.«

Ich verdaue diese Nachricht. Es rührt mich, dass sie sich mir anvertraut. Irgendwie bringt es mich ihr und Tâmer und dem Wunsch, Teil einer Familie zu sein, wieder näher.

»Tâmer hat Hischâm nie ausstehen können«, fährt sie fort. »Er war ihm von Anfang an nicht sympathisch. Ich weiss auch nicht, warum.«

»Weil er sich vom Schein nicht täuschen lässt, weil er die Menschen durchschaut.« Meine Stimme klingt leidenschaftlich, vielleicht zu leidenschaftlich. Sie rutscht auf ihrem Stuhl herum, und ich spüre, es ist ihr unangenehm. Wir sollten jetzt von ihm sprechen. Darum ist sie doch hier oder etwa nicht?

Aber sie sagt: »Lamja muss diplomatisch sein – tun, was er will, und tun, was sie will. So kann sie sowohl ihren Mann behalten wie ihren Doktor machen.«

»Natürlich«, murmle ich.

»Meine Tochter ist nicht einfach.« Sie schüttelt den Kopf und seufzt. »Probleme. Die Kinder werden älter, und ihre Probleme wachsen mit ihnen.«

»*Inschallah* werden sie bald gelöst sein.«

Sie greift nach ihrer Handtasche, öffnet sie und nimmt einen Scheck hervor. »Lamja schuldet dir Geld. Hier ist dein Monatslohn und eine gewisse Entschädigung für das Geschehene.« Sie legt den Scheck auf den Tisch, und ich schiele auf die Zahl. Ich blinzle und schaue noch einmal hin. Meine Stimme klingt wie ein Keuchen und fast wie ein Lachen. »Das ist viel mehr, als ich sonst bekomme. Es muss sich um einen Irrtum handeln.«

Sie rutscht auf dem Stuhl herum, schüttelt ungeduldig den Kopf. Als sie spricht, klingt es, als halte sie mich für dumm. »Es ist kein Irrtum. Das ist alles für dich.«

Ich starre sie nur an.

Sie nimmt den Scheck und wedelt nachdrücklich mit den Händen. »Das ist eine Entschädigung für dich, weil du nicht mehr für uns arbeiten wirst und weil mein Sohn dir Versprechungen gemacht hat, die er nicht halten kann. Du wirst nichts mehr mit unserer Familie zu tun haben. Verstehst du, was ich sage?« In ihrer Stimme ist ein Zittern. Es schwächt die Wirkung ihrer Worte.

»Tut mir leid«, meine Stimme klingt kühl, »aber ich verstehe Sie nicht.«

»Du behauptest, dass du mich nicht verstehst!« Ihr Gesicht ist hochrot.

»Nein, wirklich nicht.«

Es ist ein Wendepunkt. Tränen schiessen ihr in die Augen. Sie rutscht nach vorn auf die Stuhlkante. »Du nimmst jetzt dieses Geld und hältst dich von meinem Sohn fern! Nimm es, und lass ihn in Ruhe! Du bist sein Ruin, sein Ruin.« Sie kämpft um Haltung und gegen die Tränenflut. Ihre Zuneigung zu ihm ist so tief, als wäre er nie von ihr gegangen, und jetzt hat sie Angst, Angst, ihn zu verlieren.

Ich stehe auf und setze mich neben sie, lege ihr den Arm um die Schultern. Es fühlt sich feucht an, sie schwitzt. Ich sage: »Beruhigen Sie sich. Es wird alles gut.«

»*Wenn* du das Geld nimmst«, fährt sie mich an, »*wenn* du ihn in Ruhe lässt.«

Sie kann nicht verstehen, was Tâmer an mir findet. Sie will es nicht verstehen. Ich ziehe meinen Arm zurück. Ich kann ihr nicht helfen. Sie will mich nicht, sie akzeptiert mich nicht. Es war naiv von mir, es zu glauben.

Sie atmet schwer und nimmt ein Taschentuch aus ihrer Handtasche. »Ich kann nachts vor Sorge nicht schlafen.« Sie schnieft. »Was soll aus ihm werden? Er vermasselt seine Prüfung, und statt sich anzustrengen und hart zu arbeiten, bildet er sich ein, er sei verliebt. Und in wen? Du bist alt genug, um seine Mutter zu sein, auch wenn man es dir nicht ansieht! Und er sagt mir, der Prophet, Friede sei mit ihm, habe auch Chadîdscha geheiratet, die fünfzehn Jahre älter als er war. Soll das denn ein Argument sein? Wir leben heute, nicht damals. Und wenn ich ihm gut zurede, stürmt er aus dem Haus und stellt den ganzen Tag sein Handy ab, damit ich ihn nicht erreichen kann!«

Ihr Wortschwall prasselt auf mich nieder, und ich denke an meine Mutter, die auch so sprach, wenn sie wegen Omar weinte. Und das waren die guten Zeiten, wenn alles aus ihr herausbrach. Meist blieb sie stumm.

»Tâmer war immer ein guter Junge. Auch ein guter Schüler, nicht brillant genug für ein Medizin- oder Ingenieurstudium, aber fleissig und gewissenhaft. Er tat sein

Bestes. Er hatte keine rebellische Ader, wollte nicht unbedingt ein Auto von uns haben, es gab keine Freundinnen und kein Herumstreunen nachts. Was fürchten Eltern am meisten? Drogen – die waren nie ein Thema. Was für eine Erleichterung, dachten wir, dass er so solide ist und fromm. Frommsein ist gut, es schützt ihn, obwohl wir uns manchmal sorgten, er könnte fanatisch werden ...«

Ich warte, bis sie fertig ist und sich erschöpft hat. Reglos sitze ich da, die Hände im Schoss, und betrachte den Scheck auf dem Tisch. Ich kann auf den Haddsch gehen mit diesem Geld, ich kann ein Flugzeug nach Mekka nehmen und in einem schönen Hotel unweit der Kaaba übernachten – ich kann es mir wohl sein lassen. Ich kann einen Abschluss machen mit diesem Geld, kann mit Schahinâs an die Uni gehen und in späten Jahren noch studieren. Ich kann Omar helfen, wenn er nächsten Monat aus dem Gefängnis kommt. Vielleicht lässt er sich für ein Studium gewinnen. Je mehr sie redet, desto frustrierter werde ich, denn es geht ihr eigentlich um sich selbst und nicht um Tâmer.

»Ein-, zweimal klang er fanatisch und nörgelte an mir und Lamja herum, wir sollten den Hidschab tragen, und machte ein Theater, weil ich rauchte – aber er kannte die Grenzen und war nie extrem. Wir waren bloss milde irritiert über ihn. Manchmal war ich auch besorgt, dass er zu viel Zeit in der Moschee verbringen könnte. Vielleicht setzten ihm Terroristen einen Floh ins Ohr und wollten ihn rekrutieren, dachte ich, aber zum Glück interessiert er sich nicht für Politik, das ist beruhigend. Und jetzt kommt aus heiterem Himmel das: Er will das Dienstmädchen heiraten!«

Er ist besser als sie, und sie gibt es nicht zu. Das ist mir jetzt klar. Sie ist ein Hindernis für sein spirituelles Wachstum oder vielmehr: Ihr Missfallen hemmt ihn. Sie ist eine Prüfung für ihn, und er muss bestehen. Ich werde nicht zulassen, dass er scheitert. Ich werde nicht zulassen, dass sie ihn verflucht, wie meine Mutter Omar verfluchte. Ich weiss noch, wie er sie an den Schultern rüttelte und schrie: »Gib mir mein Geld. Es ist mein Geld!« Ich sah Angst, nackte, unverhohlene Angst in ihren Augen. Und dabei hatte sie ihn einst gestillt, als er klein war, und in ihren Armen geborgen. Als er ihr entrissen hatte, was er wollte, und aus der Wohnung stürmte, sagte sie: »Ich hoffe, er wird niemals Erfolg haben. Ich hoffe, er wird niemals glücklich sein.« Sie sprach ohne Zorn oder Bitterkeit, ganz ruhig, wie ein Richter sein Urteil verhängt. So kann eine Mutter ihren Sohn verfluchen.

Ich nehme den Scheck und sage: »Das reicht nicht.«

Sie missversteht mich natürlich und denkt, ich will mehr Geld. »Ja«, sagt sie eifrig, »das habe ich versucht, dir zu sagen. Wenn du dich so weit wie möglich von ihm fernhältst, wenn du London verlässt und nach Khartum zurückkehrst, werde ich dich noch stärker unterstützen. Ich kann in Khartum eine Wohnung für dich finden und dir beim Einstieg ins Geschäftsleben helfen. Ein eigener Kindergarten oder …«

»Zurückzugehen ist keine Option für mich. Ich kann meinen Bruder nicht im Stich lassen …«

»Aber er könnte doch mit. Warum nicht? Es wäre auch gut für ihn …«

Wie weit sie bereit ist zu gehen! Es erschüttert mich,

und ich fürchte und bemitleide sie. Ich unterbreche ihr Bestechungsgerede. »Sie haben mich nicht verstanden. Als ich sagte, es reiche nicht, meinte ich, dass es nicht reicht, wenn ich mich von ihm fernhalte. Er muss überzeugt werden. Und dafür müssen auch Sie ein Opfer bringen und ihm helfen, seine Probleme zu lösen.«

»Was für Probleme?«

Sie weiss es nicht. Sie weiss nicht, dass er seine eigenen Enttäuschungen und seine eigene Weltsicht hat. Sie weiss nicht, dass er nicht einfach ein Fortsatz ihrer selbst ist.

Ich sage es ihr. Und indem ich es ihr sage, gebe ich ihn auf. Ich gebe ihr den Schlüssel in die Hand. Vielleicht wird sie nicht tun, was ich sage, vielleicht doch. Sie ist eine intelligente Frau. Sie nimmt sich zusammen und hört zu.

Fünfunddreissig

»Ich glaube dir nicht«, sagt er. Er sieht schlechter aus heute, benommen von zu wenig Schlaf und fast ausgemergelt. Seine Kleider sind ungewaschen, und sein Hemd ist zerknittert. Er hat keine sauberen Socken mehr, und jetzt scharren seine Sportschuhe an seinen blossen Knöcheln und plagen ihn.

Ich wiederhole, was ich eben gesagt habe: Seine Mutter will ihm erlauben, den Studiengang zu wechseln. Sie wird mit seinem Vater sprechen und ihm sein Einverständnis abringen.

»Du musst deine Prüfung nicht wiederholen, Tâmer. Du musst nicht Wirtschaft studieren. Du kannst studieren, was du willst und wo du willst.«

Er atmet aus. Es klingt fast wie ein Lachen. Verwundert schüttelt er den Kopf. »Du hast sie davon überzeugt. Du hast sie umgestimmt!«

»Ja«, sage ich und wende den Blick ab. Das Schwierige kommt noch, das Schmerzliche. Jetzt muss er erst einmal die Erleichterung spüren. Es soll einsickern in ihn, dieses erleichterte Seufzen, und die Last, studieren zu müssen, was er nicht will, soll von ihm genommen sein. Und er soll triumphieren dürfen, dass sein selbstgewähltes Exil etwas gebracht hat. Er soll das Glück des Augenblicks fühlen.

»Schwöre«, sagt er, immer noch lächelnd und ungläubig staunend, »schwöre, dass meine Mum nachgegeben hat.«

»Ich schwöre es.«

»Du bist so freundlich, so gut zu mir.«

»Nein, du verdienst es.«

»Du bist so liebenswürdig, so gute Worte.«

Mir kommen die Tränen. »Wir reden jetzt von dir, nicht von mir. Du musst jetzt an deine Zukunft denken.«

»Ich wusste lange nicht recht, was ich studieren wollte. Ich wusste, es war nicht Wirtschaft, und ich wusste, islamische Geschichte musste dabei sein. Manchmal las ich aus reiner Langeweile Broschüren und so in der Unibibliothek und surfte im Internet. Und jetzt weiss ich, wie der Abschluss heisst, den ich will: Nahoststudien. Das umfasst verschiedene Fächer: Geschichte, Wirtschaft, Geographie und Sprache – es ist interdisziplinär.«

Ich lächle über seine Aufregung und Vorfreude. Seine Begeisterung stärkt mich. »Das ist dein wahres Selbst«, sage ich. »Ich liebe es, dich so zu sehen. Jetzt musst du herausfinden, ob du an eine andere Universität wechseln musst oder ob du bleiben kannst, wo du bist.«

»Aber zuerst muss ich nach Hause gehen«, sagt er und rückt an den Rand der Bank. Schon will er zu ihr gehen und seinen Streit mit ihr beilegen und sich wieder in ihrem Wohlwollen sonnen.

Eifersucht sticht mich, aber ich kann sie bezähmen, ich bin noch nicht mit ihm fertig, ich arbeite noch, arbeite an ihm. Also lächle ich. »Du musst deine Mutter wirklich um Vergebung bitten. Du hast ihr weh getan, als du weggelaufen bist.«

»Ich weiss.« Er sagt es beiläufig, als denke er schon an etwas anderes.

»Nein, du weisst gar nichts. Sie war krank vor Sorge um dich.«

Etwas in meiner Stimme lässt ihn aufhorchen. »Ist das alles, was sie will – dass ich heimkomme?«

»Was meinst du damit?« Ich spiele auf Zeit. Es widerstrebt mir weiterzureden.

»Dafür, dass sie mir erlaubt, zu studieren, was ich will, muss ich bloss nach Hause kommen?« Es dämmert ihm langsam. Noch während er die Frage stellt, zweifelt er.

»Und du musst über gewisse Dinge realistisch denken. Manchmal ...«

»Hör auf. Was hat sie von *dir* gesagt? Was sagt sie dazu, dass wir heiraten wollen?«

Ich fürchte seinen Zorn und seine Ablehnung. Aber es gibt keinen Ausweg mehr. Ich hole Luft. »Sie hat nein gesagt. Sie bat mich, dich zu verlassen, und ich habe ja gesagt.«

Er weint. Sofort. Tränen über Tränen, und es schüttelt ihn. Er weint, und ich leide. Als würde mir von innen die Haut weggeraspelt, durchdringend und vernichtend.

»Du hast mich reingelegt«, sagt er, »du hast mich reingelegt. Du bist so gemein, so gemein.«

Ich kann mich nicht verteidigen. Er wird nie wieder so weinen. Es ist das Ende seiner Kindheit. In Zukunft wird es die Tränen eines Mannes, die Schmerzen eines Mannes geben, aber nicht mehr dieses Schluchzen. Er verlässt mich, halb geht er, halb rennt er nach Hause. Er geht jetzt zu ihr, er braucht sie jetzt, ihre Umarmung, den Trost und die Linderung.

In sitze da, in den Fängen der Grausamkeit. Eine Stunde vergeht, aber Zeit ist bedeutungslos. Ich höre immer noch seine Stimme und rieche ihn. Ich sehe immer noch die

Verwirrung in seinen Augen und die Blicke, die er mir gab, wie einer Verbrecherin.

Ich gehe durch den Park zur Baker Street. Auf der Bank löse ich den Scheck ein, den Doktorin Sainab auf mich ausgestellt hatte. Als ich den Zahlschein ausfülle, bemerke ich, dass es genau dieselbe Summe ist, die ich Anwar vor Jahren für sein Doktorstudium geliehen hatte. Er hatte mir das Geld nie zurückbezahlt, keinen Penny. Mit der Zeit hatte ich den Verlust als Strafe akzeptiert, als eine Art Lösegeld. Und jetzt bekomme ich auf diese seltsame Weise mein Geld zurück.

*

Ein paar Tage später warte ich vor ihrer Wohnung, bis ich auf die Klingel drücke. Sechs Uhr, hat sie gesagt. Die High Street ist in unbekümmerter Sommerlaune. Sportwagen mit offenem Verdeck brausen vorüber, Musikfetzen und lange Haarsträhnen flattern hinterher. Die Kunden des Cafés Rouge sitzen auf dem Gehsteig draussen. Ein Eiswagen steht mit laufendem Motor an der Ecke. Kinder stehen Schlange, und noch viel mehr sind im Park; ich kann sie hören. Dies ist das letzte Mal, dass ich die Hand heben und diese Klingel betätigen werde. Es war Herbst, als ich hier zu arbeiten begann. Ich erinnere mich an die eben erst kahlen Bäume und an die Reinlichkeit eines kalten Morgens. Jetzt blicke ich auf zum Minarett der Moschee über den Bäumen. Vielleicht sehe ich es aus diesem Blickwinkel nie wieder.

Doktorin Sainab betätigt den Türöffner. Ich habe diese Tür so oft aufgemacht und hinter mir wieder zufallen lassen, alleine oder mit Mai. Ich trödle, um meine Füsse auf den Teppich zu drücken und um dem altmodischen Aufzug adieu zu sagen, der mich dazu brachte, Tâmer anzusprechen. Ich lasse meine Finger über das prächtige Holz des Treppengeländers gleiten. Mai kommt mir nicht entgegen, um mich zu begrüssen; sie versteckt sich hinter dem Rock ihrer Grossmutter und guckt mit leuchtenden Augen nach mir. Sie ist schüchtern, wegen meiner wochenlangen Abwesenheit und wegen der Anti-Nadschwa-Reden, die ihre Mutter gehalten haben muss. Ich muss warten, bis sie ihren natürlichen Regungen folgt und sich in meine Arme stürzt. Es könnte den ganzen Besuch lang dauern – oder gar nicht geschehen.

Befriedigt stelle ich fest, dass die Wohnung nicht mehr so sauber ist wie damals, als ich hier arbeitete. Ich erhasche einen Blick auf Tâmers Wäschehaufen in der Küche, der noch gebügelt werden muss, und auf die gestapelten Teller in der Spüle. Doktorin Sainab führt mich ins Wohnzimmer und behandelt mich wie einen Gast; mit ägyptischer Gastfreundschaft heisst sie mich herzlich willkommen. Sie ist beherrscht, aber ihre Erleichterung, dass er nach Hause gekommen ist, ist offensichtlich. Er steht am Fenster. Ich bemerke die Veränderung an ihm sogleich: saubere Kleidung, eine anständige Dusche, ein erholsamer Nachtschlaf im Bett und nicht auf dem Fussboden. Aber es sind nicht nur die Annehmlichkeiten des Zuhauses. Er ist jetzt geläutert, befreit von Schuld und der Last, Wirtschaft studieren zu müssen. Die Unschuld ist fast wieder zurück – diese Aura der Frische.

Aber er nimmt sich in Acht vor mir und ist noch gekränkt. Er hält die Arme über der Brust verschränkt. Ich kommentiere die weisse Mütze, die er trägt. »Ich habe noch nie gesehen, dass du dein Haar bedeckst.«

»Bis es geschnitten wird«, antwortet seine Mutter für ihn. »Es ist viel zu lang und ungepflegt geworden.«

Er nimmt ihre Bemerkungen hin, und wir setzen uns. Sie eilt geschäftig hin und her, und Mai ist ihr auf den Fersen. Man bietet mir Ferrero Rocher und Apfelsaft an, danach Tee und Gebäck aus der Konditorei ein paar Häuser weiter. Um höfliche Konversation zu machen, sage ich: »Hast du diese Radiosendung über den Sufismus gehört?«

»Nein, hab ich nicht gehört.« Er lächelt nicht, und ich wünschte, es wäre wieder wie vor Monaten, wenn er von der Uni nach Hause kam und mit mir redete.

»Ich höre zwar Radio«, sagt Doktorin Sainab, »aber ich hab die Sendung verpasst. Wie viel Zucker möchtest du?«

Während ich antworte, sagt sie: »Tâmer hat eine Kassette von Amr Châlid gehört.« Sie rührt im Tee und warnt Mai vor der heissen Teekanne.

»Worüber hat er gesprochen?«, frage ich ihn.

Er blickt auf den Teppich hinunter. »Mit dem zufrieden zu sein, was Allah uns gibt.«

Wir sind befangen wegen ihrer markanten Präsenz. Es ist beinahe wie ein Besuch bei Omar, aber hier ist das angemessene Schuldbewusstsein, die Läuterung und die Ruhe, die mit ihr einkehrt. Mai hält sich abseits, kann aber den Blick nicht von mir wenden. Ich erinnere sie an die gemeinsamen Spiele und die Tage, die wir im Park verbracht haben. Sie kommt näher. Ich nehme das Geschenk hervor, das ich ihr mitgebracht habe: *This Is the House that Jack Built*.[54] Ich blättere die Seiten um und sage: »Komm, setz dich neben mich, dann können wir es zusammen lesen.«

Sie schüttelt den Kopf. Ich lege das Buch auf den Tisch, damit sie wenigstens die Bilder anschauen kann.

Das Telefon klingelt, und Doktorin Sainab nimmt ab. Tâmer und ich bleiben still, während sie redet; er vermeidet den Blickkontakt. Einmal macht er die Augen zu. Er ist immer noch müde und immer noch verletzt. Als die Doktorin sich endlich verabschiedet, frage ich ihn: »Hast du ohne Probleme die Universität wechseln können?«

»Es war einfach.« Er hatte seiner Mutter versprochen, mich nicht anzurufen, mich nicht zu treffen und mir nicht zu schreiben. Das wird er leicht einhalten können, weil er mit ihr nach Kairo zurückkehren wird.

Sie zeigt mit der Hand auf den Esstisch. »Zeig ihr die Seiten, die du aus dem Internet ausgedruckt hast, Tâmer.« Er steht etwas widerwillig auf. »Der ganze Unterricht wird auf Englisch sein«, sagt sie, »weil es eine amerikanische Universität ist.«

Ich lese im Vorlesungsverzeichnis: *Koranstudien, Islamische Architektur in Spanien und Nordafrika, Ibn Chaldûn.* Er wird glücklich sein dort, aktiv und interessiert. »Das sind anregende Themen«, sage ich.

Zum ersten Mal taut er auf und ist vorübergehend wieder wie sonst. »Ja, sie sind anregend. Ich freue mich drauf.«

Ich spüre, dass er Feuer gefangen hat, und muss lächeln. »Du bist ein Glückspilz.«

Doktorin Sainab seufzt. Sie findet nicht, dass er ein Glückspilz ist. Sie findet nicht, dass seine Liebe zu mir ein Segen war.

Wir sind still. Was tue ich hier, warum wollte ich unbedingt kommen? Erwarte ich eine Entschuldigung von ihm, oder habe ich mich zu entschuldigen?

Er zögert und fragt dann: »Was wirst du jetzt tun?«

»Ich werde auf den Haddsch gehen, *inschallah*. Ich mache schon Pläne.« Meine Erregung ist spürbar. Ich habe es noch niemandem erzählt und bin froh, dass er es als Erster erfährt.

Zum ersten Mal lächelt er, ein scheues, vorsichtiges Lächeln. »Glückwunsch, Nadschwa, das ist schön.« Er sagt meinen Namen ganz natürlich.

Doktorin Sainab schaut auf ihre Uhr. Ich sollte gehen. Aber Mai bringt mir ihr Buch und setzt sich neben mich. Ich soll es für sie lesen. Ich fange an, *This Is the House that Jack Built* vorzulesen, und vergesse Doktorin Sainabs Anwesenheit. Es gibt nur Mais Aufmerksamkeit und Tâmer, der uns beobachtet. Solange das Buch währt, sind wir im Gleichgewicht: Es gibt keine Zukunft und keine Vergangenheit.

Mai will, dass ich das Buch noch einmal lese, aber ich darf nicht länger bleiben, als ich willkommen bin. Ich blicke Doktorin Sainab direkt ins Gesicht, und ihre Dankbarkeit mir gegenüber ist unter ganzen Schichten von praktischen Erwägungen verborgen. Sie will nicht, dass ich schwach werde und mich in letzter Sekunde von der Abmachung zurückziehe. Dieser Besuch ist ein Risiko gewesen, und sie weiss es. Sie sieht mir ins Gesicht, wie eine Ärztin einen Patienten untersucht, und mir ist schwindlig vor Müdigkeit. Ich fühle mich, als hätte ich den ganzen Tag gearbeitet, stundenlang gekocht, stundenlang Wäsche gebügelt, Dinge geholt und getragen. Ich will ins Bett kriechen und schlafen. Es ist Zeit zu gehen. Ich bücke mich und gebe Mai einen Abschiedskuss.

Sechsunddreissig

Schahinâs steht unter meiner Tür. Als sie spricht, kommt ihre Stimme von weit weg. »Du hast seltsam geklungen am Telefon. Ich dachte, ich komm lieber vorbei.« Sie hält vieles umklammert: Achmad, seinen Sportwagen und etwas, was wie ein Schlafsack aussieht. Sie folgt mir hinein. »Suhail fand, ich könnte gleich übernachten, weil es so spät ist.«

Es ist spät, sagt sie, und ich weiss nicht, wie viel Uhr es ist. Es ist dunkel draussen, also muss es spät sein.

»Sind sie abgereist?«, fragt sie.

Es dauert, bis die Frage mich erreicht und trifft. Ich spüre ihr Warten und ihre Sorge. »Ja, sie sind heute Nachmittag abgereist.« Doktorin Sainab handelte rasch, ohne Zögern. Sie wollte nicht riskieren, dass ich schwach wurde; sie wollte nicht riskieren, dass er seine Meinung änderte.

Schahinâs greift nach meiner Hand. »Es ist hart für dich, nicht wahr – aber du hast das Richtige getan.«

»Letzte Nacht konnte ich nicht schlafen, und heute habe ich es den ganzen Tag erfolglos versucht.«

Sie richtet sich ein, und ich lege mich wieder auf das Sofa. Ich mache die Augen zu und höre, wie sie mit Achmad spricht. »Tantchen geht es nicht gut heute.« Nicht gut heute. Nicht gut heute bedeutet, dass es morgen besser sein wird. Es ist eine realistische Prognose, eine beruhigende. Ich muss einfach warten. Morgen kann ich ins Reisebüro gehen und mich nach Haddsch-Pauschalreisen erkundigen: wie viel sie kosten und wie weit es von der Heiligen Moschee ins Hotel ist. Achmad plappert drauflos: Worte ohne Sinn, aneinandergereiht in Modulationen und mit Ausrufen der Verwunderung gespickt, als spreche er eine Fremdsprache. Seine Stimme ist schön. Ich schliesse die Augen. Es gibt nichts zu ergründen, nur Erinnerungen und Eindrücke. Ihr Flugzeug musste inzwischen in Kairo gelandet sein. Ich will schlafen, das brauche ich jetzt nötiger als sonst etwas.

Sie sagt: »Ich mache dir einen Kamillentee. Der macht mich immer schläfrig.«

Ich setze mich mühsam auf und lächle sie an. »Komm, Achmad, komm und setz dich auf meinen Schoss.« Stattdessen kriecht er blitzschnell weg von mir durchs Zimmer. Er zieht sich auf bis zum Stehen und lehnt sich gegen einen Stuhl. Er spielt ein Spiel mit mir, hält inne, fixiert mich und lächelt dann, wie um mich zu necken.

»Komm«, sage ich, »komm her.«

Schliesslich kommt er, und ich hebe ihn hoch auf meinen Schoss. »Bist du nicht das süsseste aller Babys, oder bist du etwa gar kein Baby mehr? Bist ein grosser Junge!«

»Er ist überall«, sagt Schahinâs, als sie den Tee bringt. »Ich muss die Badezimmertür schliessen, sonst ist er schon drin und wirft seine Spielsachen ins Klo.«

Ich kitzle ihn. »Soso, Achmad, so was tust du?« Er lacht und ist stolz auf sich.

»Hast du diesen Fleck auf der Haut gesehen?« Sie streift den Pullover zurück, und ich sehe auf seinem Vorderarm einen kleinen schwarzen Fleck, wie einen Tintenspritzer.

Ich streiche mit den Fingern darüber. »Vielleicht ist es ein Schönheitsfleck. Hatte er ihn denn schon bei der Geburt?«

»Ich weiss es nicht sicher. Vielleicht ist es mir bloss noch nie aufgefallen. Hoffentlich ist es nichts Ernstes.«

Eine Minute lang, eine ganze geschlagene Minute lang vergesse ich meine Sorgen und nehme nur noch die ihren wahr.

»Frag deine Schwiegermutter.«

»Ja, das werde ich tun.« Sie befreit das Telefonkabel aus Achmads Händen. Er hat darauf herumgekaut.

Ich fahre mit dem Finger über seinen Arm. »Du bist perfekt, nicht wahr? Mama macht bloss ein Aufheben wegen winziger Fehler an dir.«

Er gluckst und schaut zu seiner ersten Liebe hinüber. Sie betrachtet ihn besitzergreifend und mit einem Schmerz, den ich nicht verstehe.

Sie seufzt. »Komm, Nadschwa, wir wollen beten, damit wir schlafen können.«

Sie leitet an, weil ich es nicht kann. Ihre sanfte Stimme beruhigt mich; es ist leicht, sich auf die Worte zu konzentrieren, die sie zögernd spricht. Achmad klettert ihr auf den Rücken, hängt sich an ihren Hals und macht das Stehen schwierig für sie. Meine Konzentration ist gestört. Ich lache fast über seine Faxen, und dann kehren die Worte wieder und holen mich zurück. Egal wie, ich komme zurück. Dies ist mein Ausgangspunkt und mein Ziel; alles andere ist variabel.

Wir richten uns ein für die Nacht. Schahinâs und Achmad auf dem Sofa und ich am Boden. Ich liege wach und lausche ihrem Atem. Verblüfft entdecke ich, dass Achmad, der kleine Achmad, schnarcht. Ein Taxi wartet draussen. Ich weiss, dass es ein Taxi ist, weil ich seine Bremsen höre.

Sie haben heute Morgen ein Taxi nach Heathrow genommen. Sie haben Lamja und Mai einen Abschiedskuss gegeben. Ich sehe mich an der Wohnungstür stehen und Doktorin Sainab Lebewohl sagen. Tâmer und ich helfen ihr mit den Koffern. Er sieht mich an. Das ist kein Traum, es ist eine Wiederholung der Szene, in der seine Mutter von London an die Konferenz in den USA aufbrach. Sie gibt mir eine steife Zehnpfundnote Trinkgeld. Ich nehme es an, wie es gedacht ist und wie eine Hausangestellte Geld von ihrem Arbeitgeber nimmt, aber ich bin nervös, weil er neben ihr steht und mich das Geld einstecken sieht.

Schahinâs sagt: »Du hast das Geld genommen, darum kann es keine Liebe gewesen sein.« Ich bin wohl am Einschlafen und ihre Stimme ein Traum, denn so etwas würde sie im richtigen Leben nicht sagen. Das passt nicht zu ihr. Mir geht es nicht gut. Ich habe Fieber und sehne mich nach dem Elternschlafzimmer. Ich brauche ihr Bett, seine sauberen Laken, das Privileg. Ich steige die dunkle, steile Treppe zu ihrem Zimmer hinauf, und da steht das Bett, nach dem ich quengelte. Die Stimme meiner Mutter, ihre kühle Hand auf meiner Stirn. Sie gibt mir einen Löffel Medizin, einen köstlichen Hustensirup, der mir in der Kehle brennt. Omar schmollt. Er ist eifersüchtig, weil ich krank und wichtig bin. Er will etwas von mir, und Mama sagt: »Lass sie in Ruhe, siehst du nicht, wie sie glüht.« Ich blicke zum besorgten Gesicht meines Vaters auf und spüre seine warme Hand auf meiner Wange. Ich rieche sein Kölnischwasser. Er schreit meine Mutter an: »Mach eine Antibiotikakur mit ihr, überlass sie doch nicht einfach dem Schicksal!« Ich drehe mich genüsslich und bin ihrer

Liebe gewiss. Um uns herum, jenseits des Bettes, ist der Raum dunkel und verstellt, all unsere besonderen Besitztümer liegen in Trümmern. Ich bin nicht überrascht. Es ist ein natürlicher Zerfall, den ich akzeptiere. Fadenscheinige Teppiche und zerrissene Vorhänge. Zertrampelte und verschmutzte Wertsachen. Dinge, die das Tageslicht scheuen, schändliche Dinge, kommen ans Licht. Die Decke hat sich gesenkt, der Fussboden ist ausgehöhlt, und die bröckelnden Wände sind schuldverschmiert.

Anmerkungen der Übersetzerin

Zur Erleichterung der Aussprache arabischer Wörter wurden betonte lange Silben mit einem Zirkumflex (^) versehen.

1 »Im Namen Gottes, des Allerbarmers, des Barmherzigen«. Arabische Anrufungsformel, die mit einer Ausnahme am Anfang jeder Koransure steht.
2 Pilgerfahrt nach Mekka, die jeder Muslim einmal im Leben unternehmen soll.
3 Arab. »Gott sei Dank«.
4 Arab. »Versammlung, Seminar, Symposium«.
5 Um den ganzen Körper geschlungenes weisses oder buntes Baumwolltuch; traditionelles Kleidungsstück nordsudanesischer Frauen.
6 Aus einem 1821 von Alexander Puschkin (1799–1837) verfassten Gedicht. Deutsch in: A. P. *Die Gedichte*. Aus dem Russischen übertragen von Michael Engelhard. Herausgegeben von Rolf-Dietrich Keil. Frankfurt am Main/Leipzig: Insel 1999, S. 283.
7 Britische Mädchenzeitschrift, die 1964–1993 erschien.
8 Islamisches Kopftuch.
9 US-amerikanischer Thriller- und Drehbuchautor (1917–2007).
10 Modell der ökonomischen Entwicklung in fünf Wachstumsstufen nach Walt Whitman Rostow (1916–2003).
11 Sudanesische Falafel mit Favabohnen.
12 Fest des Fastenbrechens am Ende des Monats Ramadan.
13 Tanzschritt, bei dem ein Vorwärtslaufen simuliert wird, obwohl sich die Beine rückwärts bewegen. Dieser Moonwalk wurde zu Michael Jacksons Markenzeichen.
14 Grosse arabische Tageszeitung, 1978 in London gegründet.
15 Arab. »willkommen«.
16 Figur aus einer vor allem in den 1990er Jahren erfolgreichen US-amerikanischen Zeichentrickserie.
17 Unterricht in den Regeln der Koranrezitation.
18 Erlaubt nach islamischem Reinheitsgebot.
19 Gebet nach dem Ende der Dämmerung.
20 Gebetseinheiten.
21 Arab. »mein Geliebter«, »mein Liebling«.
22 Arab. »wie Gott will«.
23 Sure 113, *al-Falak (Der Tagesanbruch)*. Hier und im Folgenden gemäss der Koranübersetzung von Frank Bubenheim und Nadeem Elyas (2003).

24 Schon 1924 lancierte britische Limonade.
25 Soft Drink, ursprünglich aus schwarzen Johannisbeeren.
26 Musical des britischen Komponisten Lionel Bart (1930–1999), frei nach Charles Dickens' *Oliver Twist.*
27 Umgangssprachliche Bezeichnung des Kopftuchs auf der Arabischen Halbinsel.
28 Für friedliche Koexistenz der Religionen eintretender ägyptischer Muslimbruder und Fernsehprediger (geb. 1967).
29 Endzeitliche Vorstellungen im Islam gemäss den Suren 21, 43, 53, 57, 99, 101 und den Aussprüchen (Hadithen) des Propheten.
30 Nach islamischem Glauben ein Nachkomme des Propheten Muhammad, der in der Endzeit erscheinen und das Unrecht auf der Welt beseitigen wird.
31 1998 erstmals ausgestrahlte US-amerikanische Fernsehserie über drei Superheldinnen im Kindergartenalter.
32 Arab. »Hautpomade«.
33 Libanesische Sängerin syrisch-orthodoxer Abstammung (geb. 1934).
34 Seit 1979 bestehende Diskussionssendung auf BBC One.
35 Traditionelles Überkleid muslimischer Frauen.
36 Monat nach dem Fastenmonat Ramadan.
37 Rituelles Gebet im Ramadan, das nach dem Nachtgebet verrichtet wird.
38 Letzte Mahlzeit vor Beginn des Tagesfastens.
39 Arab. »gesegnetes Fest«.
40 Griesskuchen mit Rosenwasser.
41 Gericht aus gekochten Favabohnen.
42 Gericht aus den Blättern einer aromatischen Malve.
43 Abhandlung des mittelalterlichen Gelehrten Ibn Hazm (994–1064).
44 Klösse aus Bulgur, Hackfleisch und Zwiebeln.
45 2001 wurde Coca-Cola von kolumbianischen Gewerkschaften angeklagt, mit Todesschwadronen in Verbindung zu stehen, was weltweit zu Boykottaufrufen führte, 2003 auch in Grossbritannien.
46 Kartenspiel, ähnlich dem Rommé.
47 Ungültig seit 1988.
48 Getränk mit Sorghumhirse und Gewürzen.
49 Aprikosensaft.
50 Sure 55, *al-Rachmân,* der 13. Vers wird vielfach wiederholt.
51 Sure 36, wird bei Todesfällen rezitiert.
52 Auslegung des Korans.
53 Sure 7, *al-Aarâf.*
54 Schon im 18. Jahrhundert nachgewiesener, populärer englischer Kinderreim.

Julie Otsuka
Als der Kaiser ein Gott war
Roman
Aus dem Amerikanischen von Irma Wehrli
189 Seiten, gebunden, mit Schutzumschlag
ISBN 978 3 85787 499 4

»Sie sind Japaner. Das reicht. Das reicht, um sie zu Feinden zu machen, um sie auszugrenzen, zu schmähen, zu entrechten. Eindrucksvoll schildert Otsuka, was es mit Menschen macht, wenn sie diskriminiert werden, weil sie zufällig an einem bestimmten Ort auf der Welt geboren wurden. Wenn Herkunft zum Makel wird. Fragen, die weit über den zeitlichen Kontext des Buches hinausweisen, die heute so drängend sind wie damals.«
Weser-Kurier

Iman Humaidan
Fünfzig Gramm Paradies
Roman aus dem Libanon
Aus dem Arabischen von Regina Karachouli
267 Seiten, broschiert
ISBN 978 3 85787 792 6
LP 192

»Humaidan zeichnet ein aufschlussreiches Psychogramm vom Leben in Beirut nach dem Krieg. Und so geschickt, wie sie Erzählstimme, Tagebuchnotizen oder die inneren Monologe der drei Frauen verknüpft, gelingt ihr ein überzeugendes Bild davon, wie die Schicksale der Menschen, wie Gegenwart und Vergangenheit in der Region unauflöslich verknüpft sind.«
Deutschlandradio Kultur